嫉妒

张玲玲 著

上海文艺出版社

目录

- 嫉妒 001
- 岛屿的另一侧 054
- 破碎故事之心 073
- 似是故人来 100
- 去加利利海 151
- 无风之日 173
- 新年问候 199

嫉妒

二

1997年的五月至六月,许静仪的傍晚是在学校排练室度过的。她这时候的朋友叫谷雪,是二十一个参加回归庆典表演的女孩之一。6月27日下午六点,女生们挤在小图书馆二层的排练室换衣服。离公演仅剩三天,今日带妆彩排,郑老师提前吩咐过,要把裙子带上。谷雪说,裙子忘在家里了。前一天过水没干。许静仪说,我帮你去取吧。

为了赶时间,她一路小跑,到了邮电大院,发现房门紧闭。许静仪敲了敲门,大声说,阿姨,我给小雪拿裙子。过了一会儿,门开了,谷母说,怎么了。她的眼眶发红,客厅站着一个中年男人,面孔有些熟悉,两人仿佛在聊一些什么,却因为她的到来戛然而止。许静仪迟疑了一会儿,说,谷雪裙子落家里,让我取下。谷母说,哦,好的,你等下。她找了一会儿。许静仪看见了，裙子就在沙发上，与一堆衣服混在一起，明晃晃的。也许刚收下、没来得及叠起来的衣服混淆了谷母的注意力。沙发上一个屁股墩大小的印痕明显，那人想必在这已坐了相当长的时间。她没进去，谷母半扶着门将裙子递给她，裙子又长又沉，许静仪费了些气力才把它叠起抱住。门再次关上，她感到失望，却很难说清心里失望以及震动的原因。

女孩们换好裙子，副歌部分众人围成一圈，一起向后仰倒，长裙子铺开在地板上，像落了层雪花。许静仪看着墙面时钟慢慢从七点转到八点一刻，直到八点半。排练结束，校园已经没人，一旦过桥，连路灯也没有了，前方一片黑暗。谷雪从书包掏出一只电筒，光源微弱，但总是一片光，两人踏着这片扇形的光亮，谈论同学老师，或是听来的故事。许静仪总是分外享受这一时刻。谷雪说，真烦，明天又得去顾老师家补课。我妈太懒了，就是不想做饭，尽让我蹭顾老师。许静仪说，那你可以来我家，我家就我和我妈两人。谷雪说，算了，我妈要说我的。许静仪说，没事的，我妈做多了也吃不完，老热剩的给我。谷雪说，再说吧。

许静仪到家就喊饿，要母亲下青菜面。许母在看电视，想看完一集再说，但是许静仪这个那个的要求，让她不胜其烦，只能从剧情抽身出来，说，面条没了，还剩点中午多出的米饭，泡个酱油饭吧。许静仪同意了，表情却很委屈，许母站起身，拿起电水壶去接水，说，你别嫌，就一个泡饭还得给你烧开水呢，挑三拣四，难道饭都是天上掉下来的吗。许静仪说，你们怎么都那么懒呢，谷雪妈妈也很懒，天天逼她去顾老师家补课。我叫她明天过来吃晚饭。许母说，就知道添事情。许静仪说，今天我还看到顾老师在她家里。许母说，哦？什么时候。许静仪说，傍晚吧。开始我还以为她家没人呢，敲了半天才开。大白天的锁着门，太奇怪了。

许母没动也没反应，许静仪叫起来，妈，妈。许母回过神，说，鬼哭狼嚎的，干什么？许静仪说，水漫出来了，你倒是看着点儿啊。许母关上水龙头，反复擦拭壶壁和底座，见许静仪不停挠着头皮，说，怎么，抓个不停。她放下水壶，开始扒拉，惊道，要死，长虱子了。

许静仪被发现长虱子正值停课的前一天。她所在的小学只是江苏无数发生虱灾的地方之一，那一年发生了很多事情，只是她到后来才知道。此次蔓延至全校的虱灾，据说因二年级一个男孩子长期不洗头所致。为了防止扩散，学校通知停课三天。梅雨季和停课几乎同时降临。夜晚无止无息，漫长煎熬，半梦半醒间，许静仪听见雨声淅沥，仿佛有人呓语。一天她睁开眼睛，发现天已全亮，头皮也不再发痒，母亲的白酒土方起到了奇迹般的作用。为了规避再次沾染的风险，许母亲自动手，剪掉了许静仪留了快九年的辫子。

恢复上课第一天，许静仪站在邮政局楼下，门卫老李见了，说，等谷雪呢？许静仪说是。他说别等啦，她今天不上学，家里出事了。许静仪站在楼下看着二层，以往总是开着的绿色大门此时关得严严实实。是的，谷雪家出事了，许静仪想。她独自走过狭小的城镇，走过那座桥。梅雨季尚未结束，一切都是雾霭沉沉的，她停下脚步，回头望去，忽然有种预感，此后自己就是一个人了。

汇演将至,学校正为缺人发愁。许静仪斗胆说,要么让我试试。她跳了一段,仿佛排演多遍,顺利成为替补。1997年6月30日,正式演出当日。许静仪和女孩们在堆满木条和废电线的后台换裙子,许母给许静仪买了两只带假发的头花,别在剪短的头发上。节目排在最后,前面有诗朗诵、独唱以及合唱。随着节目的愈加临近,许静仪却感到腹痛难忍,浑身发冷。她以为是临上场前的紧张所致,站起身时,才发现裙子上染了一小片血渍。郑老师急急推着女孩们上台,她没法说清到底发生了什么。

表演结束,许静仪瘫在后台,在幽暗的光线中发现那摊血液来自下体。她把T恤塞进内裤,没一会儿衣服就被血染红。节目已经演完,大幕拉上,台下兴兴轰轰忙于撤退,没人注意到她在角落的挣扎。郑老师回收衣服时才发现了她,问清情况,跑到礼堂外的小商店,买了包卫生巾,教导她怎么使用,告诉她不用惊慌,不过是初潮降临罢了。

许静仪可能是班上最早迎接初潮降临的人,并且在这样极为狼狈的处境下。她失去了好友,无法与他人共享此一秘密。也许她天天早上吃的据说添了激素的包子催熟了发育,也许是一连串事情的打击。她对此充满懊丧,百感交集。

回到家,许静仪把裙子扔进脸盆,水渐从透明变成羞粉。她换回旧裤子,心情平静了下来。许母没问表演如何,但往她碗里多加了一只荷包蛋。吃完饭刚七点,两人坐在床上观看中英交接仪式,许母忽然对许静仪的脚趾头感起兴趣,仔细看了看,嫌太长,找了把小剪刀,一定要将趾甲剪掉。剪到一半,讲话结束,仪式正式开始。虽然地理间隔很远，但是许静仪还是感到与有荣焉，差点热泪盈眶。许母看着电视，一时走神，一剪下去，许静仪惨叫一声，小脚趾已经多了道血口。许母找了张卫生纸擦了擦，去抽屉翻了只创口贴。回来时国旗正升至半空，许静仪捂着趾头若有所思，之后老练地说，那个来了，你得给我买卫生巾。许母把胶布递给她，盯着电视，没有回头，过了一会儿，慢慢道，那你要注意卫生——就像许静仪还置身于虿灾中一样。

三

1997年6月28日上午七点一刻，邵家杰接了起报案。报案者是邮电局宿舍109室的陆美鸾，丈夫得胃癌去世后，靠早起捡瓶子为生，说早上在垃圾堆上看见了一具尸体。人估计受了点惊吓，说话有点语焉不详。所长在市里开迎回归基层公安派出所工作会议，小胡打电话去问指示，那端说最快也得下午两点，让他和邵家杰先去现场守着。

小胡本地人，毕业一年，邵家杰比他年长三岁，今年二十八，六甲人，当了八年民警。所里总共四人，一个今天休病假。镇派出所配给有限，唯一一辆五菱面包车开出用，目前还剩一辆嘉陵70摩托车，右脚蹬子坏了小半个月，还没修。小胡见邵家杰推得费力，加上下午要去三余姨母家，姨夫过五七，穿了条新卡其裤子，有点顾虑，说，要么我走过去得了。邵家杰道，走个屁，去晚了，现场还不早被踩得稀巴烂么。

连日梅雨，道路泥泞。两人到达现场时，嘴角都溅了些泥点。小五和小斌和他们差不多同时，两人都是二十三岁，中专毕业，刚收编进联防。案发地近河，沿岸住户常将生活垃圾倾倒此处，久而久之，形成土堆。土堆周围，除了报案者惊慌凌乱的新鞋印外，还有一些浅足印。昨天后半夜有雷雨，旧痕刷去不少。土堆半坡有扎布绳捆起来的粉色仿绸被套，绣着鸳鸯，露出一只赤足。小斌稍胆大，套了鞋套，向上攀去，邵家杰留在坡下，点了一根烟，又递了根给小胡。小胡摆手回绝。邵家杰便走到小五身边，给他递了一根，搭话道，第一次见？小五吸了口气，接过烟，不是，以前在长沙读书，见过人跳楼，脑浆差点儿溅身上。邵家杰把烟点上，说，哦，牛逼。小斌在半坡，咦了一声，说，这女的我认识，跟我小舅妈打过麻将。邵家杰听见了，远远问道，谁啊，打什么麻将。小斌迟疑说，是杜吉英吧，住邮电局大院，老跟我小舅妈打麻将的那个。

十点钟，刑侦大队赶到，小五和小斌联手将人抬进镇医院太平间。医院一个干全科的黄医生，四十五岁，兼职做法医，说目前眼睑面部均有出血点，脖子有指纹淤青，像扼杀，但还需进一步检验。邵家杰边等结果，边在医院过道里抛一元硬币。过去几个看头疼脑热的病人，好奇张望过来。邵家杰把硬币蓦地捂住，笑问，你猜是国徽还是牡丹。小胡说，什么问题。邵家杰说，如果是牡丹，我们现在就去找人，如果是国徽，就再等一等。小胡拿过硬币，抛了上去，却半空截住，他说，不等了，那边说会拖到四点，要么先去看看。邵家杰默认。小胡把手摊开，国徽，1994年铸。

邮局大院二层阳台贴着碎玻璃装饰，白漆数字刷在绿门上，十分显眼。死者家住210。两人到时正好下午四点，天色全阴。下一波雨很快就要落下来了。209似乎正打算出门，没踏出步，人又闪身缩了回去。邵家杰暗忖，敲了敲门。里面有人，他听了出来，示意小胡，打开电筒，预备踹门。拖鞋声近了又远，门打开，但灯没亮，黑暗中可见沙发上坐着一个人，道，你来了。邵家杰心一惊，他有持枪证，但没资格配枪。他提醒自己，要不动声色。

邵家杰打开电灯，把桌边两张方椅拉到身边，对着谷燕青坐了下来。没估错的话，谷燕青身高一百七十公分左右，体重六十五公斤上下，脚上塑料拖鞋，偏大，实际脚码应是四十。他记得进门时看见门口鞋柜上放着一双黑色登云皮鞋，鞋底沾着泥。很多年之后，邵家杰还是会在梦里看见这一幕，二十八岁的他，以及小胡，和谷燕青面对面坐着，中间是悄寂深重的黑暗。这一幕随着时间的缓慢流逝，变得愈发不真实起来，但同时他也愈发确定，第一印象没错，谷燕青是个柔软的没什么力气的人。

谷燕青交代得很快，讲培训当天到家，看见钥匙还插在门锁上，杜吉英在床上躺了一天，晚饭没做，地也没扫。他舟车劳顿，有点火气，吵了几句，相互推搡了几下。她手劲大了起来，他掐住了她的脖子，没一会人就不动了。女儿小升初，案发时在楼下顾老师家补物理课。正是晚饭点，锅碗瓢盆声响很大，没人听到。他用被套包了尸体塞在床下。女儿回来后，按时洗漱，十点睡觉。等到半夜，他独自起身，套了双雨靴，将尸体拖至离大院五百米外的垃圾堆。

保安李长林有慢性化脓性中耳炎，十一点钟已经睡着，没有听见开门声，连雷声也没有听见。209住着谷燕青同事王巧云，敲了半天，无人应答。但208的吴旭萍在。她回忆起6月27日上午，她和谷燕青、杨学惠、王巧云以及赵永成五人，三天培训结束，去了趟南京路，转进新世界百货，逛到一层鞋店。其中一只柜里摆着一双红色金搭扣中跟鞋，三个女的一个个试过去，看了价格，都说，不合适，太小。售货员说，大的也有，可以调货。王巧云说，也不怎么好看，其余两人点头。售货员没说什么，把垫纸和鞋撑重新塞了回去。谷燕青拿起看了看，把鞋放了回去。逛完一圈，众人还是在第一食品买了老三样：杏仁排、巧克力和喔喔奶糖。回程前经过新世界门口，谷燕青停住脚，说，等我下，就独自进了门。众人起先以为他尿急，但出来时，谷燕青手里多了一个袋子，袋里鼓囊囊，显然是鞋盒。王巧云说，哦哟，还是谷科长下得了手。谷燕青说，出来一趟，总归要带点东西。赵永成说，你这样弄得我很难做人啊，我买糕饼，你买名牌鞋。女同事们都笑了，说赵主任有钱，赶紧去买一双。赵永成说，不买不买，老菜皮，脚又胖，省点钱。杨学惠说，送鞋不大吉利吧。谷燕青道，老夫老妻，还怕散了不成。顶多回头叫她把钱给我。王巧云说，不怕散，就怕不散。赵永成说，瞧瞧，讲到心坎里。

吴旭萍四十二岁，和其他几人一样，都做办公室工作，是个小科员。说到这里，胡义峰的笔录停了停，问，当天他有没有异常？吴旭萍说，没有，一路都闭着眼睛，睡没睡着不好说。小胡说，然后呢。吴旭萍说，晚上六点半到镇上，之后各自回家。关上房门的事情，就不知道了。左墙壁上有块半圆水渍，吴旭萍走了下神,说,在恒丰路客运站,他伞骨折断了。小胡说,这有什么关系?吴旭萍说,又是鞋子,又是伞的,难道不蹊跷吗。邵家杰打断说,不要搞封建迷信,有事说事。你跟他就隔一户,什么都没听到?他敲了敲墙板,说,这边墙板没有那么厚吧。吴旭萍说,那你该问王巧云,她就住隔壁,他们都没听到,我能听到什么。小胡说,行,我复述一遍,情况属实,就在这边签字。吴旭萍说,是的,都属实。她拿过笔,又问,听人说,他老婆死的时候,脚上还套着那双红鞋。小胡说,打听这个干嘛。吴旭萍说,好奇问问,问都不能问了吗?小胡说,对,不能。吴旭萍不置可否,在小胡笔录下方,写下名字。

杨学惠住最东侧,201,今年三十六岁,比谷燕青大两岁,说谷燕青写一手好字,材料也写得好,交上去通常一两遍就过。他没来的时候,写材料的是赵永达,差远了,但高升的却是赵,谁叫人猪肉茶叶送得勤快。谷燕青这样的人,有才华却不知变通,着实可惜了。小胡说,当天还记得什么情况吗。杨学惠答,培训完了,他买了东西给老婆。小胡问,那他和他老婆关系怎样?杨学惠说,之前听王巧云讲,他老婆和他不大同房,但都是说说的。一个人在外有点说法很正常,大家都有说法。邵家杰说,你见过他老婆吧。杨学惠道,见过,但不熟,见面打个招呼的交情。他老婆不是本地人,1985年从湖南长沙过来,在纺织厂上班,结婚后不上了,专门带孩子。说起来,杜吉英算我介绍的,当时她总来邮局给老家弟弟寄钱,让谷燕青瞧见。我们都说不适合,但他一意坚持,也没办法。谷燕青这样的人,着实可惜了,还是不该介绍。

天色渐晚，暮星上浮，两人正准备离开，王巧云却回来了，手里提着两塑料袋蔬菜。她否认之前说过谷燕青夫妻不睦的事情：有些人自己嚼舌头就算，偏喜欢泼脏水在别人身上，真不要脸。有点动静是正常的，小谷夫妇吵得不算多。同样住隔壁，208的那谁不比谷燕青家多多了？

审讯室太热，邵家杰把风扇打开，偏向谷燕青，把笔录念了，问，还有什么想说的吗？谷燕青说，没了，就这样。邵家杰把笔和印泥收起，谷燕青忽然说，能不能给我一根烟。邵家杰说，行。之前不抽？牙挺白。谷燕青道，是，现在就一想。邵家杰从上衣兜掏出烟盒，抽出两根红梅，擦了根火柴。邵家杰意外发现他拿烟模样很自然，不像个新手，手指纤长，一看就是写字的，而不像一个凶徒。谷燕青手戴镣铐，得低头才能够着烟，他吸了一口，吐出烟圈，过了一会儿，开口说，我跟我老婆偷着约会了三次，她就有了。我父亲不知道，还在四处给我找人相亲。我跟他说了这事，他意见很大。两人三天没过说话。到了周五，我下班回来，见他背对大门，在院里刨木条，说是做个摇篮，让孙子睡觉。但我们头胎生了女儿。邵家杰说，嗯。谷燕青将烟灰弹进手心，又说，我父亲年轻时跟着老木匠学过徒，但后来阴差阳错做了赤脚医生。邵家杰说，认识，给我打过针。小胡小时候跟他拿过打虫的宝塔糖。谷燕青说，对。他不碰木工活已经三十年。篮子做得不行，没几年木头架子就烂了。这人好酒，一顿没酒都吃不了饭，不抽烟，但得了肺癌，查出来的时候已经晚期。还是想抱孙子，不是不想遂他愿，试过，但七八年下来没啥动静。1993年的事，我父亲走了也快四年了。邵家杰说，这种事得看运气。生男生女一个样。谷燕青说，是啊，得看运气。你结婚没？邵家杰说，差一点。他的烟抽完了，谷燕青还有一小截，说，结婚人会不一样一点，生了孩子想法又会变一变。邵家杰说，是的，都会变。烟还要吗？谷燕青用拇指和食指将烟丝上的微火碾灭，说，不，够了，谢谢你。说起来惭愧，这么多年，没能攒下什么钱，也没留下什么东西给小雪。

邵家杰没回话，他试图回忆尸检报告。小舌骨以及环状软骨断裂，气管坍缩变形，眼睑脖子都有伤。胃里内容物干净，简言之，没药。最深的足印，以及死者脖子上指纹都对得上，只有几个不算疑点的疑点，一是谷燕青声称不知道老婆怀孕，二是他对套鞋一事记忆不详，现场还有一串四十二码的足印，谷燕青解释是凌晨三点又看了一次，但家里细翻过，没找到那双雨靴；三是刑侦队在派出所让他一人抡过桌子，看起来很吃力。杜吉英一米六四，体重约五十七公斤，当时小五和小斌两人才拖下来。邵家杰后来有种预感，那会儿他如果多问一句，谷燕青大概会说出别的。但他没有。之前带他的师傅，是个老警察，姓范，家离单位两公里，夏天五六点钟就到派出所，不管什么活儿都干。1989年除夕，三余镇二大队有人多喝了两杯洋河，出手打伤了老丈人，他骑木兰开了十五公里去调解。回来时泥路结冰，摔进水渠，折了一根肋骨，摔坏右眼，之后只有左眼能见光。晚间办不了案，改由徒弟邵家杰巡逻，自己白天专跑老头上户口。1995年1月4日晚，邵家杰出门买电池，老范值班，问他经不经过药店，邵家杰说，不经过。回来后，老范蜷缩在沙发和茶几间的空地上，嘴唇发紫，人没了，桌上的水杯还是满的，有热气。老范没死前，邵家杰有个谈了五年的女朋友。女孩师范毕业，为了他在镇小学教音乐。小学不适合她。他找过上面几次，想调崇川分局，没能走通。老范死后，他下定决心好好干。到了八月，镇上死了一个傻子，十七岁，读小学三年级，尸体从河道浮起，但捞起时肚中没水，后脑勺有个扳手大小的血印。家中还有一个哥哥，三十大几，没有结婚，说不查了。他坚持了一年，哥哥竭力反对，最终没查出什么。去年年初，女孩和港闸船厂一个四十岁的海工结了婚，今年暑期结束就搬去学田。他表姐参加了婚礼，说女孩在婚礼上哭得很厉害。和个人生活的塌陷相比，他那一丁点儿正义的坚持，多数时候显得太轻。和真相相比呢，不，并没有什么的所谓真相。邵家杰踩灭烟头，将桌上烟灰拍到地上，心想，下一次再听到谷燕青的名字，估计已经是个死人了。

三

出事后的第三天，谷雪站在警局内室，与人群只隔一扇铁窗。围观者甚众，不少熟人都在其列，她意外发现许静仪也在。负责办案的邵警官进来，说，走吧，你小姑在外面等你。这是谷雪第一次见小姑谷月红。谷月红二十多年前已定居上海，跟家里人甚少往来。她五六岁的时候见过一次，据说小姑炒股票赚了点钱，回家时意气风发，但后来悉数亏损，精神也出了问题。她这会儿所见的谷月红，是一个瘦骨嶙峋，头发蓬乱，轻微凸嘴的女人，因为不事修饰，早就失去光彩，手里总是紧抓一只牛皮手提包。

大巴开到半路,有人吐了。乘客们不得不下车让司机清理,三三两两地站在路边,抽烟,或是聊天。这里属于常熟,农田垄地种植了大量薄荷。薄荷与雨后的清凉气息冲淡了车厢里浑浊复杂的气味,甚至会让人产生一种幻觉:灾难已经过去,糟糕的事情不会再发生了。

谷月红再婚不过半年,和丈夫陈建飞刚刚分到一套三十多平方米的公屋。屋子建于上世纪九十年代初期,位于虹口区海伦路24号,总共五层。两人选房次序排得相对靠后,最终拿到一层102室。楼是筒子楼结构,与亭子间相比,胜在整洁安静,但也好不了多少。格局都是一通到底,除去卫生间和厨房,客厅和卧室只能依靠五斗柜和衣橱勉强划出功能分区。谷雪过来后,陈建飞又找来纸板箱,替其在客厅隔出一个两肘宽的单人间。因为很少收拾,屋子不可避免地充斥着一股霉味。

刚刚安顿下来不到个把月,谷月红就接到监狱电话,说谷燕青在狱中自杀未遂,家属最好去看看。谷燕青的事发是因为一个室友的举报,室友是宿迁人,过年跟人打牌,输了一千块钱,大怒之下,将其中一个牌友打至硬脑膜下腔出血,对方抬到医院后没多久就死了。他有失眠的毛病,说二床犯人总是半夜起来小便,滴拉整宿。狱警听后,疑心谷燕青搞小动作,查了半天床铺,没任何发现,但等囚服袖子一推,伤痕都显了出来。谷燕青所用的工具,正是织毛衣的竹针。谷月红放下电话,大骂要死,但最终还是决定去看看情况,出发前即跟谷雪说好,无论如何都得当天往返。两人买了六点的车,七百公里车程,到盐城时已经下午两点。车站下来还得需辗转两次公交,走五公里。两人走了一段尘沙漫天的长路，等到做完登记和检查，已经下午四点，谷月红顿时焦急起来，唯恐赶不上大巴，这时谷燕青跟在两名狱警后面出来。虽然入狱时间不长，但其面貌却发生了很大的变化，头发剃光，人也消瘦不少。谷月红抱着手提包，坐在塑料椅子上，过了一会儿，开口道，其实割脉死不了人的。你那种割法死不了。谷燕青没作声。谷月红又说，你割的都是静脉，没什么用，出不了几滴血，风一吹就好。伤口也不深，是觉得太疼，半道收手。所以你不舍得死，既然舍不得死，就好好过，真不想活，谁都拦不住。上吊、吃药……什么都比割脉干脆。狱警打断：说什么呢你？谷月红不说话了，站起身，拉着谷雪离开监狱。

到了1998年4月27日，谷月红失了踪。当日下午三点，谷月红说出门买菜，却没带钥匙钱包。陈建飞加班，八点到家，谷月红还没回来。等到九点，她依然没出现。谷雪没吃晚饭，陈建飞蒸了一碗鸡蛋，两人就米饭吃了。吃完饭，陈建飞带一只手电筒出了门，留谷雪一个人在家做作业。客厅方桌只有一盏布台灯，光源能够照亮的地方极为有限。夜风吹来，带动整屋光影，人像是漂浮于黑暗的海面。她害怕起来，打开所有电灯，祈祷小姑和姑父尽早回来。

陈建飞找到十二点，把谷月红单位、菜市场、大小公园都找了一遍。第二天又问了一圈周围邻居和店铺老板，只有一个人说下午五六点见谷月红出小区门，但后来没再见她回来。四天后，上海下起大雨。过了几天，有人报案说，四谷断头河有具女尸。出现浮尸的断头河五百米长，距离小区三四公里，河水里到处都是工业污水、枯枝败叶、塑料果皮，偶有淹死的禽类老鼠。但这附近并没有农田或者养殖场，这使得禽类的来源颇为蹊跷。报案者是附近中学的一个老师。但是他当时出现的时刻和原因都颇为尴尬，甚至因此丢了工作。这自然是额外的一段故事。谷月红在时，人生都在上一段失败的漩涡中打转，没有任何值得一提的地方，但离开之后，围绕她却又衍生出新的故事，大概会出其意料之外。

浸泡太久，女尸腐败程度很高，加之尸体全裸，衣物和身份证被流水带走，警察四处张贴认尸告示。告示贴到了小区门口，五金店老板见了，想了三天，还是把告示给了陈建飞。陈建飞去了警局，出来后却说不是。女尸案不了了之。那些年案子不算少，很多都这样悄无声息地过去了，谷月红的行踪也是。陈建飞找了大半年，也只能放弃。时间嗒嗒向前，日子还得继续，虽然手忙脚乱了好一阵。已经是1999年，谷雪十四岁，进入虹口五十二初中读书，同学课上讲普通话，下课讲沪语，仿佛有意识拉起一道看不见的屏障，将其隔离在外。

这年梅雨季一来，用来隔断的纸板箱软去大半。陈建飞主动让出主卧，自己睡到客厅。虽然他出自善意，但谷雪夜半上厕所，还是得经过客厅。马桶老旧，稍有动静，声响极大。为了不让姑父听见，谷雪试过赤脚走路，压盖冲水，还试过开水龙头。但在这样一个狭小封闭的空间，并没什么太大作用。

她长大了，四肢生长，午间趴在桌子休息，胸口被木桌压得生疼。她也知道男生对女生的变化明察秋毫，上体育课的时候，他们的眼睛总是盯着某些部位，而她对此充满羞愧。不少女生已经穿上背心式胸衣，但她对陈建飞开不了口要钱。小姑离开之后，她和陈建飞的关系更加脆弱。陈建飞虽然担负起监护职责，但是两人却又缺乏一种深层的联系和纽带，随时可中止。

她不是没动过小姑留下的那堆衣物的主意。搬到主卧后，她翻过几次衣柜，但成年女性的衣服和少女显然很难匹配。她省下早餐钱，买了件白色背心，脏了晚上洗净，挂在房内晾干。梅雨季一来，衣服很难干透，为了再买一件替换，只能又饿上两个礼拜。不可逾越的夏天，让一切更炎热、更潮湿、更令人心碎，她迫切希望离开这间阴暗潮湿的屋子，去往一个光明巨大的所在，去读书，去工作，去接触更多的人群，听见更多的声音。只是什么样的到达才是到达，什么样的生活才算光明，她也不知道。她只能忍耐，再一步一步，走向门外。

谷月红失踪后，谷雪见过她一次。那个早上，谷月红推门进来，坐到床边，头发潮湿，全身仿佛被水汽笼罩。她比谷雪记忆里要年轻一些。是因为逆光还是因为别的？她究竟走了半年还是一年？但谷雪还记得谷月红离去前为数不多的温存时刻。谷月红说，你去衣柜下面第二层抽屉找找，东西在里头。谷雪坐起身，发现动弹不了，她在无声的挣扎中醒过来，发现正躺在床上，身下一小摊猩红色的血迹——只是一个梦境而已。

她下了床，拉开抽屉，抽屉内是几包未开封的卫生巾，扔着几粒樟脑丸。她找了条干净内裤，试着将卫生棉垫上。药味冲淡了血液的不洁，她心绪也变得平静起来。如果不是梦境和血迹，这天其实和平时并没什么差别，只是早醒二十分钟罢了。但她很感激小姑的提点。出门前，陈建飞多给了一些零用，说，要记得吃得饱一些。

她不知道陈建飞是不是听见了什么,但她是在这样一种尴尬的境遇中,了解到钱的必要性的。她小时候生活的小镇,大家都过得差不多,没谁更穷,也没谁更富,但是到了这个年纪,钱是用以区分身份和阶层的重要标志。忽然之间,她就成了最平庸的女孩,鸿沟无法抹平。她还记得那会儿总会梦见相似的景象:太阳很烈,却是冬天,她一个人穿过大片树林,最后站在一棵大树下,树上没有叶子,满枝开满纯白的花朵,花蕊明黄,花瓣比樱花更细密,她可以看清每一朵花瓣的模样。每一棵树木都是一种丝绸的名字。这个梦长久地困扰着谷雪,醒来时她依然沉陷于其中。她还梦见自己站在一个集市,急于兜售掉某些衣物,却无人问津。与梦见树木或者衣服相比,她梦见亲人的时刻要少许多。一天晚上,她看见母亲坐在一幢红屋子的中厅,两人之间隔着一条黑暗的甬道。她迟疑地伸出手,发现红色并非颜料,而是燃烧着的火。她不知道这些梦究竟意味着什么,也不知道该和谁谈论,她只知道自己正磕磕绊绊地在这条漆黑的甬道走着,无法找到出口。

四

谷月红高中毕业时,正值谷燕青分配到镇邮局,成了家族骄傲,而她成绩普通,除了嫁人和做女工,并没有其他出路。但她天生胆大,估算一番,从苏北带了一批纯棉床品到上海,以为会改变命运,结果发现床品压根卖不出去,不知是营销的失策,还是其他。她从闵行走到南汇,发现上海郊区的风物人情,和苏北并没太大区别。她再也走不动了,只能以极其低廉的价格卖掉了存货。卖完东西,她两手空空,去南京东路和人民广场走了一圈,一直走上外滩。她在这边快一年,却从没时间与心情去江边看一看。清晨七点的黄浦江笼罩着一层浅灰色云雾,建筑很高,刺破云雾,大楼只剩下线条和轮廓,像是铁皮盒上的手绘画。远处隐隐有声响传来,那是1984年的十二月。

1985年,股票重新盛行,半死不活了许久的市场忽然变得很热,人人忙着打新股。谷月红拿着卖床品的钱,忍着低温,排了四小时,差点虚脱。身后的梁兆明扶住了她,并倒了一瓶盖热水。热水灌进去,谷月红缓了过来。梁兆明看到了她的脸,虽然冻得发青,但饱满的额头和脸,与他宝路水壶上的邓丽君颇为相似。他见过她几次,即便在买股票的人群中,她也是最积极的之一。他来自广东,她来自苏北,队伍里面除了他们,大概都是上海人。股票甫一开市即大涨,从两百块涨到八百块,两人在交易所外相拥欢呼,为新世界的降临雀跃不已。两人恋爱,结婚,栖身于乔家路弄堂。租给他们房子的是一个上海老太太,对他们的要求是尽量干净,不要吵架。两人正值热恋,笑意盈盈,连称不会。谷月红想着攒够钱回江苏盖楼,他想着去广州,当然在上海也并无不可。目标虽有差异,但对未来都充满期望,虚拟数字的增加,进一步刺激了他们的遐想。

两人的蜜月期持续了六年,1992年到来了。对于炒股者来说,1992无疑是大限之年。两人经济骤然陷入困窘,争执不断。谷月红怀了孕,三个月,肚子已经很大。弄堂外的法国梧桐和香樟树落满知了，蝉鸣和炎热让夏季变得躁郁难忍。她生了痱子，没有风扇，也不能涂太多清凉油，恳求他去买个西瓜。他拿上钱，却去了赌场，出赌场门时只剩下几毛，在路边货车摊上，买了一只瓜。谷月红剖开，发现瓜瓤发白，用尽力气，将西瓜砸向他。粉白瓜瓤裂开一地。他怒不可遏，打了她一个耳光，她推开他，又打了他。

1992年的中国南方，正在发生着春日的故事，但在上海，处暑之中，他们却经历着空前的寒意。他不敢相信命运残酷至此，在任何一张赌桌上，都会输得这样惨淡。他用方言诅咒了一番，谷月红没有听懂，也没有站稳，倒在瓜上，瓜汁浸透了她的睡裙。房东老太听到声响：哦哟，好了呀，要打死人的，死人了哪能办。再打日子都不要过了，统统帮我搬出去。

谷月红流了产，再没能怀孕。1993年七月，两人离了婚。分开后，谷月红做的第一件事，就是剪照片。两人曾在打浦路一家照相馆拍过婚纱照，谷月红穿白绸大摆裙，拿一束粉色塑料玫瑰，坐在深紫色天鹅绒椅子上，梁兆明站在她身后，照相馆提供的灰卡其垫肩西装太大了，两人妆容也过犹不及。这样丧气的开始似乎给他们不幸的婚姻提前做好了注脚。借着照片，谷月红得以重温他们曾游历过的地方：动物园，朱家角，佘山……两人在照片上姿势雷同，都是他扶住她的肩，她坐在石头或者桥墩上，绿色树枝垂落。哪里都能找到这样的枝丫，相似的，还有憧憬与喜悦。这些记忆鲜活无比，娓娓道来，纵然被剪得七零八落，也是一样。他忘记带走的一件棉毛衫，散发出萦绕不去的气味，让她想起过去无数共枕的时光。她将衣物和碎纸扔进结婚时买下的红底鸳鸯盆，点起火柴。在涤纶和银版相纸燃烧的刺鼻气味里，谷月红嚎啕而泣。

起先谷月红努力遏止想找他的愿望，过了半年，决定写信。那座同居过的屋子，谷月红又住了两年，却没等来一封回信。她投递出去的信件，因对方不断变化的地址，最终消失在一个又一个的绿色邮箱。夜籁之下，万物静默无言，她的愿望从没得到回应。

到了1996年八月，谷月红觉得无论如何都得再见他一面，哪怕丧失自尊，重蹈覆辙也没关系。从乘坐了十五个小时的长途大巴下来，走出广州客运站的那刻，谷月红忽然意识到了什么，向着人群望去——什么也没看见——此时他正乘上一辆前往珠海的汽车。这是他们一生中最为接近的错过。他从珠海到东莞，再到广州，最后和一个做仓库管理员的女人过完了余下的二十年。而谷月红在西关、天河一带，茫无目的地游荡了三天，直到钱都用完，才回到上海。

1996年十月，谷月红在虹口区一家私营企业找到一份会计工作，不再谈及过去失败的婚姻，如同邓丽君一样饱满的面容，也变得削瘦寡欢。一个常来办业务的公务员注意到了她，发现她每天中午都会泡一杯麦乳精，而不吃午餐，猜测她嗜甜，于是托人买来高价的进口巧克力与糖果。她没有推辞便收下。甜食带来了一种奢侈的安慰，提供了彻骨寒冷中的一种暖源。她同意和他约会。一天傍晚，陈建飞带她去复兴公园散步。天快黑了，灯光从树叶缝隙里交错泻下。游乐园的碰碰车和旋转木马都已上锁，但是谷月红坚持要坐。陈建飞只能跟管理员打招呼，加钱放行。

金色的灯光开启，木马缓缓移动，谷月红想，她的人生仿佛走了一个圆圈，一无所有，一无所获，只是一个悲哀的零。但她还是因这一刻的浪漫而动容。她说，陈建飞，你是好人，我们是可以结婚的。

1997年1月21日，大寒之后的第一天，谷月红嫁给了公务员陈建飞。她依然没有什么朋友，他也是。谷月红的两次婚礼都在潦草中完成，陈建飞的父母从嘉定赶来，还有几个老同事。众人在保罗酒楼里吃了一餐饭。结完婚，两人赶上了分房的尾巴，在虹口区拿到一套公屋。她开始怀疑陈建飞此前的温柔，不过是他为了分房而做出的努力。

陈建飞的父母一再敦促生子，为此两人增加了做爱的频率，但是毫无成效。每结束一场乏味疲惫的性事，汗水浸透蔺草编织的凉席，两人都能早早预言又一次失败的结果。一天小区有人来传教，谷月红得到一本《圣经》，顺手翻到其中一页，读到哈拿因为无法生子而哭泣，丈夫以利迦拿说，你有我，岂不比拥有十个儿子更快活？

陈建飞劝慰说，你拥有我，岂不是比拥有子女更加快乐？

看着陈建飞满怀期待的脸，谷月红说不出一句话。她日夜劳作、祷告，试图获取的，绝非是子女。她不过在一个人身上寻找另一个的影子，在岁月里悲哀地刻舟求剑，即便徒劳。陈建飞的竞争者，是一个没有死去但不会再出现的鬼魂。鬼魂必将永存于他们之间。他呢，也许把她当作了政策结束前的一记加注。代价是均衡的，她将他当作了一根溺水者的稻草。

整个夏季，两人都以风扇抵御热浪，空调因为耗电而一再闲置。在难捱的暑热里，谷月红对生活充满了倦怠和绝望。冬天过去，春天降临，时节轮转，却从没听闻任何一个好消息，一个夏天熬过，又一个夏天到来。她说服自己，努力振作，但是每天醒来，她都知道，事情不会再好了。当下一次灾难袭来，一定远比这次更加严重。她无法理解为何其他人可以无动于衷地过下去，而她却仿佛赤脚踩在滚烫的石头上，背负着沉重的镣铐，透不过气，感到一种深刻的羞耻。这种羞耻，来自于她对人生的极端不自信，来自于痛苦这般如影随形，来自于她对于种种劫难，毫无反手余地，来自于苦苦求索之后，没有答案。她记得自己的少女时期，可以熬上一整夜，一整天，就为了买到刚出的股票。她怀念那时候的自己，精力充沛，一往无前，谁知道这么快就耗光了所有的气力。

1996 年，上海街道布满了扭成紫荆花形状的石楠花、黄杨木，人人都在预备躬逢一个大时代的降临，市井人生也有了光彩照人的意味。只有谷月红，行动迟缓，永远落后于时代一拍。

节日过去，光彩消失，盛世只在交接的瞬间。1998 年 4 月，她忽然出现了好转的征兆，适度进行户外运动，买菜也不再忘拿找回的零钱；准时上下班，与人攀谈，睡眠也相对正常。两人的性事重又开始。四月底，纯白色的木绣球开满职工宿舍外的红墙，粉红蔷薇结满深绿色的枝头，好像一道天然花墙。24 日傍晚，她在楼下专注地看了一会儿绣球，独自走出了小区。

没人再见过她。

五

2008年，许静仪在上海大学读对外汉语专业。学校有不少日韩美留学生。很多中文系学生会在网上发帖寻找学习结队，教中文的同时，也可顺带学习外语。许静仪和韩国留学生姜泰秀正是因此在网络上相识。姜泰秀二十七岁，瘦高个，自然卷，单眼皮。前四次见面，因为语言隔阂，无法鞭辟入里，一堂课半小时草草结束，剩下的半小时，两人谈论两国迥异的饮食习惯，谈论住在隔壁的日本留学生稻恒信野某些好玩儿的地方——那是个个子不高、皮肤微黑的男生，书桌前贴着一副成人女优的海报，据说是其高中同学的姐姐。

第五次见面是周四下午。许静仪上完比较文学课，抬头看见一大片乌云，将浓景淡景笼在身下。她加快步伐，刚走到宿舍楼下，雨已彻底下起，室内顿然陷入一种喑哑沉郁的灰绸。姜泰秀没回来，待其冲到，身上已全湿。他连连道歉，把门打开，旋开台灯，一蚕灯火照得室内黄亮。空间逼仄，装修简陋，只放着一张书桌、一张单人床，行李箱立着放在床边。

已经五月底，姜泰秀为期一年的学习差不多就要告一段落，但他还是停留在最浅显的发音阶段，P和F无法分清，"吃饭"总读成"吃叛"。许静仪努力教着，P，F。P，唇轻撞一次，气流送出，F，牙齿压唇，气流锁紧。她指着自己，P，送，F，不送。她伸出手，点着他下唇，放松一点。他涨红脸。她安抚他，没事，没事。

姜泰秀说，你朋友呢？总是见你一个人。

一定是灯光的作用，她想，也可能因为是最后一次，所以她由着自己说话。或者她只不过仰仗着对方听不懂。

不啊，有个女友。刚进大学的时候，为了彰显叛逆，她跑去染了一头奇怪的金发，结果不到一个月，就悻悻染回。她是在校门口理发店遇到那个叫米薇薇的女孩的，从那时起，她们就成了朋友。

许静仪避免自己谈到她们曾经如何亲密：蜻蜓点水的接吻，以及相互调整胸衣。她当时到底怎么会忽然想起染发？这当然跟高中管理过于严格有关系。因为严格，所以总想忤逆。语文老师曾劝其好好读书，才能离开眼下的圈子。她深为所动，每天刻苦做题，坚信读书真的可能改变命运。高考发榜，她意外超出本科线不少，许家在市里四星酒楼摆了五六桌谢师宴，整个宴会的气氛都是醉醺醺的。语文老师也在，同样醉醺醺的。她这时候才明白，老师一生说过太多话了，并不知道无意的一句会对旁人来带什么改变。

两个女生在学校里面成双入对，像是连体婴，结果却成了残酷的比对。跟她相比，女友米薇薇要可爱、受欢迎得多，在阶梯教室上集体课，男生一下课就递来纸条，同学，留个电话好吧。而许静仪站在边上，像舞台边一个无足轻重的观众——这当然没什么。

读大二时，寝室有四人。一次三号铺的夏小吟说起自己的困扰：她和机自学院一个男生恋爱半年，两人正商议是否进入肉体实践阶段。男生给了她们一些小电影。大家在寝室看完后，例行讨论,她想了一会儿,问:他那里长什么样?无人能回答这个尴尬愚蠢的提问。夏小吟关掉了灯。

许静仪对性交画面并不新鲜,只是需要更真切的细节。她大一修存在主义电影课,第一堂课,老师安排观看法斯宾德的《水手奎雷尔》,放到男性性交画面,人群传出轻轻嬉笑,几个女生背包走出教室,以示抗议,随着画面的愈发激进,出走抗议的人越来越多,她却带着过盛的好奇,与剩下的十几个男生看完全程。她还记得那会儿看《巴黎的最后探戈》,看到四十八岁不算老但因臃肿发福而尽显老态的马龙·白兰度和十九岁的玛丽娅·施奈德在巴黎灰扑扑的小公寓做爱,少女瘦伶伶的肩胛骨像蝶翼,被迟暮的男子压在身下,影史上最臭名昭著的情色镜头:毫无情感,粗暴直接,但电影里的衰老和隔阂比性更触目惊心。那会儿她还天真地以为,女性不需要性,她只需要友谊。但是谁知道呢?

楼下经过一群轰轰烈烈的人,雨天也没有停下。姜泰秀站起来,给她倒了一杯水。许静仪看着他们,想起自己刚进入学校那阵,好像广阔无垠的自由,正像海洋一样涌来,但是很快的,没多久,她在这种自由里并未高兴多久,就陷入了更大的危机。她在三十岁之后还将面对更大的困境,那种好像拥有诸多选择、但选择并不存在的困境。

到了大二,她和那位女友加入了一个兼职社团。入社交五十块钱押金,找到工作押金退还,社团扣去三成打工收入。一天在食堂吃晚餐,米薇薇欲言又止,许静仪什么都没说,却知道,变故已经来临,但她还得听下去。米薇薇说,那天晚上,他们在徐汇区做完会议兼职,已过十一点,寝室的门早就关上,她只能跟着同行的学长去一家旅店过夜。她和油画系的男友在性上试验那么多次,都没成功,最后却和这个叫吴思超的学长在一起了。我们什么都无法预计,是吗,米薇薇说,抖落疼痛和羞耻仿佛抖落衣服上的灰尘,许静仪听着,难受至极——她一度自得于清洁理性,一抬头,却发现众人已经阔步向前,只有她还是年画纸上抱寿桃的圆脸小女童,处子的圆髻变成了罪人的黥面。

谁想得到呢?

她们不再对等,她们不在一个水平线上。但她们曾是双胞胎啊,怎么骤然间就落后半步,好像米薇薇提前咬断脐带走出来,独留她一人,皮肤泡皱,还得蜷在子宫。

后来,吴思超请米薇薇吃饭,米薇薇却拖上许静仪。吃饭在学校附近一家西餐厅,坐下没多久,吴思超带着一个男孩撞开门口珠帘闯进。她见过那男生一次——2007年秋,她选了一堂名为浪漫钢琴赏析的课程,某节课上到中途,讲到肖邦与康丝坦斯,一个男生旁若无人地进来,张望一圈,坐在她身后。一学期下来,他们交换了一次笔记本,并仅限于此。这次吃饭之后,他们就变成那种古怪的四人游。仿佛为了让四人游更加合理似的,她跟那个学长告白,但是当时对方只说谢谢。她至今也没弄明白,那句谢谢究竟意味着什么。她绝望的暗恋持续了小半年,到了圣诞前夕,她不顾严寒,穿着毛领牛仔和短裙,麂皮短靴,化了隆重的妆,抖抖索索跟着他们去南京路唱歌,却因为羞涩,一首也没唱成。还差两分就十二点,大家调整手机时间,保持一致,高呼倒计时。欢呼停止后,吴思超提议不回学校。四人在南京东路一条巷内找到一家旅店。两间房,她和学长一间。过道昏暗,四盏灯坏了两盏。两人拾级上楼,学长的手一直搭在她肩上,到了房间才放下,摸索着在卡槽处插入卡片。灯亮了,白炽灯打在马赛克砖石上,一地劣迹,一览无余。温热的空调风带着灰尘和病菌扑面而来。房间两张床,木板上架着席梦思,床褥又脏又破。学长去洗澡。电视机开着,她看了会儿,节目已经停播,她关掉电视,佯装睡着。学长出来时裹了浴巾,揭开她的被子,将许静仪拉进怀里。廉价沐浴乳气味袭来,原本应是她期待的一刻,但毫不神秘,毫不浪漫,连搅扰多日的心动都一并消失。她束手无策,哭了起来,说,不行,这是我第一次。说起第一次,她就陷入情绪,啜泣愈加厉害,一味反复重申处女身份,也不知道怎么了。然后学长说,抱歉,他心仪的也是米薇薇,所以是不会碰她的。说完他就回到自己床上,没一会儿就鼾声大作。

她没和姜泰秀说的是,她觉得最怪异的部分,在于她在友谊中,又成了次一等的角色。好像童年那种友谊处境,又延续了下来。她在洗手间那会儿,见镜中自己鼻头和眼睛红肿,觉得这是对她轻浮和欲望的惩罚。

后来,她没法面对米薇薇。吴思超也没能追上。两人大概因为相似的失落,所以经常在一起吃饭。那时候的恋爱比后来都简单,几顿饭就能奠定一段关系,无需权衡太多利弊。六月下,他们在马记清真馆吃烧烤看世界杯,看到捷克队内德维德输球,意大利的队友们一一过来,拥抱劝慰,情不自禁鼻酸起来。男性的友谊。男性的世界。她不擅饮酒,但还是把剩下的半杯百威喝完。回寝室途中,走至湖边,她酒精上头,跌坐草地。吴思超也在其身后坐下。之后不知道怎的,他们吻了起来,之后也不知怎的,吴思超忽然捉住她的手,摁进裤子,哀求道,帮帮我。她于是碰到了那东西。与其想象的太不一样。她大骇,俯身吐了起来。

这样狼狈的时刻你经历过吗?以为准备好了,其实根本没有。她和吴思超,不过两个备选和副手,看起来相互慰藉,但内在轻视。这种轻视是不会改变的。已经是2008年的暮春,临近毕业,她还在门外徘徊,只能反复观看文本影像里的桥段,却无法参与其中,只能看见男性脊背在女性身上的起伏,却不明白水下真相。

她不确定他听懂没有。也许明白五六分。她又说,可能是因为不够漂亮所致。漂亮一点,某些事情也许会轻易一点。你呢?你怎么会来这里?

他说,因为近视,没法服兵役。这事总叫他有种说不清的失望。毕业后他当了一名西餐厨师,却忽然冒出一个古怪的想法,要学中文,于是找到一个机会跑到中国。学了半年才发现,多一门半生不熟的技能不会对将来产生什么影响。有些留学生会找中国女孩谈恋爱,睡觉。但他没有。当然,样貌普通是其一,还有经济问题。好像女孩们觉得留学生经济会好一些,但其实并不一定。他有个妹妹,还在读书,父亲身体也不好,家庭普通,出国读书已经足够任性。他在中国的时间很短,要是一件事情已经确定会终结,他多半不会想开始——可能也是为了自保。之前他对一个中国女孩很有好感,接吻过,但没有性,之后不了了之。他痛苦了很长时间。现在一年快要过去了。

窗外雨势渐小，但暮色愈发深重，那盏黄光跃动不休。操场上的人群消失大半。他们去向哪里？又能去向哪里？

你并不是那么不好看的，姜泰秀停顿片刻，忽然说，从一个男性角度而言，你有很多动人的时刻。

她听明白了。她的头发已经留到足够长，他在上面的时刻压到、弄疼了她。事后仿佛出自某种歉意，他跟她说谢谢，这句话让她想起学长。某些地方弄错了。他误会了她的表意，或者，这本是她诱导的结果，但她也很难真正分清二者区别。姜泰秀离开那天她没去送他。早上五点半的飞机。太早了，她想，实在太早了。但她一晚上都没睡着。

六

大学外面共有三家网吧，不论何时过去，总是挤满人。男生居多，戴着耳机玩反恐精英，或者魔兽，屏幕上不停闪烁蓝绿交错的光。但谷雪去网吧的目的，却是写论文或者选课。像她这样没电脑的学生不太多。她仰仗姑父生活，学费五千块钱一个学期，生活费每个月八百到一千块，住宿费一年需要两千三百块等等，这些都比电脑更迫切务实。陈建飞虽然没有再婚，但是作为一个单身汉，他的生活既不富余，也不轻松。一年不过五六万薪水，所有支出加一起，对于他来说，沉重如山。他和谷月红结婚时三十三岁，如今已经四十一，人生路行至大半，工作却毫无建树，接下来的生活仿佛也能一眼洞穿。就算陈建飞倾其所有，但对于谷雪来说，还远远不够。学校食堂提供一些勤工俭学的机会，但收入微薄，只能支持她日常小部分的花销。她还得为年轻的虚荣付出更多代价。眼下她正值一个对外张扬的年纪，理想生活仿佛近在咫尺，却又遥不可及。她需要衣服和配饰才能让自己被看见，不至于总灰扑扑的，埋没于尘堆。她还想搬离那间屋子。直到大三这年，谷雪才因为一些课外兼职略有余裕，搬至大学附近的廉租房。一百来方的房子，切成五六间板房，每个单间都只有一张床，一把椅子，一张桌子，简陋之至，卫生间和厨房都得公用，脏乱不堪，每月租金在三百到四百块钱间。

有人在敲她屏幕。她抬头，一个男孩站在桌边，双手半撑，头发很短，身材修长。起先她以为占了别人位置，对方前来抗议，男孩却道，要个号码。他在对面读专科类院校，主业似乎是打游戏。他不是第一个主动找谷雪要号码的，但却是谷雪第一个愿意给的。她说不清被他哪里吸引。

约会了三个月之后，张捷去她那边，两人坐着说了会儿话，之后他站到阳台上去抽烟，周围尚无高层公寓，灯火黯淡。他站了一会，谷雪隔着玻璃跟他招手，于是他拉开门。两人从阳台吻进卧室，他不像之前，尽管她的手还是在一直拒绝着他的抚摸，但是他还是强势地，从上衣下摆一直往上，直到解开她的胸衣。第一次的睡觉体验对于谷雪来说糟糕透顶，跟当晚的灯火一样，充满了慌乱和惨淡的意味。然后，她想，就是这样，跟爱没有关系。

张捷家在杨浦，父母很晚才生了他，他上大学这年，父母六十多岁，早已退休。父亲年轻时在上海国营乳饮厂上班，母亲则是环卫工。退休后父亲靠着给人送快递赚取家用。张捷一个月生活费只有三百块，比谷雪还少。两人既然约会，总要吃饭开销。她对于这段恋情最大的回忆是饥饿。真难相信，在这个时代，在上海，周围人都为体重困扰，他们却与饥馑相伴。两人在一起，因贫穷深陷绝望，因绝望倍感围困，困境又过于具体：房租水电，饭菜钱，通讯费，上网费，一天一天地逼近。她不知道是否年轻时候的恋情都是如此：为了不必要的琐事争执不休，之后再相互伤害；生活里左碰右撞，学业上踉跄无比，处境和关系无不恶劣，单靠一点荷尔蒙的宣泄维系，实际于事无补。努力，懈怠，失望，如此循环，再草草分开。她曾经以为爱会相互补益，但显然并非如此。她还不知道的是，每次她以为的谷底，都还不是她的谷底，折磨还早，一切都尚早，她还得与生活、情感不断地进行困兽之斗。

2008年春，距离论文答辩还剩不到半年，众人或忙于考研，或忙于面试。谷雪是被万千焦虑裹身的毕业生之一，校招一一落选，不得不降格以求，目标变成了几家尚不出名的互联网公司。不怪别的，她大学四年，总为眼前生计担忧，很少做长远打算。

五月的一个中午，谷雪结束一场面试，准备回去。公司位于张江高科，主营进口母婴用品贸易。一进门即可显见成立未多时，两三百平的地面堆满还没来得及打开的大小纸箱和包裹。面试设在西侧一间小办公室，除了她还有三个差不多年纪的年轻女孩在前面等着。她在"你觉得自己有什么优势"那个问题上卡了壳。可能对方还问了些别的，但是她已经忘得差不多了。这个问题大约是她最大的软肋，用以反复提醒其平庸。她是最快结束的那一个,还没出门就已经知道,跟之前几次不会有什么区别。

从地铁口下来,走到公交站,天色骤然放明,光线从蓝灰层叠的云朵中丝丝缕缕铺陈,21路车还没有开到。一个男人走来,大概已经注意到她有段时间了,自我介绍叫沈静波,在附近公司上班,想跟她要个联系方式。

2007年五月是谷雪最贫困的时候,交完房租剩下三百块钱,还得撑上大半月才能迎来补给。她不得不每天早上去学校外的早餐店买一块钱锅贴,六只锅贴吃一天。到晚上九点,她腹中那点零星面食早就消化精光。经济状况成为谷雪选择恋爱对象的一个标准。以前她耻于谈论,不想显得在这方面过于在意,以免暴露其出身,但经历了上一场贫困惶遽的恋情,自尊和热情被磨损,她开始认清,问题不是不去谈论,就会消失不见,只能正面迎向,才有改善可能。一年之后出现的沈静波确实有些恰逢其时,即便样貌身量普通,但某些方面,仿佛理想的白衣男子翩然而至。

沈静波在上海长大,老家在湖北赤壁,三国故事里一个重要的战场,但现代赤壁似乎并不存在。他父亲毕业于武汉大学,是那个年代少见的硕士生,毕业后分配到电力厂任技术主管,母亲则在当地一家中学教英语。1980年前后,父亲调职上海,举家迁至闵行北翟一带。沈家日常虽惯以普通话交流,但沈静波会说少量沪语。他在上海财大读完经济学,入宝洁公司做市场营销。过去十年,他谈过六次恋爱,有一些是同事,也有些是在工作场合遇到的年轻女性,还有父母安排的相亲,但恋情都浅尝辄止。人生至此,一切悬而未决,原先闪着金光的词语和想法都在褪色消失，有些同事跳槽去了别的公司，诸如易趣、IBM等，从中层变成准高层，或者高层；也有几家猎头不知循何路径，找到了他，提出跳槽邀约，开出的薪水不低，但也高不成他变动的理由，所以始终犹疑不定。当天上午，他送那台买了九个月的本田讴歌去4S店保养，走出大门，见微雨初下，预备打辆出租回公司，却看见一个白皙瘦削的女孩站在人群，穿一件质地和样式皆普通的长袖浅蓝色牛仔布连衣裙，脸上没什么喜哀，一下子被打动。

两人前几次约会，他请她在西餐厅吃饭，给她到商店买衣服。第五次他叫她去位于长宁的家中，做咖喱土豆鸡，夜开花虾蓉。交往后，他照应全面，温和细致，买回来的葡萄都会一颗一颗洗干净，告诉她女生应该选择哪些牌子，如何细化简历，如何排版设计，如何应对刁钻问题；告诫她穿衣得小心标签，鞋面得始终干净无尘，乘坐出租得压裙并腿等等。她差点误以为自己过于幸运，仿佛一个人乘独木舟于深流险滩，一点风浪朝夕即可倾覆，却忽然遥遥伸出一支船桨，就此划开新旧两种生活。

是的。从来没有运气太好。两个从未交叉过的世界怎可能完全匹配？一只平白的金苹果，核中必有虫豸——沈静波的温柔从来不会一人专享，他对所有的漂亮女孩都是相似的，听她们聊天，宽慰她们，但凡有求，必施以广泛恩慈，从来无法拒绝。他还是会给过去的女友收拾一些撞过来的烂摊子：商学院的申请，甚至两寸照片的贴法。其中一任女友，大概分手足有四年了，还是记得他，结婚前发现新郎另有他欢，第一反应便是打给他：怎么办啦？酒店和宾客都请好了，连去希腊的蜜月旅行也订好了呀。女孩在电话里泣不成声，沈静波站在阳台上，隔着大半个城市安抚劝慰。人的软弱当然不经扶，一旦沉迷于软弱，便会一直软弱下去，倒在街头，倒在更低处。她已经习惯在他面前瘫软无力，他自然只能半夜开车出去找她，直到她溃决的情绪短暂平复，捱到凌晨才回来。

这些举止当然远构不成爱——至少沈静波是这样说的。

但谷雪却还年轻。她总被一种明确的嫉妒所扰。沈静波劝她不要树立太多的假想敌，但她总是能看到前任在他家留下的蛛丝马迹：发梳上过去的长发，角落里的发圈发夹，用了一半的沐浴乳……每一个夜晚，她在他手机里面，看到的她们的消息，对她都是一种地狱加身的折磨，不知道如何视而不见。他经历太多，她又经历太少，年龄是一个巨大的问题，她只能将所有的懈怠和疲乏统统归结为爱的懈怠和疲乏。

也许她也并没有错，懈怠和疲乏之下，便是无力和匮乏。

2010年七月，沈静波跳槽到一家大型民营集团，负责海外并购业务。起先踌躇满志，以为宏图待启，可大展拳脚，却发现手中项目迟迟无法落地，抱怨和牢骚不免增加。他依然和过去一样，没有打算真正稳定，在恋爱里不断评估、衡量、迟疑，仿佛只要在情感里动荡不止，便能像种着玫瑰永葆年轻的小王子。和沈静波同居三年后，谷雪陆续将部分衣物从虹口旧屋中搬离。虽然本身拥有的也不多，但一涉搬迁，总仿若有内嵌的仪式在。她大三已经住在校外，但是直到跟沈静波同居之后，才算真正离开了姑父家。这些年陈建飞老了不少，每见其一次，似乎都更老一点。有很长时间，两人住在一个屋子里面，既不是亲人，更不是恋人，很难定义关系和彼此，却这样悄无声息地过了十多年。谷雪受惠于他，却也不知怎么回馈于他，在搬家之时，故意留了一些不重要的小物、三四件夏衫、两三条牛仔裤。这一点的拖泥带水，一点身外之物，只是为了留一些念想，佐证还是会回来，但是谁都明白，一切都回不去了。

七

许静仪大学毕业后在黄浦区一家进出口公司做文秘，两年后辞了职。2011年夏，进入一家4A广告公司，做了五年会议策划，如今在一家私企做文案。二十九岁的一整年，她都在期待着会发生一些什么，但无非跟什么样的人约会，去哪吃饭旅行，最多加一两条看似出格的。但一年下来，什么也没发生，什么也没做成。天气渐渐转凉，9月18日，生日当天，许静仪加班到七点，乘坐地铁回家。之前她想叫只蛋糕，又怕送达时间无法凑拢，到了眼下，才发现想叫都没有可能，只能泡桶装方便面果腹，披着针织长外套，看存下的电视剧。悲欢离乱都是假的，她却动了真情。生日过完，就三十岁了，她忽然明白，原来传奇不会发生在自己身上。遇不到传奇并非不走运，只是传奇这样灿烂的东西，注定是属于少数人的。

十一月底，许静仪请了七天年假去日本东京，算是迟来的生日礼物。她找的民宿毗邻筑地市场，银座新富町口地铁出门，右转两次，可达那座灰色小楼。她看到网上消息，百年筑地快拆迁了，建于江户时期的古老鱼铺会搬到丰洲，变得现代化，从前凌晨喧闹的买卖盛景会消失不见。但五点开市,她每天醒来,已经九点十点,拉开窗帘,白昼下的街道亮得晃眼,所有雄心壮志都荡然无存。

前三天她不认识路,午晚餐都是一碗荞麦面加天妇罗,或是松屋牛肉饭。到了第四天,她跟着手机地图找到银座。秋季的东京大厦林立,呈现出褪色、磨旧的质感。她发现浅草寺其实和城隍庙也没太大区别,晴空塔和东方明珠不过身量高低。旁人能见到细节和历史,记忆和故事的叠加,她的头脑却空无一物。从浅草寺雷门走出,站在夫妻桥甬道下,午后阳光如水银泻地,对岸一座金色现代派雕塑,远远望去,不知所以。从浅草去台场,船程一小时,下午三点一刻发船,中途停靠日出,但到达时恰逢日落。一个小小长水台伸进海水,长满绿苔的石头铺了一道金光,几个日本女生踩着光上船。经过彩虹大桥,正值华灯初上,从船上看去,每座高楼都是一座璀璨剔透的水晶之城,海水中的倒影也是,相映生辉。直到这一刻,她才被打动。

从台场回来,船次已停,只能坐海鸥线,再转地铁。许静仪回到公寓,已近九点。大厦电梯门正要关上,她叫道,等等。电梯挤满了人,门被一人扶住,大家都望向她。都听懂了,都是同胞,这栋楼大概专租给中国人。她挤了进去,上到四楼,将围巾和外套挂进衣橱,趴在床上,开始上网。没人跟她打招呼,也没人问候她。她在便签纸上写起旅行排期,改了又改。

入睡未多时,她被一种绵延的震荡惊醒,无法判断眼下是清醒抑或梦境。睡前她吃了几粒褪黑素,不知是否药物作用。她闭着眼睛,一动不动。过了一会,震荡和眩晕消失,响起一阵急切的敲门声。她彻底醒了,打开门,是一个男生,穿着T恤短裤,套了件毛领大衣,说,你知道刚才地震了吗?她一时不知作何反应,男生说,看了新闻才确定,吓得我赶紧下载了一个地震情报APP。他笑起来:你感觉到了吧,我们这楼摇得很厉害。神田川五点四级地震,东京也有强烈震感。许静仪问,你老家哪儿的?他说,海南的。按照这里的建造标准,地震不会怎样,在屋子里面就好。许静仪问,难道你还得一个一个问过去?男生答,你住得近,其他人就算了。

男生走了。她关上门,床上枯坐,翻了一会前男友的微信,想跟他说刚遇地震,但是这个时间点想必他已熟睡。最后一条朋友圈消息是四天前,转发了一条行业讯息。他们是同事,分手半年,天天还能见到,想躲也躲不掉。

许静仪被地震中止的睡眠一直没续上,再一睁眼,已经十点,一路急赶慢赶,才勉强挤上去镰仓的电车。车子在江之岛停下,乘客们下了一部分。去往海上小岛的沿途,可见民居外木质花盆栽种着瓜叶菊、铁线莲、丽格海棠等。岛屿半坡立着鸟居,众人经过红色立柱,慢慢爬上山顶。秋冬海边冷得厉害,海水还算干净,或许因为天空能见度不高的缘故,并不是海报里近于透明的蓝,而是一种令人感伤的灰蓝。

景色和她想象的不太一样,她有些失望,回程踌躇起要不要去箱根。坐在小田急特快专列上时她仍纠结不已,注意到窗外开始飘起雪花。到站六点,需再换乘一趟,才到酒店的所在地强罗。两小时过去,车子还是没来。坐她旁边戴眼镜的老先生大约是马来人,棕肤深目,用英语道,去强罗的所有车都停了。下大雪了。

许静仪这才明白电子屏上的红叉意味着什么。网站上留有房东的号码，电话能拨通，却没人接。等了一会，电话回过来，是房东。两人鸡同鸭讲半天，一个女人的声音贸然加进，却是令人欣喜的普通话：我们在强罗车站停车场，你走出车站向右拐，有一辆黑色丰田越野，车牌号是××××××。

车边站着一个高颧骨的中年男人，穿一件和服式棉衣。车内全都是人，但因为寒冷，多出相依取暖的意思。后座三个大人，其中一个估计就是跟她打电话的那个东北女人，膝头上伏着一个四五岁的小女孩，看起来已睡着。东北女人说，你运气真好，再晚一分钟，我们就开走了。许静仪告谢不迭。副驾驶也有人，一个男生，穿藏蓝毛领大衣，围一条针织围巾，盖过脸下半部，帽子又遮住上半部，仿佛在假寐。他的椅背放太后，抵到许静仪膝盖，她退了退，总觉得有些眼熟。

山路漫长，黑不见光，大家聊起逸事。女人说，她在日本白光待了快十年，这次弟弟和弟媳新婚过来，她带着女儿陪同。她讲得多，许静仪和那男生都没作声。到了住处，一个日本老阿姨开始上菜，饿了一天，许静仪吃完一碗，又多添了一碗。男生把帽子围巾摘除去，许静仪看见那张脸，吃了一惊。也太凑巧。但是他一改上次的热忱，不知是没看见，还是没认出，只闷头吃东西。

吃完晚饭上楼，榻榻米已准备好。她躺着睡不着，想起房东说温泉池子最晚开到一点，决心去泡会儿澡。女浴室就她一个，池子不大，也容不了几人。雪还在下，上方有顶棚，室内和温泉玻璃门相隔，热气不断上涌，水雾在玻璃上凝结。温泉外延是建筑后庭，铺着细砂，插着几株枫叶，后庭外是山，幽暗沉寂，积雪如梅。

许静仪闭上眼睛。隔壁响起水声，应该是有人，她迟疑要不要开口，对方忽然大声说，是你吗？是我，顾睿。上次忘记问你叫什么了。许静仪报了名字，木板那边传来咀嚼声，好奇道，难不成你在池子里吃东西。顾睿笑说，对啊，怕泡得口渴，特意拿一只苹果。

许静仪好笑，问，你接下来去哪里？顾睿说，北海道。先回东京，再飞札幌。你呢？许静仪说，差不多后天回国。顾睿顿了顿，道，你怎么一个人？许静仪说，你不也是。顾睿说，原本有个朋友一起，不过他临时有事。机票买得便宜，不大好退，就自己来了。许静仪说，你做什么？顾睿说，景观设计。你呢？许静仪踌躇了一会，道，文案策划。顾睿道，哦，那很厉害啊。但语气平平。许静仪解释道，就是给婚礼手办礼盒写箴言。顾睿又说，哦，那也很厉害啊。依然语气平平。许静仪补说，……莎士比亚，蒙田，拜伦，雪莱，王尔德，华兹华斯，罗兰·巴特，《圣经》也抄，跟爱相关的就行。不需翻书，网上都整理好了。一个蓝色礼盒，大部分都是拉菲草，就靠卡片撑场面。说到这里，许静仪想，这些年经手过无数动人蜜甜的长短句，动辄一夕白发，一眼永恒，但跟自己其实并没什么关系。

虽然落地窗打开，但是热气从池内涌上，还是令人气闷。她将毛巾浸湿，敷在肩头，毛巾很快凉透，寒意进入肺腑。这些粲然如恒星的名字经过她的嘴，落在硫磺水面，在热雾里消散无踪。那边始终不再有声音。她纠结要不要再说下去，却哒哒响起上楼声。她也出了池子，楼梯口立着一台自动贩卖机。她渴了，投进两枚硬币，槽口吐出一瓶乌龙茶，她拿起来，慢慢喝着，想着心事。

第二天早上八点多，她醒了，拉开伸缩帘，向外望去。大雪已停，阳光大好，仿佛有人劈裂阴翳。客人们穿藏蓝白底的和服浴衣，趿夹趾拖鞋，站在屋檐下聊天，眺望清晨雪景。室外零下五六度左右，但似乎没人觉得冷。屋檐下结满冰凌，玲珑剔透，像倒挂的水晶枝形吊灯。房东正低头扫雪，庭院正中一只半米高雪人，圆肚摁满发黑的小指印，应该堆了有些时候，不知道是谁早起的杰作。顾睿也在院子里，弯腰扶着小女孩的胳膊，一下一下，像荡秋千。小女孩咯吱大笑，踢腿挣扎，他也笑不停。一蓬雪从松枝上掉下，冷不丁溜进顾睿脖子，他放下小女孩，伸手拍掉。

早餐已备好。长桌上放着小碟的煎鲷鱼，玉子烧，芝士虾，刺身，茶碗蒸，茶泡饭，和晚饭规格无异。吃完早餐，已过十点，众人陆续返程。这里没有出租车，需由房东一趟趟送出。东北女人和他们一趟，她们打算坐JR线去富士山。许静仪和顾睿都是下午回新宿，但离发车还有五六个小时，两人都没计划。顾睿主动道，这次在机场临时租来的移动WiFi不大好，一到山里就没信号。许静仪说，嗯。顾睿又说，你在箱根还有什么别的计划吗？许静仪手里抓着从民宿带过来的地图，房东贴心用红笔圈出重要景点，眼下被她捏得皱巴巴，说，网上讲小王子博物馆和琉璃之森不错，想挑个看看。毕竟下次来不知道什么时候。一个男列车员跑来，双手交叉三次，晃了晃红色小旗，吹了下口哨，又跑到另一拨等车者前重复了一遍动作。许静仪说，怎么了？顾睿说，你去不了。看这情况，上山的电缆车都停了。你说是不是很神奇？在东京碰到地震，到箱根又碰上大雪，何况现在才十一月初，以往箱根下雪得到十二月底，百年一遇的大雪。他说百年一遇时加重了语气，但许静仪不觉幸运，只觉倒霉，顾睿宽慰说，下次再来，总有机会的。我看过地图，附近有个强罗公园和强罗美术馆，可以去看看。

强罗公园本是赏枫胜地，但是忽如其来的大雪打落下许多红叶，少数留在枝头，也已行近末路，颜色多是丧气的暗红。倒是地上一连片的枫叶，嵌在雪里，鲜亮不少。顾睿蹲在地上拍照片，许静仪揉了一把雪球，砸向他后背，他将雪抖掉，揉起一只更大的，捶得硬邦邦，砸向她肋下。许静仪一阵生疼，有些生气，独自走到喷泉处。顾睿没再追来。

美术馆也因大雪关了，两人只能回到车站。走到楼梯下，顾睿忽然说，这是EVA里第三世界的所在地。许静仪没听懂，顾睿伸手一指，前方五十米处一个小商店，五六十方大小，像卖动漫周边，看不出太多，她下车那天都没注意到。顾睿又说了一遍：这是第三世界开始的地方。许静仪想听到更多，但他不再说了，去纪念品商店买了一盒印着绫波丽的温泉蛋回来，递了一只给许静仪。两人坐在椅子上，慢条斯理磕着黑色的蛋壳，融化的积雪从车站木顶滴落，连成雨线。她的懊恼终于平复了些。

车来了。两人各找了一个位置。顾睿坐后排，戴上耳机。许静仪位靠车窗，被列车不断抛掷在后的深蓝色天空，像是夏日黄昏的海面，跃动着星点余晖。她哈了口气，用衣袖揩了揩玻璃，说不清是在眺望不断远去的景色，还是窗户映出的那张男性面容。那张脸在迅疾流动的暮景中，一会消融，一会闪现。天越来越暗，变成墨蓝，男性的脸一动不动。有几下她以为他们之间会发生一点什么。顾睿也许单身，也许不是，并不重要。好感的到来过于怪异，像是因为孤独，或者某些特殊情景，大雪、阳光所致，因其美丽而不现实。但地震、百年一遇的大雪，总该意味点什么，毕竟她并不时常有这样的时刻。

许静仪也睡着了。到站的提示声惊醒了她，回头一看，顾睿早醒了。她多余的行李，出发前寄存在新宿中央通地下柜，但忘了具体位置，半天才找到。等取出行李，她在热烘烘的暖气里已出了一身汗，再一看，顾睿早就走了，连声招呼也没打。站内人来来往往，许静仪提着箱子，莫名失望，身边递来一只牛角酥皮面包和一瓶白桃汽水。是顾睿。他说，我想了想，这样，要是你没男朋友，不如考虑一下我。就算异地恋很困难，就算没什么结果，我也想试试——比起之前的平静淡漠，他眼下像个不甚自信、初出茅庐的求职者。

八

2016 年，谷雪和沈静波已经分开四年。刚分手那会，两人尚会不定期见面，因有不少遗留物品需要交接，情感也需缓冲。渐渐的，见面次数变少。谷雪猜他大概有了新女友。刚开始的心动时刻仍历历在目，无意的调情，有意的岔路，危险的试探，光明、喜悦、温暖，最终通往下体，变成直接的欲望，而到结束时，比死还冷的余烬也是相似的，知识、教育、智慧甚至经验，都在那个时刻不起作用，只有皮绽骨露。

她住在长宁区威宁路，一栋木制老楼的三层。午休的昏沉时刻，傍晚的迟暮时分，四楼总会传出无精打采的练琴声。门前道路两侧长满法国梧桐，公司在四谷，如果不太热，可以骑车上班。她也常常会经过河流。2010年前后，上海进行河流整治，曾经的断头河早已不复狼藉。外地人看上海，大概会以为上海是一个居变不移的城市，像外滩，稳固的一百年，身处其中才知道，许多细部每过一段时间，都会迥然不同。原先的酒吧街、夜宵带、菜市场、亭子间，都在更换旧颜。城市规模也是。刚来的时候，她已经觉得庞杂惊人，但这几年，更庞杂，也更惊人。

四月的一天晚上，她陪一位单身女同事相亲，大概男方觉得两女一男不便，于是又拖上一个朋友，叫吕鹏飞。四人在制造局路的一家店铺玩密室游戏。男女主角不大来电，但谷雪从吕鹏飞递橙汁的指尖轻颤中，感到一些别的。聚会结束，地铁已停，他主动提出开车送她回家。坐在后座，她看见后视镜下悬着一只边缘破损的施华洛世奇水晶风铃，在路灯下闪烁着华彩。非常女性化的产物，即便破损也没扔掉，大概来自于某一任难忘的前女友——这曾是沈静波送她的礼物之一。车里在放粤语歌：麦浚龙，陈奕迅。他有点走神，错过了拐至天山路的机会。他说，你记得我吗？我们是同学。她吃了一惊，看着那脸，全无印象。他补充解释，十六年前的小学同学。

她没作声，看着他车椅后面挂着的长绒大衣，像听一个远离的椅子说话。

他说，自己变化很大，她认不出很正常，但她还是跟少女时期一样。但直到那位女友叫她名字，他才敢确定。他听人说，她去了上海，想起她数学真好得惊人，也许会选理科。后来又猜她可能会进上海交大，所以第一志愿即填了交大。但他成绩不出众，以防万一，第二志愿写上海海关高等专科学校。那天下午，他在没开风扇的教室写字，身上手心全是汗。那年上海交大在江苏的录取分数线是648分，他考到669分，过往总在及格线徘徊的语文，破天荒考到120。非但如此，所有分数都比他预计得高，得以进入交大生命科学技术学院遗传与发育科学系——他报考的时候甚至不知道这专业学什么。

大学生活不值一提，毕业后他在一家美国药企做器材销售。他的一个朋友，也是同事，五年前曾劝他跳出来，一起创业，但他父母年纪不小，还有一个身体不大好、在老家做初中数学老师的哥哥，没有冒险的资本，最终错过了一个成为上市公司股东的机会。说远了。他记得四年级时班上忽然流行起养蚕，调皮的男生踩死了一只蚕，扔到她抽屉，没人敢碰，是他用纸巾兜住扔了。还记得吗？六年里，他最想的，就是跟她多说几句话，但他只敢趁着别人不注意，偷望几眼第三排的女孩。她那会儿又总是和一个叫许静仪的女生走在一起，完全不给人亲近的余地。他委托许静仪送过纸条，收到没有？你出事后，她顶替你上台表演，那效果——他忽然顿了顿，不说了——这些年他回忆起最多，是她低头看书的侧脸，皮肤和阳光分不开界限。一天下课，他看她一边读书，一边吃苹果，构成他对洁净庄重的全部理解。那个永远的形象,是跟着广播里钝如木头的第一号无伴奏大提琴组曲序曲一起的,后来他在无数个场所、电影里头听到,全部都变成了她印记的一部分。到最后,万事万物都像她。

谷雪很少会想她在旁人眼前究竟何种形象。过去太久了。她不记得形象、纸条,也不记得吃过苹果。也许有,但并不出奇。他的前半生仿佛被一个女孩儿的形象驱动,她却从来不记得自己曾被主动的意愿推动前进过。她的少女期是痛苦、贫穷且没有尊严的,时间不像其他人那样,以几乎令人察觉不到的速度流逝,而是站在一条艰险湍急的河流中,河流下数不清的岩礁和水草,随时都可能割伤她,绊倒她,但她却没有什么办法去回避。她还记得当时每天都在祈祷时间变快,然后忽然之间,她就变成了三十岁,茫然于时间过得太快。再一想,也许所有人都是这样过来的,是吗?

她不是没读过那些讲述浪漫巧合的故事,但这个故事,也许并非来自上帝的安排,而是一个男孩子固执停留在童年,停留在其一厢情愿的想象。也许这种蔓延十多年的单恋故事会打动有些人,但她不属于其中。

——车驶进小区。这里没法停,她得下车了。

即便她知道某些部分是真的,譬如平卷舌发音的别扭,那些老家人特有的用词,就算过了很多年,也没发生太大的变化。但她目睹、记得的部分,又跟浪漫全无关系。身上浅蓝竖纹商务衬衫,下摆扎进牛仔裤。脸有些发肿,身材也是,游戏时眼神始终无法跟她对视,不超过两秒就望向了别处,如果是少年,此种闪躲大概会给人一种青涩腼腆之感，但是他已经年过三十，给人的感觉是不自信，甚至油滑，像不加节制的夜宵和应酬毁了他。玩游戏的时候，他名字报太快，她只听清了三个字中的"鹏"。她努力回忆带这个字的小学男同学，唯一能想起来的，只有一个姓彭的小胖子，因为体重太突出，很难不被人记住。他没有问她是否单身，她更不会去问他。一位朋友曾对她说过，一旦年过三十，很多事情都应该不言而喻。他说了很多，恋爱和感情史却避而不谈。

她礼貌感谢后，下了车。

整整一个礼拜，她没怎么想起他。4月23日晚上，她下班回到公寓，发现水管坏了，水漫出来，泡涨地毯，厨房和洗手间也成了一片泽国。吕鹏飞发来消息，问她晚饭吃过没有，她说吃不成了，家里发了水灾。他没加犹豫，就跑了过来。他还记得她的地址。检查水箱，修理水管，并没有把脏污看成一桩事情，一直弄到八点半——她当然不会拒绝更多的善意和便利。没吃晚饭，收拾完两人去了沈静波曾推荐的一家创意西餐厅吃晚餐。餐厅只有三四个外国人，每个人说话声音都很轻，桌上放着啤酒。他也不大有胃口。十点出头，他把她送到楼下，就离开了。

第二次单独见面是在一家宁波小海鲜餐厅，他说是偿还上次请客的人情。菜品跟她老家确实有些相似。他比第一次放松了点儿，说起两年前生了一场免疫系统疾病，她才明白浮肿的原因。第三次见面是去上海影城看一部李安的新电影。他早到了二十分钟。她则特意避开同事下班高峰，从另外一个电梯口下去，大概为他不太显眼的外貌羞愧。她从没跟他说过，那时她有喜欢的人——她的上级，已婚，不管去台湾还是澳门出差，都会带凤梨酥、老婆饼等手信给她，但从未明示，永远临渊止步。

出了电影院，已经九点半，两人就近找了家居酒屋。他说漏嘴，提到一些女性。为了凸显她却说了几个无关紧要的女性。她认为他此前过于夸大了单恋的程度，原本逐渐升温的关系，又冷却下来，他依然是一个不甚出色、属于过去的老朋友。

变化发生在五月。她在一个周六的午后梦见了他。梦里他过分年轻，二十出头，除了他还有那个上司，以及一个陌生的瘦女孩。理应是个春天，下着微雨。四个人在走一段湿漉漉的上坡路。树叶繁密，像是杨树或木棉，雨水里充满刺鼻辛辣的味道。他们最终在山顶找到一个树篱围砌的亭子，她预备借着避雨，跟那同事把话说出来，但却不可避免地看到他在旁投来锥心刺骨的眼神。

她醒来时，发现躺在灰色床铺上，只有了然一个人。睡前服下的感冒药，使得她醒来心跳加速。窗外真的在下雨。梦中某些部分是真的。她还发现，在梦中，她喜欢他要比喜欢那个同事多，多太多，不希望他从此消失不见，并迫切渴求发生一点关联。

那段时间她工作不顺，精神也很疲惫。一到这个季节，低气压和潮湿总不可避免让她想起跟梅雨季相关的旧事。也许跟从没开始相关。认识的四个月，他没有拉过她手。几次过马路的时候，出于安全起见，他搭过肩膀，但是一过去便很快放下。

这种感情跟他之前讲述的苦恋无关，更重要的是后来相处的细节。也未必。童年的一切原本早已变成干涸的泉眼，他却使得那泉眼重新流动,重新鲜活。她不知道他是怎么做到的。但确是如此。眼下看起来已别无选择,一切都是真实的,不可忽视——她打开手机,在问出那句话之前,她还想问他一些别的,譬如,他是怎么看待眼下的她。

过了半小时,他才回过来:

"我不知道怎么回答合适,但我会想起一句话,这句话不是我说的,是三岛由纪夫。他说,你们看见玫瑰,就说美丽,看见蛇,就说恶心。你们不知道,这个世界,玫瑰和蛇本是亲密的朋友,到了夜晚,它们互相转化,蛇面颊鲜红,玫瑰鳞片闪闪。你们看见兔子说可爱,看见狮子说可怕。你们不知道,暴风雨之夜,它们是如何流血,如何相爱。

眼下的你对我来说,就是狮蛇玫瑰兔的化身,除此之外,没什么能更好概括。"

她不知道他会读三岛,毕竟和其展露的外表并不相符。但她被打动,更因为这段话的水下之意:承认她的复杂,并视之为美。

不言而喻。三十岁后需得心如明镜。他不需要跟她一一说明过往发生,也无需解释他是否此前跟别的女孩讲过类似话语。她也无需跟他申辩自身。就像后来两人第一次睡觉时候,谷雪并拢双腿,面红耳赤,就像第一次。她可以有永恒的第一次,跟此前成千上万的第一次一样。

他也不会问。

——恋爱是一个复杂的游戏。天真只存在于最开始,或者某个瞬间。更多时候，就算他能包容全部，她也不会允许自己说出口。她还记得从前去大丰监狱，对于一个十来岁的孩子来说，到监狱的那段五公里道路，漫长得不可想象，但见到父亲之后，她却发现他完全变了模样，由此深感失望，于是果决冷酷的，没再去找他。

谷燕青死于2017年六月。监狱通知谷雪，之后交还她一只骨灰盒。谷雪掂了掂，觉得分量过轻。回小镇时，她发现学校没有了，合并到了另外一个镇小学。初中如今是一个精加工工厂，据说是2008年前后造起的。她发现虽然外部瞬息万变，但小镇某些地方恪守着僻静和灰蒙蒙的传统。理发店，超市便利店的商品，依然保有古旧不移的姿态。走在马路边，有人拍了拍她肩膀。她过了一会儿才反应过来，是那个姓邵的警察。他老了，快五十了，两鬓斑白，身形臃肿，但阔脸上失意和鄙夷俱存的模样，却还是跟她小时的印象如出一辙。他说，没想到是病死。好在那天晚上你睡着了。谷雪说，是的。他说，一天我在理发店，看了个电视，刑事侦缉档案。忽然明白了一些事。谷雪说，什么？他大概还想跟他说些别的，但是有人叫住了他。他不再说了，向她摆摆手，向着远处跑去。

她没法问太多——不去看叫人绝望和心惊的部分，也算一种自我保护和防御。不是那次事件，是那些男孩教会了她——那些经过她生命，又无一例外离开了的人。她经历了太多次搬迁，从一个屋子搬到另一个屋子，从一个男性换成另一个男性，颠沛流离，无可依附，不知道何时才能停下；反复经历着心碎和修补，在他们身上如饥似渴地学习与补足从前匮乏的部分，跌倒、再爬起,学会许多,但丧失更多,最终变成眼下模样,看似街头任何一个普通白领。没人知道她走到这里,得耗费多少气力。身在这座庞大绮丽的城市,每天都发生着无数叫人心碎的故事,她不过是最凡庸无奇的之一。

2017年九月的一天,谷雪坐在车前排,看见后座放着一只天蓝色方形礼盒,盒上系着圆点宽边银绸带。见她注意,吕鹏飞解释,同事前段时间结婚。她将纸盒拽到身边。一袋糖村牛轧糖,六包手工曲奇,费列罗和好时巧克力各四颗,还有一听韩国产的乐天芒果汁,余下空间被白色拉菲草塞满。

一张米白色牛皮硬卡纸引起了她的注意,上面写着:

爱是不嫉妒,不发狂……凡事相信,凡事盼望,凡事忍耐。爱是永不止息。

修改后的《哥林多前书》,第13章4至8节,最常见的爱的箴言之一。她翻看卡片背面,黑白婚纱照,新人站在刚刚拆毁的废墟里,背后是鳞次栉比的摩天大楼。这些话,这些景象,她总觉得自己过去某一时候见过,否则不会如此熟悉。

等红灯的间隙,吕鹏飞看了眼盒内糖果,笑道,还蛮好的,现在结婚回礼花样真多。以后我们结婚,也可以拿这个做手信。她愣了一愣。红灯熄灭,微妙不存。车辆开始慢慢移动,他专注地看着前方,车载音响里曲子有点卡顿,等待音符再次跃出仿佛遥遥无期。吕鹏飞终于意识到她欲言又止,问,怎么了?她笑笑,道,不嫉妒不发狂,那是神的爱,不是人的。

九

许静仪在东京的每一天都恨不得早点回去,到了最后却依依不舍起来。回国后,两人约在上海见了一面。毕竟还在热恋,飞来飞去几乎不算什么。他说,开门的时候没看上她,去往强罗民宿的车上,有一段时间甚至都没意识到她的存在,吃晚餐的时候看了一眼。如果非要确立一个明确的时间点,只能是他们两个隔着木板沐浴聊天的时候,谁也看不见谁,因为看不见所以遐想联翩,顾睿说,唉,说到底,男的不都那么回事情。如果真的要计算,他应该更早之前遇到过她,电梯里的时候,她是不是闯进来过?许静仪点点头又摇摇头,顾睿那天为什么提前走了?看来也并不如他说的那么心醉神迷。

两人坐在思南路一座老建筑的台阶上,初夏四月,夜风吹过。他说,我们聊聊自己吧。于是从七岁说起,说他拉着母亲的手去爬山,却摔进溪流,再被湿淋淋地打捞上来,他告诉她第一次当前锋,还没来得及施展,被对方前锋绊倒,摔了一身泥泞。他说住在税务局大院时,二层的建筑,有三根圆木拼接着一直接到下面,其他男孩子都顺着圆木滑了下来,避免走楼梯。他起先不敢,后来鼓起勇气从圆木上滑下,那会儿他第一次感觉到那种惊心动魄的自由,却在即将迎接胜利的尾声,翻了下来。

许静仪总觉得她听到的每一个故事都似曾相识。他们的青春期,都是想变得与众不同,但是实际上叛逆的模样差不多,只有连番的挫败与被轻视,连遇到的挫败和轻视都一样。她对于当下的快乐始终存在不安,却并不能明了其来源。她缠着顾睿,追问过去,是仿佛哪怕一桩两桩,也能增加历史厚度,让当下不至变得过轻。

顾睿说着,见许静仪发呆,笑着说,真是,我说个不停,都不给你说话的机会。许静仪说,想听我说?好是好,就是我说故事不好听,可别介意。顾睿想了想说,没事。要么说说1997年吧,1997年,你在做什么?许静仪说,那会儿还在读小学吧。顾睿说,是啊。总觉得那一年发生了很多事情,不管是对你,对我,还是对其他人。不过我记忆不好,很细的都想不起来了。他又开始讲,又成了他一个人滔滔不绝的演说,仿佛身心皆去向了一个辽阔深远的所在。许静仪沉默地听着,望着灯火麋集的远处,心想,是啊,1997年,二十年了,那年发生了什么?

她记得她在江苏的那些夏天,每到傍晚,都会飞来成群黑灰的小蠓虫,夕阳照耀下,蠓虫成了黄金一样光致的颜色,扑在脸上、身上、树叶上,死了与汗水粘在一起,甜津津湿漉漉的。她记得拔过一种茅草,大家说根茎可以吃,但是抽出来毛茸茸的,其实并没有什么味道。

1997年的夏天。她记得她和母亲一起看交接仪式,母亲跟她说了一些话,但是具体是什么,完全想不起来。她记得她少女时期的一个好友,记得想要一件演出用的白裙子,得到,站到舞台上,却狼狈出丑。她还记得那年年末,父亲忽然一声不响地从乌鲁木齐回来,之后在城里找了一份加油站的工作。他们搬迁到城市,成了安稳的小市民。但父亲从没说过他在西北三年到底经历了什么。而她成年后,也越来越像父亲,她终于学会了与生命里种种不如意相处,再永恒地守住一些秘密。

秘密,永恒。

她抬起头,看着顾睿,温柔而坚定地说,不,什么都没发生。

岛屿的另一侧

"姐姐,这几天又想起你,梦里一切都没过去。我们像在天台的塑料棚屋,楼下人来人往。起先我以为外面在下雨,后来发现雨下在棚内,床,衣橱,椅子,都漂浮起来,你坐在椅子上,好像随时会跟着水流漂走,只是门窗紧锁。

那把载着你的椅子,最终只是撞着,撞着,徒劳地撞向四壁。"

叶晨公寓周围近来正修建新楼,夏季结束,停滞的工期重又开始。从夜半到凌晨,租客们总能听见钢材和脚手架的沉重撞击,深为其扰,她的睡眠也总被几次截断。

梦跟叶怡相关。但她们在哪里?又在做什么?

五点刚过,窗外漆黑依旧,初秋寒意迫近室内,叶晨一人枯坐,忽然反应过来,那种刻骨的痛苦,凝结的悲哀,除了葬礼,不可能是别的。

叶怡去世已经四年,但去世前两人的联系也少得可怜。2014年6月7日上午十点,叶晨接到姑妈打来的电话。前一天她修改会议方案，熬夜到凌晨三点，听完噩耗，没做反应。到办公室后，她洗杯泡茶，坐在桌前，等电脑开机。系统运行缓慢，黑屏持续了三四分钟，她蓦然意识到，叶怡是真的不在了。

如今叶晨很少跟人谈及表姐叶怡。但叶晨六岁到十四岁间，两人曾亲密无间，长相也相似，某些场合还会被外人搞混——叶怡左眼偏中，鼻梁扁塌，皮肤黑黄，叶晨眼睛稍圆，间距正常，但也黑肤塌鼻，男孩短发。维系亲密的一条纽带，是叶晨母亲带回的各色童书。当时叶晨父母婚姻已到末期，无暇他顾，只能倚靠书籍消耗女儿的时间。镇上只有一家书店，课外读物有限，那些书籍尤显珍贵。

叶怡家境困难，虽比叶晨年长三岁，却只能捡读叶晨剩下的书籍，玩她残破老旧的金发芭比，但胜在年长。是她跟叶晨说，去拍证件照，要提前穿带领衬衣，不要穿照相馆里、那件侍奉过多人、领口早就发乌的衬衣；领子要自己整理，不要让老板动手——"他会在你胸上摸个不停"；是她教会叶晨夏季洗完澡，身上涂满洗发水，以手当桨，在地砖上滑行——后来叶晨才知道，这个行为有多怪异，更怪异的是，她的性启蒙居然来自于表姐。至于叶怡的性知识又是从哪里习来，是叶晨母亲扔在墙角的台湾言情小说，客运站买来的旧闻杂志，还是学校少男少女亲密而下流的私语，叶晨从没弄清。叶怡在人事上的早熟跟其在学习上的迟钝成正比，她能迅速判断一对男女是否情愫滋生，却分不清一张扇形统计表里，单体数量和总量之间的关系。叶晨恰好相反——无论如何，这些知识弥合了二人间的不平等。

而她们能这么肆无忌惮地学习，是因为那时家里只有她们。

叶晨父母在东莞工厂打工,叶怡父亲先在昆山做建筑,后四处打零工为生,剩叶晨祖母独守老宅。她六十八岁那年患上白内障,拖着没做手术,晶体从灰白混浊变成深棕黄,直到彻底失明,照看两个孩子力有未逮,叶怡随便扯两句大话,都能搪塞。加之镇上新开一家精工纺织机械工厂,传说普通工人月薪即可达八百到一千,众人都转去工厂碰运气。叶怡父亲落选了,不是因为多年前的一场肺结核,而是因为驼背,但叶怡母亲进了工厂后勤,一个四十来岁的大师傅掌厨,她负责买菜洗碗。

那是1994年的事情了。叶晨那年的夏天回忆,跟一辆雪糕车相关,叮当的铃声和沙哑的叫卖意味着一车甜蜜的临近。她和叶怡总会央求祖母买上两支。祖母虽然目盲,但总能揭开层层包好的手绢,摸索出一小扎卷得紧紧的纸币,准确找到两毛钱,跟那位传说在战斗里瘸了一条腿的退役老兵买上一支橘子味或赤豆味的雪糕。叶晨和叶怡多半不舍得立即吃,放在搪瓷缸里,等到融成甜津津的糖水,才小口嘬完。叶晨对叶怡最原始的爱恨也跟这些罕缺的物质相关。

过了一年,镇上起修第一条水泥马路。修路工砍去树木和庄稼,碾平泥土,铺满砂砾,浇上沥青,与86号县道相连。公路也渐渐拓宽,但却罕见车辆往来,偶尔过去几辆,也多为底部刷着红漆线条的公共大巴、装满水泥的运输货车,卷起一阵烟尘。倘若开去一辆黑色桑塔纳2000,低头干活的人,多半会直立身子看着它们,直到消失于视野。道路带来新机遇,也带走旧营生。造房子的人逐渐变少,大约有远见的都去了城市买商品房。叶怡父亲终日无所事事,起先只是顺手将道路两旁刚刚种起、东倒西歪的柏树扶正,后来却变成正务。自家黄皮柿子和新嫁接的桃树因缺乏照料而营养不良。一天两人放学回家,正好遇到叶怡父亲在路边种树,佝偻、瘦小。一辆运沙车快速经过,两人站到路边避让,叶父的身影很快被尘土掩盖,叶怡大声说长大后要离开小镇,去哪里都行。这是她第一次跟叶晨提起离家,叶晨说,不想出去,想留在老家。谁知道呢。也许只是想跟表姐以示分别,对故土以表忠心,但真正背叛和远离小镇的人却是她。十七岁时,叶晨一心离家远行,如今想起小镇倒泪光盈盈,也许只是到了一定年纪,在任何处境中都已成为不折不扣的异乡客,只能回溯寻源,以明确自身位置。

去年因拆迁之故,老宅不存,所幸余物也不多。叶晨把一本相册带回南京。相册老旧,铁圈和胶圈松开脱落,她不得不将其一一取出。她父亲每页用便笺纸都写上具体时间和地点,这样看去,一本相册,宛如一本家族编年史。她发现在祖父母的一张树下合影底下,夹着一张叶怡穿红色斗篷骑马的照片,皮肤黝黑,脸向上昂起,帽檐阴影落到鼻基底,她抿着嘴,看起来又勇敢,又坚毅。旁边叶晨父亲用一张浅绿色便笺纸写下:1999年10月,文峰公园摄。成年之后,叶晨才明白骑马者都得穿着紧身马裤,黑色马靴,但当时她们却以为披上红斗篷、戴上黑帽就像在草原。

那会儿叶怡十八岁,正读高三,叶晨初二。国庆假,两人难得离镇,揣了二十块钱,坐大巴到市里。逛过一圈南大街,叶怡怂恿叶晨去濠河边一家KTV,但叶晨死活不肯。两人看看时间,不到两点,回家尚早,沿青年路走了半里,买票进了文峰公园。

公园很大，怡桥桥头立有二十八只石狮。她们听人说每只形态各异，但细瞧后发现也非如此。经过最外圈的碰碰车和游乐场，就是大片养护不周的草皮，草皮边站着一匹无人问津的老马和一个穿解放衣、带袖套、五十来岁的男管理员，说，走一圈，拍张照，两块钱。两人大有兴趣。叶怡骑了上去，马缓步徐行，她尖叫连连，过了一会儿，从马上下来，一言不发，将照片赠予叶晨。半个月不到，叶晨父母关系彻底崩坍，母亲只身留在东莞工厂，和一个比她年轻七岁的惠州男子同居。父亲一人回到老家，颓然一个月，在中远船舶厂找到一份修理工作。2000年八月底，叶父认识同厂的岳佩英。她年长叶父三岁，有一子，小叶晨一岁，前夫五年前去银川出差，坐一辆丰田普拉多从贺兰农牧场返市区途中，遇到车祸，留下一套位于启秀区三室两厅的房子。叶父跟岳佩英结婚后，搬到市区，叶晨也转学去了市一中，表姐妹两人就此分离。

　　叶怡赠照是对变故有所预见，还是仅仅作为叶晨不能上马的补偿？叶晨后来才意识到那年是一个重要节点，变故是全方位的，无法以好坏简单衡量。叶晨升至高中，发现这是另一个复杂新世界，未成年人也可能恶不可堪，阶级分野就在看似平等无差的桌椅间，食堂也会是最大的集污地。从菜汤里打到蚯蚓，众人皆镇定自若，将泡大的虫子挑出，丝毫不受影响。叶晨常处于一种匮乏和被轻视的屈辱中，想起叶怡当时每个月三百块钱生活费，需应付大小开支，加上姑父一家家底，很难及时拿到，为学校少数几个衣服和鞋子都有破洞的人，却从未抱怨，导致她以为高中跟初中一样，是一场又一场清甜快活的梦，究竟是叶怡更能忍耐,还是她鲁钝不察而已?

她对叶怡高中的唯一印象是一段初恋。叶怡暗恋的是坐在最后排、叫曹均的男生。整整三年,两人没怎么说过话。高考毕业,叶怡376分,距离专科录取分数还差一百多分,交不起学费,无法继续,去理发店学徒。那时很多女孩都这么选择,学艺地是苏州、常州或者南京,但叶怡只能留在镇上。曹均考上长春航空航天大学。去学校前,他忽然往叶怡家里打了一个电话,说8月21号去报到,火车十二点半会在上海站停四分钟。叶怡家当时尚未安装电话,出于虚荣,她写了邻居家的。邻居隔了几天才转达,差点误事。叶怡穿了件背带裙,乘坐六点半大巴,从江苏赶到上海,坐了四十分钟地铁,又等了一个小时,才看见那辆火车缓缓出现。 她跑上第十六节车厢。曹均在起哄声中,从背包里取出一只苹果,削好皮,递给她,叶怡接过,没等吃完,时间到了,不得不下车。下车前,曹均从窗口招手,探出头,补说,"回头打电话给你",火车喷出白烟,缓缓驶离站台。叶怡一时找不到垃圾箱,拿着剩下的苹果核,在站台边来回兜了两圈,发现垃圾箱就在原来的位置,光洁锃亮的不锈钢面板映出一张狼狈邋遢的面容,这才看清她在曹均及其同学面前的模样。

曹均到长春后,确实打过几个电话,叶怡没有接到——不是没有听见,就是手头在忙些别的。那一长串奇怪的号码,每次回拨,都无法接通。叶怡改写信,但却不知道他具体系名,只有校址和名字。惴惴不安等待一个月,曹均回信来,开头写"我很怕拖欠人情",口气冷峻,对于学校种种,两人之间,只字不提。叶晨猜测,叶怡一定反复查看,生怕错失信号,却始终莫测难明。于是只能写新读的书籍和电影,他没再回过。是过于文艺,还是过于晦涩?叶怡改写眼下的生活,但关于自身,能够谈的寥寥无几,自然的,也没收到任何回应,只能由其飘零,逝去。

叶晨想起叶怡跟自己讲述的这段无疾而终的初恋,总会想起那句诗:"你来看苹果里面的我"。刚听到这句诗正值她三十岁,是韩宗平对她说过的。在两人恋情尚未开始,心动与心痛并存,即将出口和未曾出口最关键的话之前,他对叶晨引用过一个以色列诗人的诗——"你来看苹果里的我/你跟我一起待在苹果里/直到刀子把苹果削完",大约是想跟她说明恋人之间共同的、甜蜜的抵抗,说明他们难以辨析、道德模糊的关系。而刀究竟意味什么,他却没回答。2015年的八月,叶晨对诗歌还在似懂非懂间,当然,也不是说,对于诗歌,而今她已能够明白,只是对于叶晨而言,比起含混多义的诗句,当时她更能了解的是,她常会因爱而感到某种深切的痛苦,却不能每次都明白无误、诚实以告。而她对爱的理解,也不过是一个稍有阅历的女性遭遇挫败后的浅层深刻:在爱里的每次全付交出,都将是一柄捅入心脏的尖刃,一旦卸下重负戒备,让人进入,一定会失去珍贵的核籽。

没人教导她们,叶晨却能自我学习。虽然她到大学才恋爱,但之后却开启了一长串的男性交往清单,长则两年,短则数月,早经锤炼,狡猾多端,不会轻易向一个异性泄露真实的脆弱和意图。叶怡却不能,她总是毕其功,再功亏一篑。

叶怡在芳芳理发店学了一年,师父周见芳当时三十八岁,尚未结婚,也有人说她结过,丈夫在湖北襄樊,很少回来。周二关门,雷打不动。学了两年,叶怡出来单干。2000年前后,叶父在马路边造了一栋一层高、二十五平米的红砖小屋，原本打算作为车库，但是想象的汽车始终没有来，成了堆积农具和粮食的谷仓，眼下则成了免费的店面，但是还差三千块钱，用来买升降椅，加热机，焗油机，热烫机，刷墙的石灰等。但那会叶怡家似乎一分钱也没有了。她们幼年时期，小镇上的人都贫穷而不自知，习惯了钱刚进口袋，就转瞬消失，但叶怡家似乎比镇里均衡的贫困还要落魄。困境跟叶父始终找不到工作有关，也跟工厂把叶母开除有关，大师傅跟工厂报告，说她买菜时手脚不干净。叶怡学徒期只有少量收入。最后几个姑妈和舅舅凑齐，说好一年后还钱。已经2002年，镇上普遍装起太阳能热水器，叶怡的新店进展不顺，跟师父关系恶化，矛盾渐起，也有看似理发、实则借机吃豆腐的男性——这差不多能解释为何周见芳样貌端正，却罕见男人亲近，顾客极少。镇上的女人则认为叶怡手艺不佳。

2002年夏季，叶怡认识了一个人。对方在南方批发市场一层506号商铺开了一家专卖美发用品的小店，叶怡正是进货时认识。每周五她就坐上四十分钟公交，去市体育西路的建军宾馆跟那人见面。宾馆房间多在二层，二三十方，墙面贴浅杏色絮纹墙纸，单人间一下午六十块。后来两人幽会地点换成虹桥新村，一下午四十。因为是民居，伴随着厨房葱蒜油烟、抹布馊水味道的，是床单上莫名其妙的脚臭，来路不明的小虫，叫人皮肤红肿，下体发痒。没有空调，没有风扇，闷热异常，每次都大汗淋漓。"没钱，有什么办法？"叶怡说。但从她口里说出来，贫穷反而成了一种浪漫的必需品，富足反显可耻。

叶晨没见过那人，但是她听叶怡提起多遍，叶怡无人可倾诉，只能将初中放暑假的表妹作为不开锁的日记，甚至连第一次性体验也一一吐露。叶怡喜欢把那人和当时电影、电视剧里的男性比较——宽阔的额头酷肖《巨人》时期的万梓良，苍白皮肤与《我本善良》里的温兆伦如出一辙，狭长的双眼皮，很多男星都会有，但最接近的一定是郑少秋，温润老派的气质跟他四十岁的年纪很相宜，下巴有一道发白的浅痕，据说因幼时顽劣被石头磕破所致。这种突然的割裂，在那样一个人、一张脸上出现，并未破坏原本协调，反而使之更加神秘与特别。那他家呢？做什么的？之前呢？有过几任？叶晨像个令人厌烦的姑婆，要把所有底细刨出问清，却对他人感受失敏，忽视了叶怡回答时的尴尬和闪烁其辞，不明白叶怡自己，除了知道十岁差别，对方有家室之外，很多方面也模糊不清，但——这也是叶晨后来意识到的，对于叶怡来说，羞于启齿的是，那些令她真正着迷的，正是这些弄不清楚、模棱两可的部分，连带着粗鲁、小心眼、夸夸其谈，都成为对方魅力的构成，而她自然也能在任何人身上找到对方的影子。叶晨后来的爱恋对象，多少受到叶怡的影响，即寻找一种显而易见的割裂。因为割裂，使得他们显得难以捉摸，唯有难以捉摸，才能让她一次次驻足，回头，试以探究，直至深陷其中。

　　她还记得那会儿叶怡常穿一件带流苏的薄荷绿皮风衣（因为颜色奇怪，样式也很罕见，导致她念念不忘，而今想起，才意识到是时髦），头发蓄长烫卷。叶怡长相寻常，涂上粉霜和玫瑰色唇膏后，看去也风情万种。叶晨这才意识到叶怡变漂亮了不少，不知不觉间，已经截然不同，混混沌沌里，骤然抵达了最合其宜的状态。也许那个年长的人教会了她。但没等夏天离开，一切就已结束。对方说去常熟进货，面包车出了车祸，右腿轧伤，得休息一段时间。叶怡等了好几天，尝试打电话，没人接，等回过来，却是一个女性，沉声问是谁。叶怡挂断电话，犹豫几天，去了他原来店铺。店铺紧缩，门板落灰，隔壁木板开了一半，店主说，一个月前，对方就因为营业执照和质量问题关了门。这一批批发市场进货都出了问题。市电视台还来采访过。会回来吗？叶怡追问，但是隔壁店主人已重返店铺。究竟是店铺出现问题，羞于见她，还是被妻子发现，权衡过利弊？这差不多是叶晨了解的叶怡第二段感情经历，开始与结束，都很猝然。叶晨知道，叶怡没有跟她说，之后半年的每周五下午，她依然会跑到批发市场，因店门紧闭而黯然，直到发现门口摆出糖果和饼干，更换另一户店主才作罢。她拒绝接受事实，就像是她给曹均写了半年无望的信件一样，宁愿认为信件是在粗疏的邮政系统中，被筛滤淘洗出局，而不是因为对方的冰冷婉拒。她不承认，是不想艾艾自怜，是不想曾经照进生活的光明，都成了遗落在后院的伤感光线，用以提醒生命曾被撕开过多大的裂缝。

理发店生意日渐萧条，至此关门，叶怡休息一年，唐闸一个远房姑妈介绍她去市一家台资纺织厂上班。周跃中来厂里推销机械，两人因此相识。那年江苏刚发现第一起非典病例，众人看见带京或粤字样的车子皆很惶恐，总有几个穿着白大褂的站在路边，一旦看见外地车辆就开始乱喷药水。厂内为防外来感染，干脆彻底隔离。期间叶怡忽发一次高烧，工友都很紧张。周跃中不顾禁令到宿舍照料，并没避忌她的呕吐物。两人睡了一觉，叶怡小腹上的一道疤痕，她向其解释是阑尾炎开刀所致，周跃中没再追问。

2006年10月8日,叶怡和周跃中结了婚。婚礼叶晨没赶上,电话里跟叶怡称勤工俭学。但实际她正和第二任男友分手,初尝失魂落魄的滋味。或者她只是想避见叶怡嫁人,但她也能理解叶怡的选择——父亲依然浪荡闲散,没有工作,家庭每况愈下,亟需一个顶梁柱。她总有种怪异的感觉,表姐的生活一直在坠落。周围人都在好转,跃起,她却在坠落,以往动人的部分被快速磨平,快速衰减。直观的是周舟的出生。2007年四月,叶晨临近毕业,还没找到工作,正在等南京一家广告公司的录取消息,和大学时期最后一任男朋友也分了手,于是回家疗伤,顺带看望表姐。

婚后叶怡住离小镇五公里外的婆家,一栋自建的三层小楼。周父患有多年慢性肝病(这差不多能理解为何周跃中对传染病不大在意),重型工作做不了,周母没工作。造房已花掉全家多年储蓄,为了结婚,不得不又东拼西凑了一万重新装修。叶怡婚房位于二楼最东,房间很大,但堆满杂物,衣橱敞开。地砖黑灰,人踩上即有白印。几只不成对的拖鞋卡在门缝,门上喜字尚未拆除。电视长桌上,一盆文竹,一盆白掌,叶片均已泛黄。空气中霉味不断袭来,电视机嗡嗡作响,重复播放一则保健品广告。床头上柜上放着一碗凉透的红糖水和半串葡萄。周舟尿布揭开,半趴在尿垫上睡觉。叶怡靠着一只绒布垫,似乎从沙发上拿来,说周舟有点红屁股,需要晒一晒。

虽然四月,但是叶怡身上沾满汗珠。叶晨坐了半小时,吃了几粒打蔫的葡萄,叶怡叫周跃中送两只橘子上楼,半天无人应答,歉意道,听不见声,他就喜欢一个人坐在黑屋子里琢磨事情,不知道到底琢磨什么。叶晨说,不用,午饭吃了汤圆。两人一时无话,周舟还在睡,隔壁零星传来周父的咳嗽,她欠身告辞。叶怡没劝留。

人们都说,生个孩子会让女性脱胎换骨,生育才能使一个女性真正完整,生育会使女性变成一个开阔平静的新人,仿佛说一块沉默的石头,从中洞开,变成另一个新生命,但是叶晨不太相信,因为当时的叶怡,看起来像被什么抽取、熨平了一样。

周舟出生,叶怡不再上班,她母亲患上高血压和糖尿病——跟他们高糖高脂、作息紊乱的生活习惯脱不了干系——一天得服几十粒药剂,做不了帮手。周跃中离开工厂,在县里开了一家摩托车维修店。叶怡将皮衣收进衣柜,再没穿过。

周舟四岁生日的前一周,叶怡抱着他去了河边。那里新修了一个水坝,蓄水期最深处可达数米。河边生着初夏的常见植物:苘麻、蓬草、大蓟,莹莹如微型华盖。叶怡俯身,撇开茅草,想摘下一根茅心,但一转头,周舟就消失不见了。起先她默不作声,心存侥幸,以为他会在哪一棵树,或者哪一块岩石背后突然出现。天空渐渐积蓄起沉重的云层,原先明彩的光线,变得黯淡,雨水铺天盖地,泥地砸出无数又深又小的水坑,泥流涌入,河水开始浑浊,水坝倾泻如注,像是一座低矮的小型瀑布。天空与河流连接在一起,一丝缝隙也没有,转眼间,灰色成片,她才终于明白发生了什么。

你沿着堤坝上岸,萑草割着小腿,口袋几枚钢镚叮当作响,跟

过去一样,提醒你,回家会经过那间小超市,可以买上一只妙芙巧克力蛋糕或者真味棒棒糖。

但这一次用不上了。

周跃中没怎么责备叶怡,虽然捞起孩子时他也看见了鼻孔里的河泥。叶怡打电话告诉叶晨,两人在电话大哭一场。婴儿不办葬礼,叶晨没回去。过了一年,周睿出生,叶晨正值更换工作,便没去探望。周舟之死,刚开始叶家一度忌讳谈论,过了一段时间,又谈个不停,慢慢的,又不再有人提及。水坝边竖起一块警示招牌,作为这次事故的遗产。

出事后,叶怡扔掉了周舟所有的照片:坐在彩色婴儿毯子上,坐在色彩鲜艳假水果之间,坐在深蓝浅蓝的丙烯海浪边。一些照片蒙着一层塑胶,笼着影楼的柔光,叫人分不清是因为时间太久,还是摄影者特意为之,挤满整整一本长宽33厘米,60张插页皮革相册的照片,仅留下一张,夹在她那只印着史努比,牛皮夹边早已磨损的旧钱包内侧袋,照片上周舟约莫十个月,刚刚长出乳牙,扶着婴儿床的床沿大笑。有比这个照得更好的,但不知为何,叶怡偏留下那张。

叶怡生完周睿后查出胆结石。术后恢复缓慢,身材彻底走形。叶晨最后一次见叶怡是四年前,叶怡已经完全变了模样。再不会有人说她俩相似了。岸边的事故是她脑子混乱的起点,还是一个显现的标记?人原来还可以无休止地下坠,谷底不是相对高峰,而是相对平地。那段时间叶怡打电话过来,叶晨听则听矣,却很少回应。叶怡说得不多,似乎为了避免被人厌烦,总在快要滑向感伤时，及时说晚安。两人的疏远是从何开始的？记不清了。不知道是从什么时候开始，叶晨对人失去了耐心和同理心。也许城市叫人心肠渐冷，长出结痂的硬壳，又或者，她不过本性如此，觉得言语无效，甚于一切，来去不过是谎言和谄妄之词。只是以前叶怡是她学习和模仿的对象，如今却代表了不愿意回看的过去。

以叶晨如今的年岁和阅历，她可以轻易想象叶怡出事时有个隐秘的情人，在漫长乏味的婚姻之中，一次越轨难道不是最可想象的吗？也许情人放弃了她。也许她和情人的故事更早，早于周舟之死，在水之涘，浓雾和阴霾遮挡视线，无法看得更远，叶怡背过身，期待一种结果的发生，却不知道，一旦发生，便会以最坏的方式。

叶晨对此并无确凿证据，只是能理解谈话时叶怡某些旁逸斜出的走神时刻，时而高涨，时而低落的情绪，知道故事和秘密即将对自己宣之于口，却又戛然而止。她后悔没有亲口问出，而今再无机会，她如此猜测不过因为她一一亲历，韩宗平跟她说过多次婚姻的逃逸时刻。

叶晨能够勾勒自己在他人前的样貌，一个挑剔较真、容颜老去、身材松垮的单身女性，住在南京大马山一间破旧的集体宿舍，离其母校审计大学不远，旁边有一个殡仪馆。房间十六平，客厅不能容她摊开身子，只能坐着，斜靠墙壁，翻上一两本书。虽然有两层，但楼梯很陡峭，不小心就会摔下去。整整三公里，没有商铺，杂草蔓生，垃圾堆砌。几座建筑一直在修建，但从来没见修完。夜晚被脚手架的灯照着，就像操场一样明亮。屋内走廊崎岖如迷宫，夏季炎热污脏，推门会看见蟑螂。

单身是她自愿选择的结果。她有过几次可以步入婚姻的时刻，遇到过看似可靠的客户、同事，但都退下阵来。一个人生活总得花费一点代价，尤其是开始，要从满身胶水、千丝万缕中彻底切断，总有无数力量牵绊，步履蹒跚。但独处时刻，寒冷且清醒，能让人熬过最困难的日子，降低欲望和期待，将所有危险的冲动和自毁，变成一种理智的可控，而不是在混浊的温水里下沉，直到泥沙掩埋，淤堵呼吸。她也曾假设，倘若叶怡有这样一间的屋子，结果是否会有所不同。

也许不会，叶怡终究喜欢热闹。

叶怡去世后，叶晨看见躺在租来的水晶棺（其实就是简陋的玻璃罩）、身下垫着红布的表姐，左臂和右臂上有大大小小的伤口，她才意识到叶怡如此厌倦活着，好奇为什么她总能开辟新的地方，如何下定决心，在左手腕上割下一道又一道口子，在卫生间洗手台的水流下一遍又一遍冲洗，直到伤口发白才停止，更想知道，自杀当天，叶怡究竟想了些什么，熬过漫长一夜，第二天九点醒来，拉开窗帘，看见满目阳光，却不相信新生的可能，反比夜晚更失望，于是爬上顶楼，纵身而下。

这将变成叶晨永远难以厘清的谜题。

2014年2月18日的事情了，去世前，叶怡什么话也没留，给叶晨的最后一条消息还停留在换号码（"新号码是189xxxxx"），但当时叶晨大概在忙些什么，忘记输入，没多久，用了三年的手机坏了。当然，纵使存下也无意义，周跃中不会浪漫到给一个不可能再使用的亡灵号码充钱。

因为葬礼，叶晨回了一趟小镇，发现商店还在，但是没东西卖，现在是一间高阔空洞的房子。叶怡父亲种下的树木已经长得很高，也许很少会有人知道他和这些参天葱茏的树木到底有何关系。叶晨母亲的病很重。周跃中老了，不到四十，头发已灰白夹杂。摩托车店的生意还在勉力维持，他说打算换一个地方，搬到县里，那里车流量大些。骑摩托的人越来越少了，叶晨跟他说，城市里已经不太允许摩托车，周跃中对此有些吃惊。周睿七岁，一年级，接近一米四，她试过在周睿脸上找叶怡的影子，但他跟过去一样，总喜欢躲在父亲背后。

她这才顿觉已过去多年。时间像山谷行舟，一桨下去，万重群山倏然划过，变成抛掷在后的影子。整理遗物时，叶晨听完叶怡磁带里录下的歌（那会她们没钱买新带子，总用旧带录新歌），噼里啪啦的杂音，好像除了录进歌声，还被灌入了电流和烟云；看过叶怡字迹笨拙的笔记，颜色发黄的贴纸画（周慧敏，刘德华之类），几张样式不同的新年卡片，写满留言的毕业册。还有一封情书。叶晨没打开也知道，因牛奶色凸纹信封接口处那小小的爱心贴纸，有圈黑色胶印，是从前打开过、之后合上的痕迹；铁皮糖盒里的彩色珠子，一根祖母用过的扁平银发针。还有一本亚米契斯《爱的教育》，夹在樟木储物盒的杂物之中，1997年的译本，封面是一个戴帽子的小男孩与一只狗，坐在热气球篮筐，他俯身看下，满地都是斑斓多彩的鲜花。是叶晨以为丢了的那本。这个故事跟叶晨过去理解的爱不一样，这是小学生日记，关于父亲手做的胡桃木书架和轻柔的宽恕。

她无法从这些零碎杂物中拼出故事全章，解答心内疑虑，好像原本期待捕捞沉船里的金币,但最终只落得满手枯萎的苔藓,秘密注定被掩盖、深不见光。叶怡的前三十年,复杂非其所能了解,但叶晨却只记得那些风流韵事,疯狂与嫉妒,她想起的,记得的,理解的,也许错误的,童年记忆几经变形与重构,毫不牢靠——送葬车开过小镇,那条她曾经误以为需要走上一个小时的街道,原来三分钟就能全部走完——她目睹的叶怡,不过是变冷后的那层奶皮,下面流动奔涌的部分,她从来未曾真正目睹。无法和叶怡亲口对峙,只能梦里写信,写不成形的句子,问没有答案的问题,再在脑子里焚毁。也许她不过以己度人——多少荒唐、任性、残酷,都假借爱之名。

也许之所以比以往更频繁地想起,跟她前几天参加了公司的开业酒会相关。公司帮一家小型地产公司做了一个国内涂鸦艺术家展,行至后半段,因分成和陈列方式问题,跟对方起了矛盾。她上司将开幕酒会变成一个女巫派对,意在讽刺对方的苛刻和胡闹。酒会上满目皆是小丑、女巫和僵尸,像万圣节舞会提前。韩宗平从人群中出现,带着一张V字仇杀队面具,却像是爱伦坡写的,白惨惨的面容,黑绒红底的斗篷,他是她持久的热病,两年的瘟疫,旁边是沾满血污的新娘,他的妻子,从叶晨身边经过,冷淡、若有所思地看了一眼——叶晨终于有点看清,那种深层的轻蔑,几乎无需掩饰——男性似乎都过于低估女性的敏锐,韩妻怎么会不知道她的存在?她只是存有一种他不会离开的自信,这需要她永远也无法企及的时间累积。他们才是一体的,而她和韩宗平之间,才是永恒对望的窗子,隔着一条看似平行相近、实则无限遥远的街道,太多东西隔开彼此,根本无法穿越到达。但是她能希望什么呢？一开始不是说好的吗？说来讽刺，原本她曾寄望跟表姐走一条截然不同的道路，却殊途同归。走到叶怡去世的年纪，也站在了叶怡从前的处境：喜欢一个不属于她的人，再被这个人逐步放弃。那些困惑叶怡的问题如今也开始困惑叶晨，她的幸福何其虚假，快乐又何其软弱。爱是危险古老的瘟疫，热情消逝，才发现唯有性是真实的。性，攫夺意志，剥除皮肤，让她们的自我消亡。她们已经习惯他们带其身上的血肉离开。也许叶怡跟她一样，自杀和怯弱并非因为惧怕失败，而是惧怕失败的重复，重复的坍塌，断壁残垣的压倒，把所有的光明都变成幽暗，把她们过往的所有努力都变成淤青，变成轻，变成羞愧。

岌岌可危。姐姐。我们没有立足之地。那只原本对着你的冰冷锥尖，如今我又将其对向别人。想到这里，我就无比失望。

叶晨觉得，在梦里，她可以一直喃喃自语下去，直到江河平静，漩涡停止。在梦里，叶怡年轻而喜乐，脸上和身体洁净，像从未摔倒过。

叶怡的坟墓在池塘边，小时候她们在塘边偷过柿子。周舟小墓迁了过来，骨灰盒上的红布丝毫未烂，大约外面裹着塑料袋之故，但见者都觉得稀奇。只是最后都会被逐一被铲平，铺上柏油，变成国道。国道周围都是水坑、脚手架、碎石、搅至一半的黄沙水泥，新鲜刺鼻的工厂。公路和新城还在延展，只要众人愿意，就可以一直拓宽。道路无垠，无始无终，田野消失，海岸线萎缩北移，身处其中，很难看清，是方兴未艾还是西山薄暮。她们生活的弹丸之地，存在历史也不过千年，原先是长江口的小海域，南北朝时海水减退，沙洲初露，移民前来，圩堤种植，唐初开始有人煮盐为业。唐末沙洲涨接大陆，凿河运盐，成为巨大的盐场，至明清，这里曾是两淮最大的盐运公司。煎盐是苦役，除了流放的犯人，没人会在烈日下曝晒，刮取咸土。所以他们是盐民和囚徒的子孙，从中原一带迁徙，到了这里，无路可去，自海中筛淘出盐，然后他们也变成了世间无用的盐——饱食饕餮，永不知足，持以想象的长矛，徒劳挥舞，却从不明白终其一生，试图搏击的无形之物究竟是什么。

破碎故事之心

短讯

三月末,两个人在一次声色嘈杂的聚会上相遇。聚会设于一家四星级酒店的中餐厅,一场小型丝绸新品发布会之后。天空中雾气蒙蒙,属于回暖天后的降温。庭院地面落满早樱花瓣,粉白潮湿,每个人经过时都会不慎踩到。

在这次参会的四十二个无所事事的人里,十七个跟他一样,都是男士,二十四位女性中,十五位超他年龄太多,三位又过度年轻,五位长相普通,或者只是不对他脾胃,只有一个人吸引了他,且恰巧坐他左边。

她穿着一件藏蓝色连衣裙,上半部分为短袖紧身针织衫,下面拼接多层雪纺半裙,一双白色尖头猫跟鞋,没有穿丝袜,白色大衣挂在椅背。中途她弄掉湿巾,他弯腰帮其捡起,注意到她右膝侧有一颗红痣,她撩起齐肩短发时,可见右耳垂也有一颗,除此之外,干干净净。

这是一次注定的邂逅。两人攀谈了起来,并加了微信。回去后,他辗转难眠了两个晚上,最后还是决定给她发一条消息:

雪梨小姐,我不知道怎么说,也许塞林格的话会比我能够说出的,更为合适——爱是想触碰又缩回手。

众所周知,这句著名的情话来自《破碎故事之心》。小说不过是他买过的两本塞林格作品集里,相对好读的一则。比起这则短篇,他更喜欢《麦田守望者》,因为更有共鸣。他十八岁,读大一那会儿,曾梦想过能不费力地写出那样的故事。对于这篇小说,他记得被假设的数个开头,但没记住贾斯汀·霍根施拉格和雪莉·莱斯特这两个绕口的名字,更不用说里面一连串翻译后的滑稽外文名。他记得主角是一个混迹于纽约、三十一岁的失败者,和他同龄,却没能记住主角的职业,是油漆工还是印刷工。

失败——大学毕业之后没有做过一份能够持续一年的工作,目前月薪刚刚超过八千块(他后来在新闻上读到,今年这个城市的毕业生月平均薪水超过八千四百元,吃了一惊),2016年,他试过运营一个财经公号,但仅仅做了两三期,就武断地认为错过风口,再也没续上。他没法说清,他现在究竟算一个商业记者,还只是一个软文记者,他所在的杂志社更像是一个软文制造局,单页广告对外售价奇高,但分到他手里,却少得可怜。他惭于告诉她,无法拼出她的英文名,所以只能以中文打出(聚会上,他听到有人叫她 Shirley),也不知道为何,头脑里蹦出的第一句话就是这个。为了编写这条短信,他不得不重看小说,以确定原句中间没有"的",不是偏正结构。之后他按了发送键,并在惴惴不安中等了一个小时。

她比他年轻两岁,比故事里的雪莉小姐年长九岁。她经常怀疑自己,只要年过三十,就是一条垂头丧气、无人问津的老狗,不知其他女性是否也会这样想。她的女友安安,五年前改过身份证上的年龄,也劝过她那么做,但她还在犹豫;另外两个女友,朱莉已经于三年前结婚,为了到底要不要和公婆同住,每周会跟丈夫吵一到两次,另外一个朋友温汀,正在筹备九月八日的婚礼,为此奔劳不休(到了五月下旬,便因双方父母酒店选择的分歧,和相恋七年的男友忽然分手)。而她在一家丝绸进出口公司做了快五年,薪水比刚开始上涨了百分之三十,但和物价的上涨相较,依旧显得无济于事。从一部电影里随意找来、安置在身的英文名,不管谁读、怎么读,听起来都平庸并且愚蠢。她最擅长和最热衷的,其实是逛淘宝,或者买商场打折的包袋裙子。每晚入睡前,她会看三到四篇明星八卦,刷两小时微博,或者两集日剧,最近改成四分钟一集的泡面番。一年中的四月和十一月,她总会动念辞职,但却从未向老板提出过。所有收入都用来还信用卡、花呗、房租以及叫外卖。一分钱也攒不下来。一分也不能。她得努力克制几次过度的消费冲动,才能买下最喜欢的那管口红。

她读完短信,深为所动,她记得那人的长相(准确来说是侧脸),她知道塞林格,但还没仔细读过他的小说。她读过的小说很少,但她迅速从网上找到了这句话的出处。读完故事后,她发

现更有触动的,不是他引用的那一句,而是雪莉小姐的自陈:

你看到的是我精心打扮过的样子。擦掉这些脂粉,相信我,我一点也不漂亮。请写信告诉我你什么时候能接待访客。我想让你重新看看我。我要确信你不是被我虚假的外表给骗了。

是的,这也是她能够说出的最为诚实的一句:如果他能够透过她的外表,会看见昂贵脂粉和精致皮囊下,一个过度自卑、孱弱和苍老的灵魂。当然,她还记得小说的结尾——她一口气读了三遍——在一个"男孩遇上女孩"的故事里,遇到总是遇到而已,就算拥有一个电光火石的开头,就算错过后霍根施拉格会整月地想起她,但再过一段时间,他就会遇到一个新女性,再把雪莉忘掉。

她当然不能允许此一情形的发生。比霍根施拉格幸运,聚会上的男士不需要在监狱和舍友的监督中写无望的信,并苦苦煎熬,等上一个礼拜,冒着越狱和死亡的风险,才能见上一面。只要等一个小时(这个小时他烧了一壶开水,泡了两次茶,站到阳台,抽了五根万宝路),等到七点半,他就能收到一封字斟句酌、热情洋溢的回信——她用手机编纂了二百四十五字的短信,短信像月亮一样,美丽且脆弱地悬挂在他深蓝孤独的屏幕上。

在结尾,她改了又改,最后写道:

亲爱的L先生:

我想自己正处在生命最年轻而又最沧桑的阶段,以前我误以为对爱情了解甚多,但遇到你之后,才发现从没真正了解过。

我一生犯过无数错误,但不希望眼下就犯上一桩。

比起胆怯的回避,我更想选择荒谬的勇气。

跟塞林格相比,她差太远了,毫无信息量,且不连贯。她的比喻和感受至少可以砍去一半,或者效仿小说,讲讲接连的失败和不幸,以及几个处于不同困境的女友。毕竟她中学时作文还受过语文老师的表扬,应该可以写得更好些,或者更轻松些。但这都不重要,眼下他隔着十五公里,在床上欣喜若狂。他写得比她快得多,也少得多:

爱是无法遮掩的,只要一想起你,我便会觉得快乐。

他们聊了整整一个晚上,一个白天。到了第二天,晚上八点,他们约在市中心一家快捷酒店见面,睡了一觉。至于过程,男士颇为满意,女士则恰好相反。但勉强可算一个不错的开头。接着两人有了第二次、第三次,以及第四次、第五次。过了一个月,她第一次当他面卸妆,在灯灭之后。又过了一个月,他抽烟时不再躲进酒店洗手间,而是坐在沙发上,把剩余的三厘米烟蒂摁进放了五分之一水的白瓷杯里,直到那杯水变成黄黑,才倒进马桶。

这些不算什么,跟没有说出的真相相比,跟他们的谎言相比,一切都算不了什么。她没跟他说清楚,她有一个已交往四年的男友,两人总为鸡零狗碎吵个不停。她在每次吵架后绝望生气的晚上，总是希望能够有一个人，带她彻底走出泥潭。但她明白自己已经老了，年过三十的老。不会有人像过去那样，不计一切地爱着她；自拍九宫格，连成爱心去取悦她；或者大半夜驱车两百多公里找她，只因担心她在另一个城市喝醉酒。二十一到二十五岁，她那像舞会皇后般黄金的日子已经一去不复返。

遇到他前一个月的某个晚上，她和男友为了一个忽如其来的电话吵到凌晨三点。她穿着男士塑料拖鞋，背着十斤重的帆布托特包和三斤重的笔记本电脑，在寂寂无人的高架下走着，后悔应该把他关门前递来的粗呢毛线混纺开衫披上，而不是出于不必要的自尊拒绝。她暗自发誓如果男友不打来电话道歉，就随便找个人睡觉。这天晚上，他没打电话，她也没找到那个随便的人，熬到凌晨五点，她还是睡着了，睡了十二个小时。一个月之后，争吵带来的伤害似乎已经平复，她却遇到了他，并且真的，拥有了一个像爱情小说般浪漫的开头。

当然，他也不是彻底诚实。他对她说，他的婚姻已经完了，但实际这一年内有所好转，至少妻子同意从客卧搬回主卧，所以他无法像其承诺的那么快离婚。

有三个月的时间，两人都很快乐：不太方便出去看电影，但可以聊天，可以讲的笑话不断。三个月过去，很多事情变得麻烦起来，他不能总躲在洗手间，或推迟回家，只为了接她的电话。她也无法向男友解释，为什么总盯着手机，而且似在避免让他看见。她想过跟现任提分手，但就像她无数次的辞职决定一样，只是一个模糊固执的想法，却始终缺乏纵身一跃的勇气。

故事当然不会顺利地上演下去，他们在这段关系中设下了数不清的雷区，雷区会以不同的面目出现。她和别人在一起时，总会想起他，并被某种致命且疯狂的念头缠绕。而他不论是和她，还是和妻子一起，总陷于精疲力竭的边缘，试图说点什么，却永远没法解释清楚。

到了六月，朋友未能成行的婚事、外祖父的去世等等坏事影响了她的心情，也有人说跟一次水逆的来袭有关，总之两人因为微不足道的观点分歧（大概是报纸上一个女性反性侵新闻）大吵一架。他这次没主动找她。过了三天也没有。到了第四天下午，她跟他发消息，说正在离他公司不远处的一家咖啡店，并发去一张精心修饰了半小时的照片。过了几分钟，她仅收到了一个冷淡的"哦"。

她一怒之下，删掉他的微信号。

她忘记了他的号码，只记得昵称和头像，不管她后悔后，更换名字搜索多少遍，都只有一句相同的冷淡的提示："该用户不存在"。她想过去中国移动查聊天记录，才发现两人自始至终，打的都是语音和视频电话。她想过问问聚会组织者，是否还有参会者的手机号码（组织者正是她策划部的一位女同事），又碍于自尊和种种隔阂没有实施。她记得他们交换过名片，但是她在桌面摞好的大撂名片夹里翻找半天，却没找到，在她衣服口袋、包袋里，苦苦搜寻，无论如何，都找不到。

到了这时，她才发现对他几乎一无所知。可是交往的第二月，那个周六的晚上，她曾以为他们会有一个永恒的结尾。

而他在那个像水汽般蒸发消失的下午，原本只是想短暂冷战，待她低头，看到消息后，却被莫名失败且悲观的心情笼罩，矜傲地只回复了一个字。等到下午五点,他想找她时,消息已经发不出去了。当然,只要他发送一个验证,她也可能重新回来,两人至少还能在一起半年,或者更久。可鬼使神差的,他当天也并没那样做。他愤然删掉了她,就像从没见过她一样。

她在后来的一年,总会想起他。在城市西北一家灯光黯淡的火锅餐厅,她曾以为他就坐在某张餐桌。等她装作取调料,走到近前,却发现那人轮廓没他精细,肤色也过于苍白。因为没和女友说过这次短暂越轨的恋情,几个女友看她红着眼眶回来,误以为她是隐形眼镜干涩所致。其中一个递她一款日产眼药水,她滴了,人造眼泪和她的眼泪一起掉下。但只有那一两分钟。接下来大家又浸入餐厅的喧嚣之中。

他后来倒跟朋友提起过她,像说个笑话,如果他肯抬头,越过对面朋友的头顶,越过餐厅挥之不去的混浊雾气,仔细看看,推门出去的一个女性背影大概会让他呆立许久。但他并没这样做,他只是听见了一阵开门而起的风铃声,靠门的中年男人抱怨无故多出一条缝隙,带入太多冬夜寒风。他主动起身,把门关上。

什么也没看见——他下意识地瞥了下门外,却只看见了黑暗中,过度明亮、过度宽阔的马路,一辆卡车快速驶过。不知为何,他感到一阵如释重负的轻松,却又充满悲伤。

故事结束了。如果一开始,她不曾欺瞒他,他也没有,两人也极为幸运的,正值单身,但他也许很难因为无法言说的痛苦,打出那句骤然击中她的话,她也可能因为涉世未深的无知和傲慢错过他。

在一则现代爱情故事里,就算男孩遇到女孩,男孩选择了主动,女孩也回应了他的追求,两人拥有众多相似之处,并一度将对方视为灵魂伴侣,他们依然会遭遇心碎和失望。他们不明白为什么在遇到爱情之后,依然会丧失爱情,解决一个问题,另一个问题又往复重来,如此绵延不绝,直到他们分开,忘掉对方,再进入下一个痛苦的循环。

爱情故事最优美的部分永远在开头出现,却并非他的原创——每一个读过它并且心有戚戚的人,也许都曾用它来劝告自己勿忘缩手,却一次又一次、不可遏止地飞蛾扑火般投身其中,直到再次被破碎后的幻觉割伤:他们也不过是其中之一。

圣女

俞蕾打电话过来。我没认出号码,背景安静,像一个人站在黑幕里。她说话的时候我想了起来,跟过去一样,她的发音不像来自嗓音,而是来自胸口,让人轻易联想起一个漂浮半空的亡魂。她问我现在在做什么。没什么,在火车上,准备回家,我说,信号不大好,听筒老是有吱吱的杂音。你呢?我在青州的一家旅店,出来一趟,她说。

我没问她目的是什么。她欲言又止,过了一会儿,问,你觉得,我是你女友吗。这个问题很难回答,我说,无从说起,这是个很尖锐的问题。她大笑,说,那不如直面这个尖锐。

我犹豫了一会儿,说,不是分了吗。

她不再说话了。但电话也没挂断。我不得不转回到之前的话题：我在火车上，遇到一个中年男人，分给他一只桃子，那人骤然热情起来，开始问东问西，一旦问东问西，就开始对你过去的事情横加判断。你说，怎么什么人跟你聊上一两句，就都想对你的人生指手画脚？

　　我说到一半，才意识到，电话那边没有人，没有人已经有段时间。我对着空荡荡的电话另一端说了一刻钟，也许更久。这些话跟在行驶的火车后面断断续续，跟我们之间，过去到现在，捉摸不定的关系和距离一样。

　　接到电话是六年前，2012年的八月。2011年的五月和六月，我们在一起过。夏季刚来没多久，相处了五年的女友跟我大吵一架，回了她老家，湖南常德。那段时间她母亲总叫她回去，说托人在当地电视台找了一份出镜记者的工作。

　　我想，去吧去吧，别他妈回来了。她果然走了，一个电话也不再打来，留我一个人在中山北路那套租来的足有三十年历史的两居室里，绝望得要死。

　　不是为后来发生的一系列事情开脱，但那时我确实脆弱又痛苦，随便什么风都能吹倒，倒得一败涂地。不说哭哭啼啼，买醉消愁，但也差不多。

　　熬过最开始沉默僵持的一周，我决定主动打个电话。接电话的是她父亲，说母女俩去超市买东西，还没回来。他没说打算捎话。我说，好的好的，谢谢叔叔。匆匆挂断，等了三天，电话没再响起过，我在傍晚又打了一个过去。这次是女友接的，但态度很冷漠，没等我说上三句就挂断了。

她父亲在当地开了一家野生蛇馆。我们好的时候去过她家。第一次上门，我母亲让我记得千万不要丢人，所以我提前服了几粒解酒药。但先上来的是她母亲，五十二度白酒，三两杯子，连着四杯，面不改色，当场就把我给吓坏了。我硬着头皮，喝到断片，窘不堪言，大概就此给他们一家留下了孬种的印象。

我女友脾气火爆，说话耿直，但模样好看，眼睛如鹿。她小我四岁。刚认识时，她还是个大三学生，在一所北方二本院校读信管专业。起先一两年我试过几次分手，没能成功。之后我们就分不开了，慢慢的，走在路上，有危机的成了我自己。年纪一大，工作不顺，容易患得患失。当然更要命的是懒惰，使得危机和焦虑感更为深重。

俞蕾是我在银行时期大企业客户部的前同事。看起来弱不禁风，瘦小如芦苇，说话嗲兮兮。说那会儿单位人人觊觎不为过。不是因为长相，她的脸盘只能说尚且过得去，眉眼斜上，鼻梁削薄，嘴唇较厚。如果皮肤白皙一点更好。主要是性格。你也不知道为什么，这样的女的，男的就会以骚形容，好像八百里外都能闻到那个味儿。这事当然不能全赖男的，她自己多少也得负点责任。光我知道的就有吕洋，陈继斌和陆星。三个人一间办公室，都被她迷得团团转，关系都说不清。陈继斌说她夜半打电话给他，两人在南山路的旅行者酒吧一起喝过酒，感觉她对自己有意思。陆星听了，当时没说话，事后跟我说，操，她也叫我喝过酒。我还替她搬过家呢，足足搬了一个礼拜。谁对谁没点意思？

后来就是吕洋。但我们知道的时候，整个单位早就鸡飞狗跳，他老婆直接找到了银行领导。谁都知道他刚到杭州，一穷二白,全靠妻子和岳父,才付掉房子首付以及买下一辆凯美瑞。当时他昏了头,一心一意,非离婚不可。跟多数轰轰烈烈的婚外情一样,四个月不到,两人就决裂分手,除了带来不幸、尴尬和痛苦之外,什么也没了。之后俞蕾离开银行,去了一家成立了三年、不大不小的金融理财公司,据说干的是行政。

忘记了一开始和俞蕾是怎么聊起来的。起先我努力过和她保持距离,是她主动找的我,让我把她遗忘在电脑里的一些旧资料发给她。因为这些旧资料和旧照片,她说起吕洋:"你们是最好的朋友对吧。"

我不知道吕洋是怎么说的,但对我来说他跟那些单位里的朋友没什么区别。我说,差不多吧,还可以。她说感谢这次帮忙,想请我吃饭。之后她选在西湖边一家杭帮菜餐厅。餐桌上她一直不断拽身上的那条裙子,半长,白色,撩着头发,说话的时候看着你,筷子夹着海带丝,却迟迟不往嘴里送。

但吃完饭,我们什么也没做,装模作样地在竹未园和岳庙散步,散了近两个小时。我没伸手去牵她,她也没靠过来,两人并肩,但始终保持着十公分左右的距离。园内道路破烂,灯光昏暗,我差点被脚下一个东西绊倒,之后它一跃而起,钻进漆黑树林,这才发现是个活物,猫或狗之类。已经九点,我们还在绕着池塘和树林,一圈一圈徒劳闲逛,像两个得了失心疯的流浪汉。最后我受不了了,看见湖边有条空出的长椅,拉她坐下,沉默地看了会儿垂落在湖面上的月色。就在这时,我们同时听见对岸响起喘息声。

我知道她还在等待,但我依旧什么都没做。她不得不说,太晚了，要不去我家里坐坐。她在凤凰城有套租来的屋子。在出租车上，我们试着聊了点别的，但具体什么内容，如今我已经完全想不起来。屋子有九十平，但疏于整理，显得过度逼仄。地板和椅子上堆满衣物。我一进门，她就开始慌慌张张地把衣服往床底的塑料箱和衣橱里塞。当日气压很低，屋子里泛出一股下水道味，我在客厅那张橘黄色沙发上坐了下来，沙发骨架有点问题，咯吱乱响。她收拾完，泡了一杯红茶，我们聊了一会儿，话题还在吕洋身上，我想早点走，主要是担心女友忽然打电话过来。我说，没事那就先回去了。她说好的，好的。

等我一转身，她就把台灯拧灭了，拉住了我的右胳膊。我转过身，在黑暗里，看见她快速脱掉上衣，留着胸衣和那件半长白裙。我将手伸她裙子里去，压在她身上。她半推半就。起先是在沙发，之后换到床上。一个小时，也许更多。当天状态之好大出我意料。我还记得她小猫一样的呻吟，等到我扯到她头发，这种哭声不可避免地加大了。

在这个事情上我承认自己很矛盾。一方面我想知道她这样的女人到底怎么回事，但另外一方面，也会想，她都跟这么多人睡过，也不差我一个。只是事情一旦发生，不可避免地会考虑更多。

以前我跟吕洋确实还算朋友，那时他还没离开单位，我也没有。晚上他总找我吃宵夜，多半在绍兴路400弄，一家开到凌晨两点的潮汕海鲜粥餐厅。那边还开着一家住所隐蔽的肛肠医院，门口停了一大堆乱七八糟的车。路边总站着一大帮穿着亮片短裙、雪纺上衣的女人，走过去就会叫住你，就站在东北菜馆，以及盱眙龙虾店边上。就算在路灯和黑夜里,多数看去也都不怎样。

吕洋指头夹着半截利群,由着烟灰掉下来,灰白如雪的星火在翻沙芋、普宁豆腐、卤水鹅间里四处飘荡,再缓缓落在他穿着凉鞋的脚背以及瘦伶伶的光手臂上,好像陷入到了某种广袤且孤独的忧郁,任由我怎么追问,到底因何分手,都死活不说。

三杯啤酒下去,他松弛了一点,跷起腿,举起快烧到手的烟,若有所思,说,俞蕾之前还有过一个男的,一个大她十二岁的老坑(老头),"一只脚踏入棺材板,几乎要死咗",那破房子就是老坑给租下的。后来那老坑破产,人不知道去了哪里。这一关他过不了。怎么想都过不了,谂起都嬲。(一想起来就生气)

别扯了,我说,这怎么能算?俞蕾这事不是大家都知道吗?别跟我说你刚知道。

他沉默了一会。说,好吧,主要老婆怀孕了。跟俞蕾最热恋的时候,老婆居然怀孕了。第二胎。起先是为了规避麻烦,之后也许两人忽然有了新婚感。但这事情还有别的原因,一旦另一边相处得不错,就觉得两端能平衡。但这微弱的平衡,通常持续不了多久。俞蕾知道后,彻底发了飙。

我说,吕洋,你这样不对,知道吧。

当然我也指自己。他又掏出一根,说算了,是我对不起她。但都过去了。还是重新开始好。前几天抱着儿子出去,遇到街上一个姑娘,二十岁出头,齐刘海,细腰,夸了孩子几句,"眼睛很大,跟你很像",然后不知怎么的,发现就住在一个小区。感觉接下来会发生点什么。

我没作声。我们一杯接一杯,一根烟下去又点一根,但东西没怎么动。烧鹅的卤水在空调冷气里结了一层白油,粥的上层也开始凝固板结。过多的烟雾,沾沾自喜以及若无其事,让屋子和我们两个都变得间离且抽象,不断提醒着我,我在跟他之前睡过的女人睡觉,我们都属于一路货色:肮脏污浊,缺乏自省和基本的羞耻。

我想,等女友一回来,这事情不管怎样,都得告一段落。俞蕾不是一个值得长期交往的对象:轻浮,放荡,自以为是。我们还是朋友的时候,她什么都跟我说,关于那些男性如何追逐她,送给她哪些高价礼物,和他们睡觉感受如何(多数都不行,粗鲁,没礼貌,只顾自己,或者时间太短,尺寸也不合适)。

陈继斌和陆星也这样?哦,他们啊,只是吃过几餐饭的朋友。只是一些朋友,她说,眼神闪躲,不去看我,又说,你知道吕洋怎么打动了我吗?当时我生了病,吕洋从家里偷了一只结婚时别人送的玩具熊出来,足有半人高。他真太抠了,买一只新的也花不了什么钱,顶死一百五。谁会送人那么一只白熊玩具呢。真是傻子,还以为我是不懂事的小女孩。

说到小女孩,她笑了起来,哦对,吕洋还说过——如果仲有人好似以前个啲扑街咁样对佢,我一定会毫不犹豫咁上去打佢一身。如果对方好大只,我就叫埋你一齐(谁要像之前那些混蛋一样对她,一定会毫不犹豫地去揍一顿。对方要是块头大,就把你叫上。)——他说过,你俩是最好的老友嘛。

蹩脚的发音。潮湿,炎热的岭南发音。我不去听,不去联想起他们之间的旧事。

她提过几次，老家在扬州的一个镇上。小时候读书还行，长大就不行了。具体来说，是从高中开始就进入了一个很坏的循环。起点是父亲之死。初一父亲查出得了骨癌，每天真痛得要死，痛得要跳楼。所以她什么书都读不进去。一升高中就搞砸了。反正也不是什么读书料，就这样吧。

她赤裸着躺在床上，肩膀有块两寸长的伤疤，说是二十一岁时候被人用玻璃杯砸的。两人吵架，他怒极，朝她砸了一只玻璃杯，玻璃碎片插进了左肩膀，缝了八针，之后褪不掉了。她解释说，我是疤痕体质。年轻时候总会爱过一两个混球。谁不会呢。她笑嘻嘻地说，哭上一阵，之后继续笑嘻嘻。

我想，这个女的脑子十之八九有问题，虽然她自己没意识到。

你和女友会结婚吧，一次事后，她仰脸看着我。我听明白了那些隐藏在水下的渴望，却扭过头，说，你这床真破得要死，你得换一张，稍微用力就会塌掉。

没钱有什么办法，她说，用枕头盖住小腹和胸。我拉开枕头，将她手臂腿上，大大小小的疤痕，挨个亲吻过去。

七月上女友打来电话。我错过一个，回过去后她说准备回来了，愧疚和惊慌使得我更加想见俞蕾。那会我们过于频繁。一个礼拜见两次、三次，以致犯下错误。一天俞蕾跟我说自己怀孕了。这事起先叫我怀疑了一阵，想着也许她同期性伙伴不止我一个，虽然那段时间看不出端倪。等到医院去做完检查，她又说，情况有点糟糕，没在宫内找到孕囊。过了一周，发现是护士操作的问题。之后半周，她在要和不要之间犹犹豫豫，最终下定决心,从荷尔蒙跳入现实生活。

我意识到她大概想让我陪她,但提要求这件事情叫她觉得难为情,所以在失望之前尽量不让希望留有余地。

做手术我没能陪她,正好遇到出差,她没说什么。到了周五下午两点,她打电话说,没了。总计四十四天。

有小半周的时间她没再说话,我也没去找她。过了几天,她忽然说上次B超查出点麻烦,手术前,医院说她的输卵管还是哪里出了点问题(我居然忘了跟她问清楚到底怎么一回事)。受精卵着陆很随机,可能会落在疤痕上,也可能会在宫外,所以医学建议就是尽量少怀孕,最好别怀孕,说不定某天就成了一个炸药包。

我说,行啊,那以后多注意。

但没有以后了。七月,周二,周三。过了一周后,周四凌晨,她都在网上给我留言,内容相似。说太痛苦了,时常在凌晨浅梦里看见一片暗红色血雾,雾中有人在尖叫或者哭泣。是婴儿的哭叫吗?不是。男的,女的,老人,小孩,都有。他们都在。所有人都在那片血雾里。

他们是谁,我没问。能说什么?每年流产人数约一千三百万,多数都是女大学生。你这个年纪,二十五六,大学毕业三四年,理应习以为常,而不是大惊小怪——但我说,是,太难受了,我都能理解。一般过一两个小时回复。尽量不超过一天,显得过于怠慢,也不能让她觉得我整天没事干,好像随时等候她发话。我说,不管怎样,你先好好休息。她说,单位还不知道这个事情,请不出假。我说,你得分清什么更重要。不知道为什么,这样反复重申,让我不自禁恼火起来。

七月的上半个月,我不知道是否源于一种错觉,误以为她在逐渐好转,事情过去,身体恢复。也背着女友和她偷着见了一次面。屋子还是一样的凌乱,俞蕾看起来气色不错,心情也不坏。

但会间歇发作。有时早上醒来,我偶尔能看见手机屏幕上多出来一连串的脏话,草草读完,逐一删干净。过了两周,她发消息说,对不起,我们分开吧。我说怎么了。她说,抱歉得很,也没法再叫你开心。总是因为一些事情打扰你。你不如删了我吧。

我说行,既然这样,尊重你决定。

她不再作声。

我想过找她几次,再一想,这是纯粹给自己找麻烦,也许她还在生气,于是算了。那会我忽然意识到,俞蕾比我想的要稍微好一点,稍微聪明一点。而一旦决定不见面,宇宙中某些神秘的部分似乎响应了你的愿望:所有的交集都不会再出现,一次巧合,一次相遇,所有的,全部消失。

杭州是一座并不算特别大的城市。有几次我曾经在路上,武林路天桥下面,或是天目山路上岔出去的长满香樟的甬道,不知为何,心脏骤然揪起,觉得某个留着长发的女人,或者扎马尾的女人会是她。但是很快那女人会转头,走进一家店铺,或者在石头台阶抬脚蹭掉沾上的垃圾包装,你就知道不是。你得忘记她。她只是你情感衰退期的一段变奏,或者是照片上的噪点,最终不过将更为重要的部分显现出来。

她也应该也很明白这点。我跟她说,女友回来了,没通知就回来了,七月下旬。女友大概觉得老家地方太小,工作选择有限,也可能别的原因。我们好了几天,又开始吵架。当然那会我就跟个炸药桶似的,见谁都想发脾气,为谁做饭、谁倒垃圾吵个不停,可真算是一个不折不扣的混蛋。但这次也不知道为什么,我开始乱发脾气之后,她忽然变得老实收敛,忍气吞声。

我不愿承认会想起俞蕾。多数时候,早晨,傍晚,深夜的某个时刻,会忽然记起她。跟她的身体相关,她的身体,鱼鳞一样,一片一片,闪着银光,披着月色,逆流而上,试图穿过一片血蒙蒙、昏沉沉的大雾,而我却什么也做不了。

大概是我母亲的话最终把我从那个处境里救了出来。一天她忽然说,婚房装修好了。我说,费那钱干什么?你以为她会愿意跟着我们回到那地方吗?我说,费那钱有什么用呢。谁说我们就会结婚?你以为她不嫌弃我们家吗?

我母亲哑然了一会。我想起上次回家她的白头发,我父亲前几年因胃癌去世,他很怕死,想要我们尽一切可能救他,空光了所有家底,颓软下来,说,好的,我知道了。

2012年八月这个忽然而至的电话让我有些措手不及。她怎么能问出?从2011年五月到七月,整整一个夏天,我们从来没有明确讨论过这段关系。言语本就无计可施,局限万分,不是吗。但她等的那五分钟,她却在苦苦等着一个答案,等着我说,是,或者至少曾经是,都可以。

我这么说当然没有问题,一点损失也没有。但我什么也没说,代之以宣告终结的休止符,将之前的所有,统统予以否认。

女友上完洗手间回来,双手湿漉漉,从背包里抽出两张纸巾,擦了擦,问,怎么了,发呆不停。我说,没什么,接了个电话。她说,谁。我说,不是谁,就一个过去的普通朋友,忽然打电话来,真是叫人吓一跳。

也许是俞蕾的预感。那天我和女友正在回去筹备婚礼的路上。之后没再有她的消息。最后一次听闻她,来自于一个已经离职的前同事。我们聚餐的时候,这位前同事忽然提起。这件事情说来再巧不过:2015年的七月,她带着儿子去九寨沟旅行。在去往景区的大巴上,出于安全起见,她选了司机后一排的位置,为此换座的时候还跟人闹了一点不愉快。

就是在山间攀爬的途中,忽然下起一阵暴雨。司机没法继续向前,原先睡得七七八八的众人经此趔趄,全醒了。车厢掀起的风暴比车外还大。就在那七嘴八舌、洪流一般的喧哗和抗议声里,女同事听见背后传来熟悉的、有气无力的声音,发音部位永远比别人往外一些,心说这不是俞蕾吗。回头一看,果然。谁能想得到呢?俞蕾就坐在最后一排,倚靠在一个男人的胳膊上。那男的不高,瘦得像猴精,穿一件浅紫色翻领保罗衫,搞计算机吧。大概。背着一只黑色瑞士军刀包,确实挺像干这行的。两人看起来年纪倒差不多。般配吗?不知道。就那么一回事。俞蕾之前在那么多男人间打转,不都那么一回事,再不般配的,她嫌弃过吗?

我在想同事说的究竟是真是假。盘旋泥泞的山路,忽如其来的暴雨,紧闭喧哗的车厢,早已消失的故人。不管怎么想,都无法判断。但俞蕾换男友了却没令我多么惊讶,她一定会重新恋爱。那她的情况看起来是变好了,还是更糟了?前同事说的画面,更像是某个瞬间的截图。俞蕾究竟在抛物线的哪个点上,很难叫人分辨清楚。

不知为何,我总会想起她第一次进办公室,靠着我的桌子,跟我打招呼,介绍自己——玫瑰花蕾的蕾嘛。那是九月一个金灿灿的下午。她侧头,抓着隔板,秋日从拉上的百叶窗里照进来,头上和脸上洒满斑驳的光影,白衬衣上也是,像落了一层金箔叶子。我刚刚从一场幽暗压抑的午睡里醒过来,莫名其妙的,觉得万念俱灰,周围都操蛋且陌生。那一瞬间,她真像是个圣女啊,我想,这么说起来有点傻,但确实是真的,就像她正预备将你从什么糟糕处境里拯救出来一样,而且一定会成功——这个想法持续了不到一分钟,她很快便转过身去了。

真实

他们有段时间没再写作。也不是,过去的八月,他在写一个中篇,按其说法,是一个崭新的尝试,跟之前全然不同的尝试。在他们之前达成的种种写作共识里,新鲜而不同,告别陈规,竭尽全力,往前多走一步,定是其一。她正在写一个长篇,预计十三万到十五万字的体量,刚写完前面不算完整的两章,就出了点问题。他听完,温和地劝告她应精简和控制。这会儿他们以为生活中最大的困难都来自于写作,但其实不是。那年八月,他们还遇到了两场不大不小的事情,但因为她仍身处其中,还不能贸然说出,有一天大概可以,但如今为时尚早。

按照计划,他们将在八月初见面,但偶然到访、错综复杂的两件事,确实打断了他们见面的可能,她又总在两地奔波的路上，恰好错过每次机会。两人就像拥有两张错位的进程表，或者本质上，他们在有时差的两个世界。

一天在回上海的火车上，她跟他开始说起这个故事（"跟你说个故事吧"——千篇一律的开场白）。为了避免他以前批评的问题——她总是将真实和虚构混为一谈，她那些朋友的故事，实际不过都是她自己的故事，饶其百般解释也无济于事——所以她在叙述中，为了证明为真，她小心告诉了他被讲述者的名字，但故事中仍以B来代替，而她则自称为A。

B是跟她一起长大的朋友，生于八月，有一个比其大四岁的姐姐。姐姐生得很美，很讨祖母的欢心，但不太聪明。B本不会出生，母亲据说因放环失利，才怀上她，也可能只是为生男孩，孤注一掷，等到发现是女孩，已经错过堕胎时机，一家人就这样，不甘不愿地接受了巨额罚款。

B的父亲据说在另外一个城市有个情妇，年纪比她母亲大三岁，也有人说两人共育一个私生子，但没人见过，没人知道传闻是真是假。B还有一个患有小儿麻痹症的叔叔，五十岁，一直未婚。简言之，B和美丽的姐姐，貌合神离的父母，强势的祖母，残疾的叔叔，奇怪又紧密地生活在一起。

B以聪慧而著称，五岁时就会打复杂的牌，甚至能赢过大人，一年级学会了编织毛衣。一年级到六年级，她都是第一名、学习委员，个子也很高，六年级时已长至一米七。在A和B的关系里面，她记得，B始终像个长姐，A向来蒙其照料。

但到了中考，B忽然考砸了。当时考完回来，她信心满满，发榜后分数却出乎所有人的意料。B由此进入一所二流高中。A

考上了另一所。她们所在的城市，一流中学有两所，二流学校三所，三所之间也有轻微差异，B的那所排名相对靠后，A的则靠前。也正是从那时起，她们的关系开始产生某种变化。

高二暑假，一个占卜者来到她们家附近。那人穿着一件褪色的卡其布工装，一条黑色长裤，手里提着一只雀笼，里面有只麻雀。最开始应是A母的建议，她母亲向来迷信，除了她应该没人会主动提议。

小雀被放出来后，在撒满方牌的桌上来回踱步，最后挑中一张红桃K，衔进占卜者手里。占卜者说，A的母亲晚年将大展宏图。在A几次关于母亲占卜的记忆中，她记得自己曾多次听到类似的说法：晚年将大展宏图，一种包含着绝望的希望。但A的母亲还是给了占卜者一个红包，八十八块。之后是A，一张黑桃7，占卜者说她一生都不会顺利，一定蛋打鸡飞。A为此扑哧笑了起来。

但到了B母这里，占卜忽然面容严肃，说她定然活不过今年。正值六月，一年过半，气氛骤然变得凝重。占卜者迅速收拾雀笼，决意离开，不管B的母亲怎样哀求塞钱，也不肯留下。当年十月，B的母亲因为连续消瘦和腹部疼痛，前往医院，查出子宫癌晚期。十二月，她病情加重，很快去世。果然如那位神秘的占卜者所言，B母没能熬过这一年。

过了一个月，B的姐姐结了婚，嫁给了一名道士。姐姐高中毕业后没再读书，那人就在一次气氛轻松的葬礼上吸引了她。她嫁人后没多久，生下一个男孩，众人很容易便可从其身形判断得出，姐姐结婚时已经怀孕。因此有人说，孩子是属于姐姐曾经交往过的某个外地男孩的,外地男孩离开后,姐姐只能匆匆嫁人,她的婚后生活因为经济上的穷困和婆媳关系,过得十分不易。

B深受打击,高考考砸,最终就读于本地一所职业学校。她读书很努力,毕业后找到一份当地商场实习的工作。起先她只负责管理一层,后来因为表现出色,负责起四层,变成商场经理。这在A和其他同学看来,都是一份体面、值得艳羡的工作。

B虽然早慧,却连一次恋爱都没谈过。一天她正在路上骑行,一位老人始终跟随。红灯亮起,她不得不停下,老人推车过来,对她说,你是单身吗,如果是的话,我给你介绍一个亲戚的儿子。然后给她留了个电话,约好时间地点见面。B虽觉奇怪,但还是赴约了,甚至没办法解释究竟为何赴约。

她比约定时间早到半小时,想万一情况不对,就及早离开。她等了一会,约定地点只有一名长相普通、年纪很大的男性出现,正打算离开时,一个人忽然从身后拍了拍她的肩膀,说,你是不是XX(B的名字)。她转过头,看见一张端正俊挺的面容。

两人几乎一见钟情。她后来才知道,老人是男孩的父亲。男生在一家家纺公司做部门经理,学历不高,但是收入不错。父母晚来得子,早已退休。B嫁了过去,丈夫对她言听计从,长辈照应有加,她似乎在过去的种种磨难里,彻底地康复,并且获得了某种命运的补偿,大家对此都觉得不可思议,但也为其否极泰来而高兴,也许是母亲的护佑——谁知道呢。

说到这里,她停顿片刻。他说,挺好的,你可以写出来。

她没有接话,继续说了下去:

今年上半年,A的祖父去世,她回到老家奔丧,葬礼上,那个女友，B也来了，迟到半小时，出现时带着儿子。很多年过去，她变化不大，但儿子跟A之前看过的婴儿照片全不一样，A在其脸上同时看见了B和丈夫的影子。这时她才意识到两人已经七八年没见面，真是一段漫长而令人难以觉察的时间，她想。B劝她节哀，又说，丈夫还在医院，她得去看看，所以无法等她祖父出殡，就得回去。

A没多问。过了几天，她回到上海，一个男同学找A，照例致哀，又问，B的丈夫醒来了吗？

A说，发生了什么？

男同学说，你不知道吗，她丈夫昏迷半年了。

A理所当然地吃了一惊。男同学解释说，B的丈夫去纳米比亚做建筑工程，原本进展顺利，一天却在工地昏迷不醒，送到医院，发现脑溢血。按其年纪，无论如何都不应得脑溢血。不知道是不是跟体重相关。他被连夜送回国。

A联想起当时见面，B面容平静，就跟丈夫只是患上感冒一样。

——他说，天啊。

她说，是的。停了一会，又说，最近醒了，她母亲有天给她打了一个电话，说，B的丈夫苏醒了，但没好全，据说有点轻微失忆。不记得B，不记得过去，大人一夜变成小孩。B得悉数照应。也许家庭情况因此恶化，也许跟过去一样。但从没听B抱怨过。

他不知道故事是否已讲完，故此等了一会，她没再说话。他说，哦，原来这样。她说，是的，就是这样，一个朋友的故事，都是真的。

他顿了顿,说,我不知道你们那还有这样的占卜。她说,后来没再见过。有人说是安徽那边过来的。你们呢,你们有吗?

他说,也许有,但我没有见过。我觉得也许有。

她说,是的,我想也是。

他说,嗯,挺好的。你的朋友,是一个坚韧出色的女性。

她说,是的,一直都是。

两人无话可说,陷入沉默。手机不再有消息显示。她闭上眼睛,心想,他们开始恋爱时不是这样的。有段时间他们无话不谈,至少在某些话题上无所不谈。她接上之前他的提议,说,这个故事是没法写的,她得认真地想一想,他说是的,很不容易。他想给点实际的建议,关于写作,但是大概又觉得这些问题最终只能她一个人面对。你始终得一个人,他说,我无能为力,虽然我们看似在同一处境,但最终只能在各自的道路上不断向前,我们也只能各自打赢各自的战役。

她颇为怀念早期的混沌时刻,暧昧像是光线昏暗的暖水池子,包裹他们。在他过去的小说中,河水是残酷冰冷的象征,又是软弱者的容身之所。她总是会想起他故事里,绿水下微弱晃动的光线,人在水中,像在子宫,像是初入世界:你不知道将会在这个世界上迎来什么,只能坦然接受那些被赐予的。而他对她而言,则像一个启蒙者,只是随着清醒的逐渐到来,寒意也随之将至。

她想说,她不能用别的方式讲述,是因为那关于一个真正具体的人,一个跟她息息相关的人。有些细节大概不太对劲,她也无法继续追问。追问他人惨痛的细节是无礼的。她也没有办法给这位叫 B 的朋友安置一种结局，一种命运，那既不尊重，也不优雅，甚至缺乏基本的仁慈。在生活面前，哪怕部分的真实面前，有时虚构会显得轻佻，无力。他们从来都不曾拥有真正意义上的真实。所以她只能讲述，B 获得的，又被带走的礼物。

说出来你会好一些吗？他问。

是的，好一些。你呢。

我觉得会，他说。

但他指的是别的。她也是。他们都知道。她也许可以跟他讲述另外一个故事。讲述另一个故事，意义也许也一样。重要的是没被说出的部分。但是她没再说下去。缺省的部分永远只能存于黑暗，那里永远存有未被言说之物。尽管他们成千上万次叙述，也无法穷尽、照亮。还有其他。她曾经想象过，以语言去穿过、劈裂隔开他们的帷幕，却最终发现那道帷幕原来如此清晰、坚实地存在于他们之间。她放下手机。在剩下的十分钟路程里，她都处于一种想哭却没能哭出来的状态。太不应该了，太不应该了，她想，仿佛在说一种没有道理且无法治愈的疾病，仿佛在说一切不可理喻之事。

似是故人来

张玲玲

二

最开始,伍家豪想北上,天津或北京,离家越远越好。但姐姐伍家晴成了失败的范例。家晴从小学习优异,家里给予厚望。毕业填志愿时,家晴见学校名后有个"服从分配"的小方框,未加多想,画了一个勾。发榜后,她从清华大学被调剂至北京地质大学,有点措手不及。父母起先惊憾,而后平静,安慰说,复读也行,来年再战。家晴不想复读,收拾包裹去了北京。大一暑假回家,伍家父母吃了一惊,不知是否是北方面食吃多了,一米五三的家晴胖到一百二,这个体重维持到她毕业。四年下来,家晴没能找到男友,也没找到工作,于是离开北京,回到茂名,花了一年时间备考公务员。伍父托了一圈关系,最后安排至当地工商局。家晴崎岖的四年,令伍家父母的高远希望落了空,心灰意冷之余，要求家豪择校必须在省内。

1998年8月31日，伍家豪乘一辆黑色八座吉普车前往广州。车子属于父亲同事，除了他俩，还有同事的朋友，以及同事的儿子。他考上广东外语外贸大学，父亲同事的儿子考上广东工程职业技术学院，难免多出一点骄傲与自得，尤其从广昆高速上看下面，视差轻微变化，很有睥睨众生之感。但这点骄傲与自得很快就在七小时的枯燥车程里消耗殆尽。他在车的轻颠中睡着。车子时速保持在一百一十码，中途仅停了两次。他在旅途结束前醒来，发现天光依然很亮，和众人撕开一袋面包，分着吃了。

他带去的二十一寸行李箱，塞了四条牛仔裤，两件衬衫，五件T恤，十只衣架——他后来才知道，广州什么都有，带衣架是很乡下佬的做法。但他刚入广州，第一反应却是失望。家豪看TVB时，最羡慕电视里的男女老幼头发皆梳得油光整齐，放眼望去，下午四点的广州，被夕阳与灰尘一起笼罩，人的头发虽长短疏密不一，但都潦草随意，衣着也很普通，跟茂名并没有太大的差别。大家在学校门口小店吃了餐便饭，点了炒鸭，炒牛肉以及芥兰。吃完饭人群各觅其处，他独自在校园晃了一圈。九点多回到寝室，另外三人已到。他将东西放进衣柜，快速洗漱后，低头爬上1号上铺。2号铺主动自我介绍，大家顺势聊了会儿，便各自睡去了。

1998年除了读大学，还发生了什么？他记得那年"十大最受欢迎男歌星"是郭富城，"叱咤乐坛男歌手"金奖也是郭富城，刘德华只得铜奖——台下嘘声一片。七月，大热剧集的电视信号切断过一次，父亲的一位朋友消失后，未再出现。雯女在

《驱魔龙族》里演现代道士，风情万种，家豪后来知道她和编剧陈十三因戏生爱，很是懊恼。他也知道，那年大半国土沦为泽国，火车站发生踩踏事件——但似乎都离自己十分遥远。

　　寝室里两人来自湛江，另一个来自佛山。四人日渐熟络，但熟络里又掺杂着瞧不起，大家都讲白话，但白话里存在轻微的口音差异。除佛山人和家豪外，另两个都有女友。第一个月结束，系里男女生寝室在学生楼搞联谊。昏暗的旋转彩灯下，伍家豪看见一个女孩站在人群，中分短发，两边各两只发夹，别成X型，尾梢整齐夹在耳后，穿一件白T，外罩深蓝色吊带裙，白球鞋。个子不高，五官单拎出来难言出众，但清爽干净。他递去一瓶酷儿橘子汁，贴心把瓶盖拧开，问她名字。女孩儿叫李可，山西太原人。小学四年级时父母分开，母亲在越秀区开了家服装店，她跟母亲到广州定居，已经八年，粤语比普通话流利。家豪追了三个月，李可同意，两人开始吃饭约会。十二月中旬，家晴忽然打电话来，说，准备结婚了，婚礼定于年初八。要是学校放假早，可以早点回家帮忙准备。家豪对于家姐的临时婚礼通知不觉奇怪，但好奇姐夫是什么样的人。家晴答，普普通通，相亲认识，也是公务员。七月一天，大家热得无心做事，伍父一个同事闲聊中说起远方侄子也是单身，不如见见。两人见了几面，互觉满意，家世也很匹配，大事就这样定下。

　　家豪第一次见姐夫明正，是年三十的早上，明正提了些香肠腊货准备进门，他个子不高，头发向后，吹得蓬松，穿一件黄黑蓝交织的菱形格纹衬衫，微喇牛仔裤，一辆嘉陵摩托车停在楼下，看去很吃得开，就是很难与他的公务员身份联系在一起，更难与平板无趣的家晴联系。明正比家豪大五岁，两人倒谈得来，很快家豪就跟着明正去市蛇馆吃蛇羹，见了明正几个朋友。明正说，我同事有个小孩，正读初三，寒假在家没事情做。你要有空，帮忙辅导一下。家豪正坐着，对面一人站起，四十来岁模样，主动碰杯过来。家豪有些害羞，微微躬身，碰杯时特意将自己的杯沿靠下：不如问家姐。让我教书，怕误人子弟。

家晴向来注重实惠，喜欢把钱折现成大件、房屋，而不是金器或排面，所以婚礼准备工作甚少。年初八，婚礼在高州大酒店举行，客人来了二十来桌，多是伍家世交。家晴只叫了两三个初中同学，同学都已经结婚，一个远房表妹做伴娘。婚礼开席前半小时，家晴的头纱上到一半，被裙子钉珠划破。一个小女孩挤过来，从酒店洗手间翻出备用针线盒，挑出一管白线圈，很麻利地将纱给缝好。家豪没忍住，多看一眼，发现女孩似曾相识。等到酒席开始，功放喇叭接线出了点问题，响起一阵尖锐的噪音。众人纷纷皱眉捂起耳朵，家豪坐在主桌上，看着对面，忽然想起来，确实见过，两人在少年宫一起上过绘画课，那会儿她大概上小学，现在初三，但模样和过去区别不大，圆脸短发，婴儿肥没全褪，一笑脸颊两个酒窝。他记得当时很喜欢找她聊天，听她软音，上雕塑课时，他还帮她捏过粘土小熊。仪式结束，他跟着众人鼓掌，笑眯眯地朝她看去。女孩抬头，也向他这边看来，姐夫明正走来敬酒，说，就她，陈思思。

家豪刚到家时，天天跟李可煲电话，煲完电话，还要写信，现在和陈思思终日粘在一起，写信和电话就很松懈。回到学校，李可到他寝室帮忙收拾，看见一本书厚过其他，随手翻开，看见陈思思寄来的信，接着搜查抽屉、衣橱，粗粗一数，足有二三十封。她看完信，不动声色地将信放回原处。在食堂吃完午饭，李可拿着筷子，戳了一会儿盘底，问陈思思是谁，家豪说，一个小女孩而已。李可冷笑，知道是小女孩还下手。家豪辩说，哪里下手了，我又没睡她，写写信而已。辩白无力，他很快闭了嘴。李可端走餐盘，将几乎没动过的饭菜倒进垃圾桶。

两人并没有当即分手。家豪一直觉得很难理解女性这一物种——是因为觉得不甘心，输给一个未成年的小女孩儿，所以想迟迟拖着直到赢为止，还是仅仅因为她爱他？他思前想后，觉得只可能是前一种。大四毕业后，李可在工商银行工作，银行给三个女孩在天河区租了套小公寓，公寓位于十七层，百来平，毛坯，一人一个单间，房间只有一张床垫，没有床架。窗帘是厚厚的遮光布，罩一层灰色透光涤纶，外面正对马路，窗户玻璃总蒙着浮尘。需共用卫生间和厨房，没有洗衣机，衣物全靠手洗。家豪开始在区税务局实习，偶尔去李可那边，发现她和隔壁女孩关系普通，几乎不怎么说话。家豪后来很多年后回忆起她，印象最深的是那套公寓单间里，大盒套小盒的箱子，既啰嗦，又有种令人起鸡皮疙瘩的整饬。这样爱整洁的人，偏偏闹了鼠灾。起因是李可爱屯零食，吃了一半的薯片用黑夹子夹着，放在床边，苏打饼干、威化、巧克力也是，吃了一半，便扔在一边。家豪见了，随口说，迟早生老鼠。生也生在隔壁，她说。一语成谶。八月，李可跟他说，晚上睡觉，常听见老鼠的声音，一直不确定。但她放在床头的半包薯片，最近被吃光了，细瞧后发现，袋里有黑色老鼠屎。家豪搬来椅子，视检一番，发现床垫上方有只圆形小洞，碗口大小。公寓装有中央空调，圆洞是空调的出风口，老鼠很可能是循洞口和管道爬下。李可周身发抖，家豪抱了抱她以示安抚，预备找本时装杂志将洞口堵上，忽然一只母鼠肚皮朝上，掉在床垫，飞快翻身，一跃而起，窜至客厅。两人同时发出尖叫。家豪硬着头皮追到客厅，找了把扫帚将老鼠拍死，用纸巾捏住尾巴，扔进垃圾桶。他盯着洞口看了一会儿，想了想，搬移床垫。垫下有只破洞，一窝粉白无毛、刚刚出生的小鼠就在洞里。母鼠大概想偷零食喂它们。这一幕过了很久，家豪仍记忆犹新，后来才明白，难忘并不是因为场景的骇人，更重要的是悔罪感，是因为2002年的夏天，他已经遇见闫黎。这年五月初，家豪在局里看见一个女孩儿低头坐在等办业务的长椅上读书，看不清书名，也看不清脸，只能看见纤细修长的脖颈，细软泛黄的头发，白腻干净的皮肤，脖后一块小小突出的骨头，令人心神大动，想伸手一抚。他在她离开前，要了号码。

闫黎是江苏扬州人，名字取自父母两人的姓。她大学就读于北京中央财经学院，大学时期因为甲状腺出了点问题，服用激素，致身材变形，毕业后花了好几年才恢复。前一年刚拔过两颗智齿，脸颊消瘦。她原本在杭州一家营养食品厂做会计，因这边有个分公司，外驻深圳一年。七月底，两人偷去了广西北海旅行，在海边住了几天，回来后感觉身体相依，无法分开，但直到老鼠事件后，家豪才跟李可坦白。一天两人吃完饭，闫黎开口道，这月月事没来。起先不信，但连测两次，还跑了一趟医院，都是怀孕，怎么办。家豪一开始没作声，心里暗自判断，到底何时。但思前想后，觉得只可能是那次醉酒。他喝酒有时过敏，但那天是两人恋爱纪念日,他接闫黎下班,去一家意大利餐厅吃晚餐。在服务员热情推介下,他要了一杯香槟,酒入口柔甜,服务员信誓旦旦地说度数很低,不会上头,所以多喝了几口。吃到八点多,两人散步到一家酒店,拥到房间。衣服脱了一半,他暗骂,丢,避孕套没买,披回衣服,打算下楼。算了,闫黎说,拉住他的胳膊。家豪心软,将穿好的衣服重又脱下,扔至沙发——大概此景此情,并不允许他做任何扫兴的事儿。人确实不能存有侥幸,谁能想到呢。家豪决定积极表态:能怎么办,结婚好了,反正我母亲也急。闫黎说,我们公司有个福利,向已婚夫妇提供房屋补贴,一个月一千三,这次正好赶上新小区开放拿号。地方有些远,但总归是不动产。挺好,往好里想,双喜临门,家豪说。

家晴当时已经生下一个女儿,对于生二胎也很积极,但一直没有怀上。伍母在生家豪前,还生过一个儿子,一岁多时夭折,家豪出生后,又怀过一个,三个月大的时候流了产,之后没再怀过。在伍家家族中,属于子女最薄弱的一脉。伍母大概觉得子嗣不强,使其在家族话语权很低,对子女的要求是多生。2007年年底,家豪和闫黎为办准生证,领了结婚证,拍了婚纱照,但没办婚礼。家豪在税务局未能转正成功,跟他上司渎职有关,他作为经办人,受到一点牵连。家豪回到高州,这边属于县级市,工作选择有限,他考不上公务员,打算在家赋闲一段时间,闫黎也跟着回到老家养胎。七月下旬,闫黎生下女儿小彤,五斤六两。伍母有些失望。八月初,闫母跟到高州照料,两个母亲起了不少矛盾,小到产妇吃用,大到计划中、尚在云雾中飘荡的子女教育。这栋楼建了不到十年,高四层,每层约两百平米,但他每天生活其中,听着吵嚷,仍觉得嘈杂狭窄、难以透气。每个人都要跑来跟他说几句,让他做裁判,他腹背受敌,觉得父母和妻子都不可理喻,常跑到一家网吧打游戏,以避开鸡飞狗跳的家庭生活和处境尴尬的站队。但他的落跑成了压垮闫黎的最后一根稻草。等伍母跟他说,闫黎带着女儿离开时,他正在网吧和队友厮杀至难舍难分,听到消息,迅速打电话给闫黎,连打了十来个。闫黎终于接起,说在前往湛江机场的路上。家豪恳求说,女儿不到一百天,难经折腾,要是觉得不愉快,可以先回扬州,再回茂名,实在不行,先回杭州也可。闫黎没作声,掐断电话。

家豪没料到闫黎会一骑绝尘,弃他而去,更没料到感情在婚姻面前,如此不堪一击,恋爱是一回事,相处又是另一回事,生活如此令人疲惫而衰老。一个月后,家豪再度打电话给闫黎,闫黎接了,态度稍温软,只是说着就会哭起来。他还年轻,处理这些事情毫无经验,面对愧疚,唯一的办法就是逃跑。等陈思思大学里放寒假回家,两人开始终日厮混。她已经成年,家豪心理负担少了许多,睡在一起后,发现彼此对性都很乐在其中。陈思思父亲和明正忘年交,又一个单位,明正知道后吓了一跳,天天登门来,劝家豪回广州工作,又找了家豪祖父帮忙。家豪祖父伍世坤以前当过市人大副主任,结交了不少经商的朋友,其中一个做得最大,厂子在深圳龙岗,起先专承接政府基建项目,近年顺带也做点军工。祖父出面给朋友打了电话,对方应诺,安排家豪在工厂做库存管理。

去深圳前,家豪觉得以祖父交情,理应是个不错的工作,却没想到，工作给是给了，却安排得不高不低，令他屈辱和感激并存。他负责看管进出库，工人需要什么，可自行登记，自行取用，物品很小，多半文具、小型工具，事情确实不多，难言辛苦，但琐碎无聊。来去就那些人，他却记不住名字，也记不住脸，每天必须从早上八点半坐到下午五点半，坐足十个小时，一张屁股近于作废，漫长白天，只能听见工厂机器隆隆作响，镀锌钢板回旋撞击。空荡铿锵声里，他困极打盹，不知何时沉沉睡去，恍惚醒来，以为还在大学寝室，男孩们拿着篮球嬉笑着进门，闭上眼睛，再一睁开，才知道已去十年了。

工厂宿舍需四人合租，家豪在工厂边租了一个单间。房间很小，衣服得挂在双层床的上沿钢架，否则放不下。他带去一台索尼收音机，能收到一个香港粤语电台，97.7，彼岸的文娱声色，暂可聊以慰藉枯寂贫乏的工厂生活，希望和欢愉都在想象，都在珠海的另一边。2007年到2008年，家豪的电台循环播放的只有两首歌，《富士山下》以及《钟无艳》，都是林夕作词，涂日生作曲，两首曲目开启了二生合作的传说，每天中午于金曲打榜的时间固定播放。2016年十一月，家豪第一次到达富士山下，大涌谷的空气里都是刺鼻的硫磺味儿，就算缆车升到半空、车门紧闭也是一样。那座著名的山峰几乎无法看见，不知道是大雾，还是硫磺所致。缆车上面除了他和现任女友姜洁，还有一个带小孩的中年男人。至半途，小孩从座椅上挣脱，趴在窗户上，好奇向外观探，引得姜洁也跟风。家豪没动，抬眼望向烟雾，白茫茫一片，仿若已葬身五月的春天。人如柳絮，随风摇摆，他不无怅惘地想，居然已经过去十年了。2007年的家豪在那间难伸手脚的斗室里，想的也是同样一句话。月薪一个月五千，不算少，但吃用玩除去，剩下也不多。更重要的是，不够体面，对外都知其是"厂仔"，低人一分。他虽则看不起周围人，但周围人也看不起他，只有办公室两个长姐，刘惠芬和周秀芝，能够聊上几句，成了凑在一起吃饭的朋友。粤曲凄哀的音调和他这时的心境很相宜，对方唱惜的是爱情，但在命运的咏叹上也能找到共鸣，难免回忆起刚出大学门在税务局时的得意。当时工作性质暧昧，钱也来得很轻易，眼神稍一停留暗示，就会有人主动送钱来。人在上升时总会误以为状态会持续不绝，他当时也是，想着钱会持续涌来，绵延不绝。厂里第一年拿到的十多万块，被他换成一台宝蓝色别克凯越。从深南大道一路向东，大梅沙当时只是一片望不尽的海面。2006年深南大道改造时，深圳市民齐声反对，市长出面解释，路面将选用新加坡进口的沥青玛蹄脂碎石混合料，可以降分贝，十五年不用修葺，也没能完全消除异议。项目在争议中贯彻。而今他周末时分驾车经过，晚风吹拂，暮色里的城市陌生且充满神秘的律动，夕光退至四周，变作路灯、霓虹灯、广告灯箱，明亮闪烁，变幻不休，笙歌永远不落——这是城市，亦是自由，是他低谷期少见的轻松时刻。

要是还没结婚就好了，他想。陈思思曲腿坐在副驾驶上，从后座提出背包，拿出一包薯片，吃几片，舔舔手指，很有小女孩儿的情态。家豪说，系好安全带。陈思思摇摇头，继续将薯片送进嘴里。她此时读大二，高考时艺考有加分，考上二本的广师大。课程排得不密，一到周四，她就从广州坐两小时大巴，到深圳龙岗。两人除了睡觉、吃饭和吵架，便是打街机。当时两人常打的游戏是《真三国无双》,他打赵子龙、吕布,陈思思打甄姬、星彩。家豪很快发现,陈思思比他厉害。他不愿意承认,但没什么办法。陈思思年轻,也够专注,手速很快,就连策略,都胜他一筹。两人靠着虚拟世界,攻城略地,消耗时间,慢慢悠悠滑进万事萧条的2009年,他也变成了三十岁。夏初,伍母打电话来,说,分居两地不是一回事。要么离婚,要么去杭州把她接回来。年岁渐长,生孩子就不再是易事。家豪此时对工厂生活早已厌倦,几乎未加迟疑,跟陈惠芬和周秀芝吃了一席告别餐,便辞掉工作。走之前,他扔掉衣架,不忘把索尼收音机塞进包箱内。车子无法处理,只能开着去杭州,连开十小时。他不知道什么才算有风度的告辞,因此并未给陈思思任何通知。

三

2008年9月23日闫黎致胡文雨

小雨:

小彤病了一段时间。起先听人说,小孩高烧要少用药,抗生素打多了,自身免疫力反而下降,下次生病更不容易好。但她连烧了三天,都是39度以上,腹泻得厉害,手脚出红疹,我们没能忍住,送到市儿保,一查是手足口病,被医生说了一通。儿保人很多,我和母亲两人轮流抱着,饭也没吃,大半天才看上。在医院时堵到乳腺,她不吃奶水,光靠电动挤奶器也比较有限。回去后,我也发高烧了。两人先后生病,我母亲照应起来很吃力。都说生子痛,乳腺炎则痛上加痛。

我们之前登记的房子倒是拿到了，三室两厅，在城市最东。当时看地图，说正规划东城小学、初中以及地铁商场。据说杭州地质偏软，造地铁不易。但我母亲说，长江大桥都能建好，又有什么不可能？苏通大桥据说已经投用。当时老家那边为此拆掉了一些屋子，但我家的侥幸避开。我起先庆幸，后来想，拆掉也无妨，如果有笔拆迁款项，倒可解燃眉之急。

还是要再谢谢你当时把屋子借给我们暂避。现在这套房子不算小，手里钱不多，只能简单装修。我特意要求工人多打几个储物柜，就怕澡盆、摇篮、玩具、童书一堆积，没有转身余地。工人是我们老家人，以前在上海做建筑工，零四年到杭州，打点装修零工。你在余杭的房子如有装修需要，我可以介绍给你。他价格实惠公道，人也很忠厚，动作虽不快，但出活很精细。

房屋周围现在还都是民居、荒地，还有一个破旧的客车站。马路上往来的都是物流车和货车。最近的菜市场需走路二十分钟，多是附近的农民拿自己种的蔬菜来买（误：卖）。出门一趟，全身落满灰。但无论如何，总算有块落脚地。我母亲在江苏乡下住惯了，想把小彤带回老家。但我工作已经在此，小彤又年幼，实在不舍分开。我母亲也只能忍耐下来，得过且过。

刚离开高州时，整个人都深陷谷底，生理期紊乱。胸口隐隐作痛，觉得心脏备受压迫，或是速度快得不受控制。明知是受情绪影响，但还是放纵自己，不去调节。以前听人说，收拾屋子，也是内在秩序的整理，而今我觉得不无道理。空间宽裕、物品收拾整齐后，心境确实变得轻快，身体也显著好转，和母亲之间的关系也有所改善。他打电话来，我接了，也让小彤和他吱呀几句。我不无乐观地想,也许是新房子带来的运气。到底能否抛下过去,开启一个新阶段呢?我也在问自己。

祝你身体健康,心情愉快。

——黎

2008年10月5日闫黎致胡文雨

小雨:

趁着长假,我把电脑整理了一遍。这台组装电脑是婚前在杭州百脑汇买的,用到现在。速度有些慢了,前段时间找公司同事帮忙加了内存条,觉得还能再用几年。一整理电脑,发现许多从前的照片,大文件里塞着小文件,被放置地东一处,西一处,如果不是重翻,完全想不起来。意外翻到一张你的,照片上你的脸比现在似乎圆些,身边的人是徐亦勤,那时你们还没分手吧?我记得是在常州恐龙园,文件信息说是2001年十月,如今你们分开也快七年了。时间真不经过。

照片在附件,不知你有否存底。你下载附件时稍加注意,以免给亚威看见。我还翻出几张婚纱照,拍摄于特价期,花了不到两百块。我也不知当时为何选了这种粉橘色背景,穿了件淡粉色蛋糕裙,他穿了一件西式宫廷服,两人看起来都傻乎乎的。已经过去一年半,我也以为差不多放下,但乍然看见他的脸,还是哭了。

电话里实在难以启齿,自感说起来也颠三倒四,在此简单说明——我回杭州后,他去深圳找了份工作,没多久就和他们那儿的一个女孩子在一起了。女孩年纪很小,还在读书。

我是几天前接到那女孩的电话才知道的。这件事比起当时我在他家,他对于眼前矛盾不闻不问,更叫我难以接受。我离开高州时,已经做好离开他的准备。但女儿一天天长大,许多问题迟早要面对。对于重新再找合适的,我没有一点儿信心。我有个同事比我小一岁,和上一任男友谈了近七年,临到结婚,突然分手。我陪她去了建国北路一家相亲中介,那边实行会员制,年费588块到58万都有。一看名录,二十二岁的女孩都已经很焦虑,她们年轻、漂亮,很多家世、学历也很好,与之相比,我们毫无优势可言。已经三十多岁,选择确实越来越有限,且不谈大龄未婚者,对女方要求是未婚未育,一些离异、丧偶的男士,也希望找未婚女性,或者离异的,要求尽量不要有子女。

我不是匮乏独自带女儿的勇气,我只是不知怎么跟她解释这些问题。

我的父亲去世时我刚初二。单亲家庭的孩子是否会有心理上的问题?我一直不想承认。我母亲读书不多,但是坚定、果断,对我很尽力。到了大学,我自感陷入到一种困境:身后没有依附,而前方道路又是完全的黑暗,几乎无法看清。以至于会想、会怀疑,父亲还在的话,是否会好些?也许没有不同,也许不过是那个阶段正常的困扰和危机,但是它确实会动摇我过去自以为坚固的信念。

我们这一代人,像我母亲那一代那样,要为子女做多少牺牲,确实很难,但有了女儿,等于多一份基本的责任。我后悔过几次,想倘若没生下小彤,那么,很多选择、处境,也许会变得轻易和简单,但是每次看见她的脸,我又会愧疚和惊异于自己何以产生这样残酷的想法。我并不能设想没有她的生活。小雨,你还没有女儿——我以前也不知道，为人父母是这样的感受——不是一种单向的爱，是你也感受到她的，是不论以后、至少这一阶段，她对你无比纯粹、毫无保留、决然忠诚，你不可能在任何人身上看见，或者感到这样天真热烈的感情。

所以，有时更多是没有办法，是无可奈何。一种看起来潇洒的选择背后，代价是沉重的。所以即便我知道，他和那女孩儿，在我怀孕期从未断过联系，即便我知道他们一直在一起，在女儿生病、在我最为艰难的时刻，他们依然在一起，令我不得不反思，究竟哪儿做错了，会被这样对待。某种意义上，他击溃了我对婚姻的信念，对情感的信念，甚至对于将来能否再爱、获得爱的信念。但婚姻是复杂的。过去我以为，婚姻的复杂是从两个人变成两家人，是两种截然不同的成长环境的碰撞，夹杂附带利益的考量，所以会爆发许多冲突与争执，但我现在想，也许婚姻的复杂是我们逐渐清楚暗礁、冰岩的存在，是我们能看见自己将跌倒、被击垮、被击碎，但是依然会超越理性和逻辑做出判断，等待碎片重新粘合一起。一部分的你们将难以分割，这是时间、血缘等所塑造的，但真正塑造这些的，又远远超过时间、血缘这些可被定义、能够说出的部分。

最近我捡了点读书，叔本华说，纵然幸福与不幸是由完全不同的原因引起，但就这两者根本性而言，所有方面都极其相似。我同意。二者相似得令人吃惊。

祝你和亚威能拥有真正的幸福。

——黎

2009年2月17日闫黎致胡文雨

小雨：

我母亲前段时间她因为胸痛做检查，查出来乳腺癌一期。医生说做完切除手术后，问题不大，但需要休息。虽然不幸，往好里想，幸亏发现尚早。只是小彤年纪还小。我工作家庭两头忙乱，实在照应不过来。感觉事情一桩接着一桩，一头稍好，另一头又起波澜，从没消停过。

术后我给母亲买了一顶假发。她年轻时头发很多，我这黑发全遗传于她，不知她的头发以后会不会重新长起来。她需要休息，但是最近小彤不知怎么回事，很难睡安稳。

我们电话打得更少了。也许他们关系更稳定？我之前还抱有和好的希望，但最近想法发生了很大变化，只能先且这样。之前跟你说部门新来了一个男孩，跟他聊天很愉快，年前他忽然提了辞职。以前他说以后要多吃饭多聚聚，但是某些可能性实际已经消失，自己从幻觉里清醒过来，回头看，事情、生活，原样如初，并没有什么意料不到的奇迹。

最近工作很忙。年前公司审计，多了不少查补的工作。过年时我开车回扬州，和母亲去看了几个舅舅。因为家里仅剩三个女宾，年夜饭便和大舅舅家凑一起。伯父那边送了点儿婴童用品和营养品来。我用上年假，原本计划在家多待两天，但是天气很冷，老家又没装空调和马桶，多有不便，初四我们就逃了回来，年假变成了在家上班。

看了你从加州、内达华发来的照片，觉得很好。我之前听同事说，拉斯维加斯的赌场多半开设在豪华酒店，人均三十美金的自助,还有小龙虾和广东汤煲。我们相差十二小时,也许还差二十度。照片里你穿着T恤连衣裙,我在家全套棉袄,蓬头垢面,好在不用出门。今年杭州冬天尤为冷。下了场雪,隔了一天积起来,再隔一天,雪又化了,烂在路边。雪后更冷,室内比室外好不了多少。流感严重,儿科大排长龙。我母亲给小彤套了一件又一件,我看着都觉得很难透气。

单位每年八月在浙二都有体检套餐,每次查下来我的谷丙转氨酶等几项肝指数都会超标,今年也是。我挂了盐水,配了些药,但也不是根治的办法。那天去商店买奶粉,发现新开了一家舒适堡。本只想进去看看,但是一连串体检加测体脂,居然被说动,办了一张会员卡,又买了几节私教课,连买带送,花了一千八百块。之后又办了张美容卡。也许身体好一些,心情也会好,虽然我也知道,现在确实不是花钱的时候。

小彤学步比较慢,脱手步行走不到三五步。我们楼下有对夫妇,小孩与小彤差不多大,是个男孩,已经走得很稳健。小彤说话也不算早。一天我教她说妈妈,她发音是papa。

很能理解你的焦虑,但生孩子确实不用急,很多事情都不用急,有时只是时间的问题。就像孩童学步、学语,到了一个时间点,他们就会走路说话。到那时,你就会觉得一切发生得如此自然,自然到不知于何时发生,就已变成了过去时。

祝好。

在美旅行愉快。

——黎

陈思思的短信:2009年2月20日夜间12:13—01:15

  我现在正在武林广场的肯德基。从萧山机场下来,打上出租车后,我跟司机说,去市中心,哪里都行。他可能没有明白,又问,具体哪里。我说市中心。他说,杭州有好几个市中心。之后他报了几个地名,口音很重,我没听明白,猜测是否像荔湾、西关、天河,每个区都有一个相对中心的地方。我只能说,最老的、最出名的就行。他放下计价器,开了一个半小时。正是交通高峰期,我们在路上堵了一会儿。他说平时用不到这么久。
  他找了个公交站放下我,公交站牌上写着武林广场,边上一块区域被广告招牌围起来了。我问了路人,他们说这是一个很老的公园。我沿着体育场路,走到国大,又穿过天桥,在杭州百货大楼逛了一圈。发给你的消息你一直没有回,我怕是信号问题,走到外面,但外面在下雨,只能躲进银泰。过了九点,商店关门,售货员开始逐客,保安把大门锁上。我在一楼的屋檐下等了一会儿。等雨的人慢慢变多,又慢慢变少,到最后只剩下我一个。银泰对面有个公交车站,我算了算,大概半小时来一次车,上车的人从满满当当,又变成了一个两个。公交车也要停了。我想是不是可以找一个网吧,但是找了半天也没找到。我问了一个等车的男生,他说对面的肯德基二十四小时营业。
  我过了天桥,又穿过马路。店里人不多,有人在温书,我猜他跟我一样,也是学生,也许漏夜复习。我身上没钱了,买完机票只够打车,没敢跟我母亲再要。天气很冷,店里也冷,空调作用不大。我的鞋子和衣服因为淋雨全都湿透,在烘手机下烤了一会儿,没干。有人等着用。我只能把袜子脱下来,将餐垫纸垫进鞋子。

我对之前的所为感到后悔,但是我依然无法理解。是她先离开你的,虽然你们在一起有两年,但我们在一起也有两年,加上之前,我们的感情理应更年深月久,为什么我一点儿赢面也没有?在这段感情里,我倾尽所有,从未吝惜自己,为什么一点儿赢面也没有?

在学校,在寝室,我花了很长时间,坐在书桌前读书,劝导自己平静,不去想你,但还是哭得很厉害。一个假期过去,更长的假期还在后面。每个假期对于我都是一个变数,因为分开就是一种变数。

我不能想象没有你的生活,不知道这样巨大的空洞如何来填补。我跑到这里,但是发现落入了更奇怪的境地。但我还是恳求你今天来看看我。哪怕一面。一面也就够了。在这里,在杭州,在世界上的任何地方,我都孤身一个,没有任何可以信赖、依傍的对象,唯独只有你。是否连你也想走开呢?

请求你来看我。

三

家豪记得,姜洁跟自己说过一个故事。故事是真的,她强调多次。2004年左右,一家浙江玻璃制造企业以低廉的资金和土地成本成立了青海碱业,后来因资金周转以及宏观调控的问题破产,搁浅五六年后,最终由青海盐业公司托管。姜洁所在的公司也参与了并购尽调,她负责财务审计,为此跑到青海玉树——是

2011年的年初，玉树正从上一年的地震中缓慢恢复。姜洁驻厂期间，和盐业公司办公室的一个女孩结识。她们每天交谈却不知道对方的名字，以至于到最后，谁也不好意思再提及。女孩告诉她，生父是上海松江人，母亲是玉树本地人。上世纪七十年代初，父亲响应号召，作为最后几批下乡的知识青年，跑到青海援建，待了两年，和母亲相识结婚，生下她和弟弟。1980年十月，国家允许知青回城，父亲说，祖父母年事已高，他先回上海，一切落定后再来接他们。但回上海后，父亲再无音讯传来。母亲很辛苦地将姐弟俩养大。1995年春，父亲写信来，说其实来青海前，已有未婚妻，回沪之后，发现未婚妻还在等自己，愧疚和感动之余，再续前缘，组建家庭。父亲在信件里又说，之前一直不知道怎么面对他们，但是这边子女也都已上大学，生活似正逐渐稳定，想过来看看他们。母亲一直没再婚，但经历了十多年的等待，大概这一结果也非不能预料，所以未加责怨，同意父亲前来。未料父亲刚在西宁下飞机，就出现肺水肿，被送至医院。她母亲接到医院通知后，决定带他们从玉树赶到西宁。但是没等他们到达，父亲情况濒危，连夜飞回上海，等于一面未见。到了2000年，她参加工作的第一年，父亲打电话来，说自己身体每况愈下，很怕以后没有见面的机会。母亲带着他们，准备了两公斤黑枸杞和虫草，塞满两只涤纶大包，前往上海。结果从浦东机场T2航站楼刚出来，没等坐上机场大巴，母亲即开始醉氧，昏睡不止。她和弟弟情况稍好，跑去复兴路的瑞福园，和父亲见了一面，吃了餐饭。父亲很高兴，看着他们手足无措。继母长相温和，两个弟妹没有出席。两人饮食不太习惯，加之惦记住院的母亲，吃了几筷子，便搁下了。最后大家拍了张合影。她对父亲的印象还停留在五岁那年，只记得父亲个子很高，肩头很宽，毛笔字写得漂亮，见面后发现不过是童年的美好错觉，是记忆生长出了自己。

都快五年了，也不知道女孩父母后来见到没有，姜洁说，那女孩子高高瘦瘦，颧骨两片高原红，戴半框眼镜，扎马尾，三十六岁，看起来像四十多。她们也就几天的交情，本来说别的，可能关于公司，但不知怎的，说到她们自己，又说到父母。以前这样的故事大概很多，因为时代的原因相依取暖，又因为现实的原因分开，但一个真人当前，还是很容易被打动。青海很冷，九月中旬，防风外套里得穿抓绒套头衫，不戴帽子，就会被锋利冷冽的大风割到头疼。远处山顶的积雪，经年不化，抵御时间，在蓝得不切实际的天空里反光，天空像镜面，像幻觉，忽然飞掠过去几只觅食的麻雀，渺小，遥远，一恍神，已消失不见。戈壁上的河流早已干枯，那些白雪又是从哪儿来的？

在他们说过的那么多故事里，家豪对这个印象最深。他觉得姜洁大概在期待一种日常真实的传奇。讲故事的时候，他们坐在酒店窗下，无所事事地看着夜晚的马路，陌生人们沉默缓慢地流动，像深海潜曳的鱼群，很难想象未来某一时刻会和其中一个发生关系。奇怪，他们也曾这样陌生，现在却像相识多年的密友。

2009年初，家豪辞职到杭州，陈思思从广东追到浙江，闹至闫黎的公司，在其公司外墙贴了A4大小打印纸，纸上印满家豪照片，以及带着控诉意味的加粗黑体字。闫黎没说什么，拍了照片发给他。家豪很是难堪,决意不能再和陈思思这样下去。在工厂时陈思思打过电话给闫黎,两人为此大吵数架,但当时毕竟在一起,吵架后还能哭,还能做爱,一旦做爱,就能滋养出慈悲和原谅。他删掉了陈思思的号码。陈思思换座机打来,家豪只要听到她的声音就挂断。她最后一次找他,是个下雨天,发消息来,说正在武林广场的肯德基,没有地方可以去,也没钱吃东西,已经十二点多。家豪看完,删掉短信。她在那个落魄的深夜究竟怎样了?她又是怎么回的广州?如果他心软去找她又会怎样?也许不会怎样,就算他们可以继续一年两年,但是某种命运依然会把他们切割开。后来听说陈思思跟他初中时期的一个好友在一起了,没多久就分了手。2012年经相亲认识了一个高州男生,在佛山一家软件公司做技术。她定居当地,在小学教绘画课,顺带在一家连锁早教中心教幼儿艺术。微博偶有消息,头像是她和丈夫的婚纱照,日常照片看去状态不错,换过名字后,家豪就再也找不到了。

陈思思的所为无疑击溃了闫黎和好的希望。撑了一年,两人还是离了婚。当天家豪右手砸在穿衣镜上,被玻璃划破出血,找了一块布包起来,之后开车去民政局。附近没有停车场,车子停在对面酒店地下,走过去得穿过马路,再往北走五六十米。沿途都是婚庆花店,以及提供婚纱租赁的影楼。民政局共两层,结婚处跟离婚处不过一墙相隔,新人拍完照后,四处发喜糖,人人脸上皆洋溢着笑意,但离婚处却只有偶尔几声轻咳。有人在门口拉扯,男人说,不要丢人了,早点回去吧。但女人只是蹲下身,哭个不停。墙上粉底黑字的宣传画,谈论的都是婚姻改善的可能。

只是时过境迁,新人早变成旧人,且不能挥手自兹去,出门后还有细小的折磨、联系,可能是子女、父母,也可能是房屋或产权。现代没有斩立决,没有那么多的清晰明白。他们都把中年生活想得太过容易,但最终都跻身狭小逼仄的壳。过了半年,闫黎母亲病情复发,做完化疗后,回江苏养病,她有个妯娌关系尚可,代为照顾。家豪和闫黎的相处时间变多了些。到了2012年,为女儿小彤读小学,闫黎想在安吉路附近买一套学区房,跟家豪商议,家豪手里只有十万,他跟伍母又借了二十万,一并作为买房补贴,交给闫黎。那边小区房子老旧简陋,房东一般读完小学便会转手卖掉,换套更宜居的大屋。因为学区很好,所以每年都会有小幅增值,至少不会是亏本买卖。买房这件事多少改善了两人关系。出于感激,闫黎搬去安吉路后,将城东房子租给他,一个月三千,比同区均价稍高,但中和进赡养费又很低。起先他两周去一次,后来固定成一周一次,比起未离婚时反而勤快。因为女儿幼升小,家豪帮忙接送、辅导、做饭,自嘲是司机,也是厨师。小彤在中山北路一家私人公寓上面试补习班,老师来自学军小学。没有为人父母时,想着要平权、自由、宽容,想着得过且过,不求上流,不落下风就好。再一看,女儿资质普通,周围竞争压力大得吓人,报四五个班的大有人在,不加把劲儿连小学都进不去。生活像登梯摘星,一旦上去,便无法下来,回广东的计划也变得遥遥无期。除了家庭,还有工作。2009年刚到杭州时,他在智联网上投了几份简历,本想临时找个工作,等了个把月,只有一家小杂志社打电话来。杂志社本部在武汉,叫《华夏地理》,原本做旅行游记,后来因为主编看到《锦绣》

杂志做地理财经，觉得有新意，就在浙江辟了分部，讨论南浔巨富、龙游商帮、安徽盐帮等，找当地企业赞助。家豪的头衔是运营经理，实际负责拉广告，薪水五千一个月，半饥不饱。除他之外，编辑部还有两个记者，采编一体，一个设计师，一个办公室，身兼行政、人事、财务数职。五个人挤在一间五六十平米的凤起路商用楼里，破损的木地板上堆满杂志、牛皮纸、包装袋，半个月不到，就走了一个采编。做了两年，总部忽下通知，说难以维持，浙江业务暂且告停。公司关门，他又回到一无所有的状态，但是三十二岁跟三十岁出发已经不是一回事。他去了《青年时报》下属的一本新杂志，叫《楼市》，从财经地理换到地产，略有区别，但归根结底都是写软文，资料整合，从区块价值谈到未来规划，再到屋内新风系统、智能家居、环保涂层，并没什么太大区别。收入比之前多了些，但在杭州还是有些捉襟见肘。到了2014年，城西一家做金融的民企找他，他在《华夏地理》时，给那家企业写过稿子，对方企划对其留下了深刻印象，保持联系至今，于是跳槽到那边做公关总监，收入尚可，就是事情琐碎，加班是常态，和闫黎变成了埃及营和以色列营中间的云柱，一边黑暗，一边发光，终夜两下不得相近。他以为差不多也就如此了，两人从拉锯僵持变成了尘埃落定后的身心俱疲。有时他一个人在办公室加班，也不是做什么，只是想在下班后独处一段时间。他自以为人生正从前三十年的嘈杂热闹中逐渐清醒，步入孤寒寂寞的下半场，结果发现空旷无法忍耐，寂静变成了寂静的囚禁。

十月的一天，行政说招到一个人，毕业四年，负责财务。家豪抬头，看见姜洁站在桌边，不算漂亮，但看去个子很高，至少一米七，四肢纤细。黑长直发，脸部微宽，眼睛很大，瞳孔边缘发蓝，手里拿着一只矿泉水瓶，跟陈思思大概差不多年纪，连衣着品味都有些相似。那会儿一过七点，办公室往往只剩他们两个，但是几乎没人开口说话。那种沉默的夜间时刻持续了至少半年。时间久了，他对姜洁有了点好奇，猜测她跟自己一样，并不在做什么，只不过无处可去、无所归属，以至将公司变成避难所。十二月的一个晚上，姜洁忽然发消息给他，说现在独自在一家酒店，酒店快停电了，不知道怎么办。公司把她派到一座小镇上负责一家工厂的周年庆典项目，她在镇上唯一的那家商务酒店待了近半个月。姜洁一说，家豪才想起很久没见到她，居然没问行政她去哪儿了。他总觉得她要是一天忽然失踪也不奇怪，桌上四散的护照、照片和笔记，让人疑心她可能随时逃跑。他原以为小镇离杭州很远，等姜洁发了定位来，发现不到六十公里，开车仅需四十分钟。他也不知道回什么，放下手机，过了两小时，快九点了，忽然决定开车去找她，开车时忐忑和期待并存。敲门后，姜洁穿着一件紫色绒面睡衣和酒店拖鞋开了门。不知道是否因为很久没见，还是未曾见过她穿这样的衣服，他有种耳目一新之感。两人站在窗前聊了会儿天，之后家豪吻了她，两人倒在床上。性事出乎意料的和谐且愉悦。做完两人尚无睡意，穿了衣服，坐到窗下圆桌边，家豪说，你怎么会忽然想起来找我？我们也没说过什么话。姜洁说，感觉你是那种很随便的人。感觉没错，家豪说，确实，我对你也是这个印象。姜洁说，你结婚了吗？家豪说，结过。然后他说了些陈思思和闫黎的事情。姜洁则讲了青海知青的故事作为替代。家豪说，有时回想起来，总觉得同时辜负了两个人。比起被人背叛，背叛人也并不好受。姜洁说，那是因为被背叛的人不是你。家豪说，是啊。对了，你是哪里人？淳安，她说，你前妻呢。家豪笑道，她扬州的。对了，都听说过烟花三月下扬州，还有说骑鹤下扬州的。没听过，姜洁说，怎么讲。家豪说，从前有一群人，聚在一起，各自许愿，有人说想当刺史，有人想发财，也有人说想当神仙，最后一个人说，希望腰缠三万贯，骑鹤下扬州。一人独占三美。姜洁说，没听过。家豪说，是南朝人写的小说，叫作《殷芸小说·吴蜀人》，原文是，"有客相从，各言所志：或愿为扬州刺史，或愿多资财，或愿骑鹤上升。其一人曰：'腰缠十万贯，骑鹤上扬州'，欲兼三者。"实在贪心，是不是？人嘛，都想了这个要那个，不会满足的。姜洁说，你知道得挺多。家豪说，小时候外公还算读书人，家里有点书，就顺着读下去了。什么也没学到，只记得一点故事。最出名就是聪明人徐文长，我们以前以为他是广东的，后来才知道是绍兴人，只是在广州当官，他有些故事小时听着好玩，长大了再一想，其实颇为古怪。广东才子的故事很多，香港有个老电影，叫作《伦文叙老点柳先开》，伦文叙和柳先开都是著名的才子，至于"老点"，就是北方人说的"忽悠"。天气很冷，小镇似乎比杭州还要冷几度，在室内没坐多久，便手脚冰冻。拉开窗帘，可以看见大片银白色的工厂屋顶，屋顶上往往排着几只积满灰的空调外机。小镇不到一百平方千米，常住人口不过十四万，却有三家赴港上市公司和为数众多的工厂，以及七万名工人。一条叫作白山的河流蜿蜒贯穿，道路的命名和所有的中国城镇一样：解放路，人民路。从 03 省道下来，经过大量碧油油的稻田、树林，一个加油站和收费处，右拐五公里即到。除了富庶的本地人、经商者，这里往来的多半是安徽人、江西人、贵州人，他们都是流水线上的工人。在浙江，在江苏，这样的小镇如此众多，雷同且面目模糊，工厂是他们的命脉，维系脆弱的生机，牵绊外流的人口。远处一小簇星星，冬季天空，只能看到北部的猎户座、大犬座、小犬座，闪烁微光。夜晚白烟未停，中度污染下，小镇天空的能见度很低。这便是 2014 年十二月二十三日，夜间一点，家豪在姜洁所住的酒店所见的景象。房间在四层，两张床，宽不过一米五，两人躺一张略显拥挤。半夜时候，他睡到另一张。第二天凌晨，五点，不会更早，淅沥的冷雨打在空调外机上的声响把姜洁弄醒了，她爬到家豪身上，两人赤裸着抱在一起。

第二天早上九点，家豪开车回杭州时，心情很好，像一阵北方寒流南下，驱散萦绕多时的雾霾。室外零下三度，但天气很晴，坐在车里，不开暖气，穿牛仔外套和毛衣，也暖意融融。他放下遮光板，挡住前车玻璃刺眼的阳光。鸡爪枫上的红叶未脱，金黄银杏落了一地，在浅白背景里点起几分亮色。他忽然意识到，这种快乐，不是因为性，是因为跟过去一样，他正捕捉到情动的信号，期待生活再次被照亮，变得有所期待。

姜洁祖籍在遂安狮城。1961 年，因为修建新安江水库，祖父举家迁到江西黎川县德胜关垦殖场，被安排在十里中队，同去的还有另外二十七户。1967 年，因为政治风潮的到来和经济境况的恶化，姜家同十二户搬迁至乐平市里。上世纪九十年代初，父亲迁回浙江千岛湖，相当于白手起家。2004年父亲因病去世后，留下一栋四层民居，母亲拆分成十二个单间，租给一些外来打工者。后来一家快递公司包下底下一层，作为物流站点。一楼边上，母亲还开了间三十来平米的小店，卖点烟酒，生意尚可。

继父比母亲小七岁，老家建德，之前包过杨梅林，也跟人合伙做过水产，但都没赚到什么钱，反多出不少欠债，2005年，因为土地被征用做地产，拿到一笔补偿款，手里才有点余裕。麻将桌上认识了姜母，来吃饭喝酒多了，还会帮忙送点货，慢慢的，也有了感情。继父和母亲同居后，姜洁和母亲疏远了许多。淳安距离杭州不过两小时车程，但是她宁愿把周末消耗在看剧和睡觉上面，也不愿意回家。少女时期的闺房还保留着，但如今弥漫着一股熟悉难闻的气息，每次姜洁回家要求母亲换床单。次数一多，母亲把被单甩到她面前：自己不会换？跟我装什么干净？母亲的话当然有所指。姜洁2010年大学毕业后，在一家综合性集团公司待了两年，跟一家下属公司的副总在一起过，被副总妻子知道后才分开。姜母从没明说过，多少应知道些，姜洁一个月薪水不过三千出头，房租至少得要一千五，到底怎么生活，她似乎不曾忧虑。除了跟母亲的矛盾，她提到一次，有回继父开车送她，让她坐在前排指路，手却不断碰到她大腿。起先她以为是拉手刹时无意碰到，但是继父的手一次次落在她左腿上。她忍到下车，之后哭了许久。和副总在一起时，姜洁住在滨江春江花月的一套两居室，分手后换到下城区皇亲苑，一座很老的小区，房子只有六十七平米。家豪去过几次。小区建于1993年，房间在六层，楼道灯从来不亮，扶手木头被人磨得油光光，下面钢筋结满铁锈、蛛网以及灰尘。水泥围起直径一米的小圆盘，长几株枯瘦的黄杨，权且作花圃。除了刚到杭州的小年轻，这里居住的基本多是老人。石膏做的楼梯镂窗上，时不时挂出一只花圈，两三个人蹲在楼梯下烧纸——是哪一户又有人老了。生死在这里都被取消了声响，变成黑白的默片。姜洁从来不觉得死人和破旧是问题，但据说半夜总有陌生人敲门，"慌兮兮的"。两人在一起之后，姜洁在家豪这边居多，老房子也没退掉，毕竟那房子是跟闫黎租的，很难住得心安理得，里面也常冒出别的女人的物事。一天黄昏，家豪从沙发下面扫出一只黑色发圈，带半个指甲盖大小的金色兔子，说，你这东西到处扔，也不管别人收拾起来麻烦不麻烦。姜洁说，这不是我的。我也不喜欢兔子。家豪愣道，不是？姜洁接过，仔细看了看，说，她的吧。家豪说，闫黎又不扎头发——忽然神色尴尬，姜洁没作声，坐在沙发上继续调台。第二次姜洁从五斗柜里找到一双女袜。第三次是她说没换洗的裤子，家豪从衣柜底层翻出一条女士直筒牛仔裤，亮片早就掉光，只剩下当时粘胶的位置，看起来像污渍。这回辨不清谁是谁的。款式很老，但也可能只是复古的流行。姜洁换了裤子，当时没什么，吃饭时说，我母亲说我习惯当编外部队。我当时不服气，现在想想说得没错。跟你在一起还是这样，我可能天生贱命。家豪说，你这样讲话有意思吗？姜洁说，那你觉得我们之间算什么？家豪说，你喜欢是什么就是什么。姜洁说，那你这样讲话有意思是吧。

一旦遇到这些时刻，家豪便有些后悔刚开始时说得过于坦白。当时以为不过一次性，说了无妨，没想到现在平添许多麻烦。姜洁比他口紧许多，对于过去的情爱生活，她只承认之前的一次逾礼，除此之外，"普普通通"。但是以家豪三十来年的阅历，除了姐姐家晴，可以用普通简单概括，其他女性都是沉浮不定、变幻莫测的。一个马路上看起来平庸无奇的女孩身上，也可能满载一袋故事，可能经历纠缠与被纠缠、抛弃与被抛弃。他也弄不清自己到底怎么回事，人到底能不能同时爱两个？2016年初，姜洁跟华南建筑研究院的一个园林设计师约会过几次，他知道，没说什么，过了两个月，约会又无声息，姜洁还是在他身边。房子的水电煤连的是闫黎的手机，某个月费用忽然高企，闫黎多问两句，他回答时也很难堪。在这样的反复中，慢慢也过了好几年。和姜洁吵过、打过，和闫黎则以冷战为主，但是也没能分开。越到中年，想要和一个人彻底分开就变得很难。分不开的原因不见得是欢愉，也可能只是习惯使然。跟姜洁在一起，心情轻松，没有计划，临时搭建，相互都清楚没有将来可言，对对方很难提什么要求，但朝不保夕。跟闫黎在一起时，心有愧疚，裂缝依然存在，也担心过往裂缝会变成冰川巨谷，让其再次跌入，但这毕竟现实生活，他不会再遇到一个人比之更知根知底。那闫黎又是怎么想的呢？经历了减弱与消逝，经历了火焰呼啸，绿意能否重回旷野？

伍母打电话来——大概明正说漏嘴——知道他们目前分居而非离婚，说你快四十了，自己也近七十，以前还能帮忙带，现在怎么带？要么干脆离婚回高州，找个本分点、年轻点的姑娘结婚，家里还有点余钱，养小孩不算困难。在杭州也存不下什么，等于白干。要么把闫黎带回,前提条件是她同意生二胎。家豪对此装聋作哑,但一到过年,每次都是一个人,也不是办法。一次在闫黎默许下,小彤跟着回了一次高州,又去了珠海长隆玩。父母很多年没看见孙女,喜欢得不行。2016年年底,家晴生了一个儿子,家里都很高兴。小侄子虎头虎脑,依稀有家豪小时的影子。但危机并无缓解,老人的欲望反倒急遽地增加,电话打得比起以前更频繁,这逼得家豪不自禁想了想有无复婚的可能。2017年十一月,闫黎说,想带女儿去趟香港迪士尼。她们之前去过泰国、新加坡,也去了马来西亚和菲律宾,但听其意思,是希望这次能一家出行。算不算一次和好的暗示?家豪应诺,说,户口一直在深圳未曾迁出,正好公司有个活动,想邀请香港前财政司司长参加,司长十一月在广州参加外经贸会,答应挪出一点时间做个前期采访。届时可顺道去深圳把通行证办好。你要不要一起?闫黎说,年假总共也就五天,我请不出假的。你快去快回。他也弄不清自己到底想要什么——但一转身,他就把姜洁带去了广州。

四

家豪联系大半月,前司长同意给他们四十五分钟的谈话时间,在海珠区会展东路的香格里拉。住店还是得选老街,家豪说。两人在天河与沙面犹豫半天,最终选定白天鹅。这座位于沙面白鹅滩上的老牌宾馆建于1983年,由香港霍氏家族与广东省政府合资营造,2012年停业改造,至2015年方重新对外营业,内堂中空，室内挑高一座假山，草木扶疏，三米高的瀑布跌入巨大碧潭。咖啡厅整面落地窗，可见珠江上往来的游船。

十一月的广州，天气仍然湿热，完全不像秋天。第二天傍晚突然下了一场雨，两人夜间穿毛衣都嫌冷。从宾馆的旋转门出去，穿过沙面四街上的旧殖民楼和铜制雕塑径直往北，经一座带棚高架桥，再沿珠玑路走十多分钟即可到上下九。珠玑路毗邻清平中药市场，空气里满是花胶、海螺片、干贝、金蚝等海货味。这么多年过去，上下九的店铺衣服低廉依旧，招牌是英国纽拜伦、香港纽百伦、美国纽百伦，书籍还是称斤卖，多半是商业励志或是青春言情，看起来跟超市快过期的蔬菜一样。旧的南信、宝华老店人头攒动，银记却开得通街都是，变成了连锁店，味道和价格变化也不算大。广州酒家的等位者从门口排到大堂，椅背和软垫飘出一股霉菌、酒精和食物的味道。两人等了一个半小时，同两位阿婆拼了桌。家豪用滚水烫洗茶杯，顺手将姜洁的也洗了。阿婆问，是否外地人，两人说是，阿婆叹道，小时候跟着母亲来吃，弟妹四人，每次需得逢年过节。1938年饭店被大火烧毁，1940年重建，食客如云，更胜从前。酒家雇的俱是名厨名点心师，创意不绝。幼时她和弟妹的理想是把单上的菜品点心全吃一遍，结果发现，哪怕一个月吃一次，也很难重复——总有新菜推出嘛。现在马虎太多，来的也多半是外地客。说起来还有一家濑粉老店，价格公道，适合老人家。

这天晚上他们按照阿婆提供的地址在西关兜兜转转，恩宁路两侧都为老式骑楼，临街小店专做各类铜制品，晚上总能看见路边一窝暖红小火苗烘着一只陶钵，突突煮着鲍鱼鸡块、支竹羊腩。巷里一只白底黄毛的花猫伏在路灯下,哀哀等待路人的食物。八和会馆锁着铁门,夜间多出几分凄清的滋味。两人并未能找到传闻的濑粉店。

采访安排在第二天,前司长清癯高瘦,结束后被一群人拥簇着离开。姜洁在大厅等家豪,听着对面一个男子打电话。家豪走来说,海珠区算新区,马路很宽,跟荔湾区的小马路不太一样,适合自驾,不适合逛街,但可以去看广州塔。姜洁说好。他们打车到达塔下,发现门票要一百五到二百四,都觉得不值当,在塔下拍了照片便作罢。塔下围了一小拨人,原来是两个警察抓住了一个女小偷。小偷很瘦,穿一套黑色的运动服,卫衣外套拉链敞开,露出大半个肩膀,听口音不是本地人,头发用皮绳扎着,但是发髻散乱,垂在额前,满脸不服:凭什么说是我偷的?东西明明在她手里。一个警察怒道,看见你好几次,还不承认。小偷低头不作声了,但仍有愤愤不平的神色。

两人看了一会儿,家豪说,以前全国都喜欢往珠三角挤。人多了,龙蛇混杂,有人赚钱,就有人吃不饱。我们以前在车站大街,东西被偷很常见。一些围观者拿出手机来拍照。家豪拉住姜洁,你看好提包,不要凑热闹。姜洁顺从把包扣好,两人自广州塔出发,沿珠江南岸往西,对面传来露天音乐会的歌声,是Beyond 的《海阔天空》,一首接着一首,《不再犹豫》、《再见理想》,也许海心沙在举办什么促销活动。

黄家驹都去世二十年了,歌曲依然流行。家豪离开广州也已八年,他对这本应熟悉的景观却感到陌生起来,仿佛被一场流星雨击中,万物碎片皆向自己袭来,人昏昏沉沉的。气候郁热,咸腥江水味混杂着树木清甜,两人没做什么,走路却甚觉疲乏。再往前就是珠江码头。家豪提议说,不打车了,不如坐船。广州塔码头刚刚新刷过红漆,尚未干透,两人站在等船的条椅边歇息,迎面走来一群吵吵嚷嚷的高中生。船到了,他们好不容易找到位置坐下。水路巴士走前航道,隔窗可俯瞰江面和沿岸建筑,大厦小巧玲珑,灯管如玻璃弹珠。家豪注意到,一个女孩挤在一个男生边上,脸颊飞红,悄悄追着他拍照。男生有些不好意思,一直看着舷窗外。毕竟不是观光游轮,舷窗圆小,其实看不出太多。他想起自己的高中,感觉已经很久之前,想问姜洁注意到没,但是肩膀骤然多了点压力,她靠在他身上,已经睡着了。

巴士在西堤码头停住,中学生都下了船。姜洁也醒了。天色变得灰黑,街灯亮起,群星燃烧。夜晚的城市比白天要美,要夺人心魄,像个遥远优雅的情人。我们到哪儿了?姜洁问。西堤,下船还需要一会儿,家豪说。啊,姜洁大概还没完全醒透,喃喃道,我们还要去哪儿啊。

家豪忽然意识到姜洁并非想问这个。她根本搞不清方向,搞不清城市的布局和分区,搞不清他们还将途经多少个码头。他一时不知作何回答。已经能够看见白天鹅的瓷白大楼,船还没停,码头到岸后,还需走一段回头路。船身蓦地顿了一顿,码头那边有人拉着缆绳令其靠岸。甲板顺滑地接着不锈钢踏板,但是人一动,船身也随之微颤。他扶住姜洁。码头下是黄沙海鲜市场,路边摊贩们衬衫敞开,裤脚拉高,面前的塑料圆盆装着扇贝、基围虾、花蛤,纸壳板上用黑水笔标着价格,海货气味浓郁,地面都是小水潭,以及成堆的虾蟹壳。两人走过市场外的桥梁,桥梁下是草地，草地蔓延至岸上，倒伏着许多半新不旧的共享单车。家豪走在前面，回头一看，姜洁已落后十米，大概为避开污渍，于是笑道：要不背你？姜洁说，算了，肯定要把我弄摔跤的。家豪说，不至于。要么租一部自行车，就是过天桥大概不太方便。姜洁摇头，继续往前。

晚饭在玉堂春暖。餐厅位于酒店三楼，红木围栏围出一个口子形，做得像从前的亭台楼阁。几张紫檀桌椅和卧榻，铺着龙须菊面金团垫子，摆着珐琅彩和天青色细瓷瓶。池子里面照例是锦鲤。顶部天蓝色塑料薄顶，灯光打下，像是傍晚日落的天光。这顿饭吃得宾客皆欢，因有报销的底气，唯独逗留时间不允许。家豪户籍还在广东，没有迁出，所以办通行证在深圳福田。他提前预约了一辆第二天早上八点的顺风车，两小时即到深圳，比起大巴要快捷许多。除了他们两人，还有司机一家，在红色五座高尔夫车里，显得很挤。路上家豪说，是这样的，我有两个前同事，一个比我大五岁，一个比我大两岁，之前经常在一起吃饭。很多年没见了，要是你不介意，我就跟她们约下。姜洁说，不介意。深圳物价高，能不自己花钱，还是不要花好。

酒店订在一家叫维多利亚的老牌四星酒店，对面开有一家家乐福。家豪以前在工厂上班时，对酒店外墙的巴洛克建筑风格印象很深，满墙饰有石膏天使，穹顶绘着圣母像，雕金方框隔开，像文艺复兴之后的天主教堂。大概这就是中国人理解的奢华。这次入住，家豪发现豪华是表象，因为建造时间有点久了，又没再翻新，装修设施看起来都很老旧。房间也很小，西侧墙壁开有一扇小窗，正对一堵水泥墙，把视线都挡住了。家豪打开电视，凤凰卫视台在播放珠港澳大桥即将合龙的讯息,航拍镜头和建模一起,看去声势浩大,但两人都没听进合龙的具体时间。空调已打开半天,室内闷热异常,调了半天,发现制冷出了问题。家豪打电话到酒店前台,前台应诺换个房间,但需三点后,有些住客还没退房,就算退了,还得等清扫。两人将箱子重新合上,寄存到礼宾处,打算先去办事。酒店离办证中心不到两百米,中心人不多,全部弄完只花费了半小时。家豪说,出去走走吧,这边离华强北也不远。

华强北是早期的手机集市,比起十多年前萧条不少。边上的奶茶店,排队的人倒很多。九方购物中心在华强北边,建得平展浩大。英文标志的服装店电器店分散在各楼层,每层都有饭店,新式川菜,台菜闽菜,改良的越南泰国菜,还有平民版的法意餐。六楼基本都是广式酒楼。家豪到时,惠芬,秀芝已经在外,两人喝过等位用的罗汉菊花茶。厅堂里人不多,桌子本身也少,间隔很开。惠芬从工厂出来后,又去了一家公司,现在相当于副经理,所以今天做东,服务员问喝什么茶,说,除了惯例的茉莉香片,铁观音等,新上的肉桂和柑普也很可口,不妨一试。惠芬说,那就柑普。中年要养身。之后又要了只北京烧鸭,一例烧猪,一例贵妃虾球。家豪翻开菜单,被价格吓了一跳,说,这么贵?惠芬说,难得来一趟。不要客气。今日例汤是什么?服务员答,白果白肺汤。惠芬道,那便这个。大家阻道,可以了,可以了。姜洁不知在想什么,一时走神,半杯白开水泼在刺绣花桌布上,濡湿大片,杯子滚落到地上。姜洁有些窘迫。惠芬眼明手快捡起,从包里拿出唯洁纸巾递给她,姜洁说谢谢。惠芬笑说,是让你擦裙子,不是擦桌子,桌子没有关系。说着招手服务员,服务员将地上残茶拖走,又换了张桌布。家豪说,麻烦你了。惠芬换粤语道:呢度收15%服务费嘎,点都要搵点事俾人做(这边要收15%服务费的,不管怎样都要给人找点事情做)。

姜洁说要去洗手间弄下,问清路后走开。借着她离席,秀芝问,怎么觉得不是上一个?家豪说,当然不是,工作换一份,女友当然也要换一个。开玩笑的,感情的事情很难讲。秀芝说,你现在胖了不少,走在街头很难认出。家豪笑说,你从前太瘦,照我看,现在正好。惠芬说,你现在做什么?听说之前做传媒?家豪道,拉广告而已,跟接客差不多。现在在一家金融公司。秀芝说,总感觉上次见你是很久之前。家豪说,到杭州第二年,我外公去世,所以一个人回了老家,没有绕广州,去年带女儿去了珠海,陆陆续续有返。但深圳广州确实快七八年没来过。这次一看,感觉到处不认识了似的。

家豪在工厂时,惠芬和男友还没结婚,现在儿子已上幼儿园大班,目前和父亲留居惠州。惠芬说,以前觉得广州好,但现在好几年省状元都出深圳。丈夫说想卖掉乡下屋村来深圳定居,但是又觉得年纪渐长,怕找不到合适岗位,现在工作倒还稳定,所以目前仍两地分居。想留在深圳还不是因为靠香港近?前几年还觉得香港物价太贵,但是这几年收入上去了,感觉住千把块钱的酒店也不算什么问题,慢慢的,又觉得那边设施破败老旧。要出去旅行,新马泰日韩,澳加美英法,哪里没有选择?去趟清迈芭提雅,盛惠一万,还有得找。家豪说,毕竟广东人嘛,多少年就想着跨海而去。秀芝说,这边两地妈妈常见,现在还多靠坐船,等以后珠港澳大桥合龙,往来会更方便。对了,你那部车呢?当时厂里头一个买车,不知几威。家豪笑,那次吵架,为了追前妻,连开十个小时,开到杭州去了,差点累死。现在周围人都换奔驰宝马,就我还开别克。惠芬说,你现在那块车牌得要四万块。家豪道,那跟杭州差不多,车子不如车牌值钱。姜洁回到座位,毛巾擦了擦手。菜逐渐上齐。但她似乎食欲不佳,每盘只寥寥夹了几筷子。家豪说,光一个车牌也没什么用。他看了看菜单,说,那汤怎么还没到?惠芬打算伸手招呼,家豪摇头,不要催,要退,一说要退肯定做好。服务员过来加水,家豪说,如果汤没做好就退了吧。服务员说,刚刚问过厨房,已经做好了,马上送到。大家听了一起笑起来,服务员不明所以,愣愣看着。但汤送齐,剩下大半盘的椒盐鸭骨和虾球,没人动筷子。惠芬对秀芝说,要么你要个打包盒,带回去给保姆。家豪说,你居然雇了保姆。秀芝说,唉,哪里,之前生二胎,临到生产,发现胎儿脐带绕颈三周半,从顺转剖,差点送掉半条命。家婆不肯带,只能找了一个住家保姆,一个月得六千七。我打工挣的那点钱,刚够保姆人工。家豪说,那你不如辞职回家。秀芝说,谁敢做全职主妇?危机太多了,怕和外面脱节,怕万一婚变,连谈判的资本都没有。对了,龙岗那边现在也要四万多。当时造好的楼,感觉送都没人要,一下子变得高不可攀。仔细想想,大概是去年五月份开始涨起来的。家豪道,杭州也是这样。惠芬说,你买楼没有?家豪道,吃吃喝喝早就花光了。之前以为在杭州最多一年,但一晃眼就过去七八年。惠芬说,你在深圳也这样说。家豪说,是啊。在深圳的时候,一是手里钱不多,二是总感觉要回老家,我家有块地，妈子一直说想造个大点的。谁知道呢。秀芝说，不买楼，买理财也一样。惠芬说，秀芝换新楼了。秀芝说，是，得和公婆合住。家豪道，怎么也得千万了吧。从百万到千万，像我们这样的工薪阶层很难有第二次的机会。以前我们常说，错过一个风口还有下一个。但是其实人一生也碰不到几次，错过也就错过了。大家全都陷入了沉默。但因为之前说起私事，都是白话，姜洁一直没作声，惠芬为不显冷落，改回普通话，笑问家豪，方小姐做什么。家豪含糊道，做会计。惠芬之前知道闫黎也是做会计，大概想换过几任，还是这个，却很好地遮掩住诧异，没再问下去。

连加几次水，壶中茶味变得寡淡起来，话也说得差不多了，惠芬招呼买单。家豪看了账单数字，有些过意不去，但也没抢着付钱。秀芝小儿子刚过断奶期，不能出来太久，提前打了一辆车走了。惠芬一个人住，时间相对自由，陪他们走了一段路。夜间气温显著下降，家豪脱了牛仔外套给姜洁披上，自己只留了一件单T恤。惠芬很识趣地说要回去睡觉，但在路边拦了半天车，也没拦到。好不容易等来一辆，一个男的忽然从身后窜出，抢了车去。惠芬有点生气，家豪说，那人喝多了，身上酒气很重。尽量不要和醉鬼吵架，容易生事端。家豪用软件帮忙叫了一部。惠芬奇说，这倒很时髦。我还没试过。

送惠芬上车后，姜洁披着衣服没说话，家豪以为她累到，但一问，她说还可以，时间还早，不急着回酒店。听说深圳有些书店不错，想去看看。两人挑中花二路百花公寓一栋一楼8号Ａ的物质生活书吧。书店整墙玻璃，像折纸切割出异形空间。屋里看起来有点年头，墙面涂料斑驳。这边除卖书外，还提供咖啡果汁，店里没什么人，戴着眼镜的女店员看去有些寂寞。两人站着翻看了会儿杂志，买了杯拿铁，便离开了。回到酒店九点多，房间空余出来，行李也被送至房间，家豪推门时差点撞到。大楼气温变得很低，不开空调也没有关系。姜洁没去洗漱，踢掉鞋子，躺在沙发上看手机。家豪打开电视，有线台在放一部说老也不太老的粤语片，许鞍华的《男人四十》。他本想再换一部，但是调了一圈，发现都是放了一半的连续剧，重新调回。家豪三十出头时看过这部电影，现在再看，发现从前错过许多细节。林嘉欣的叛逆女学生演得很好，尤其是服装店那一幕，逼仄小店内，利用穿衣镜打开双重空间，同时摄出两人反应，老师无所适从的尴尬，学生咄咄逼人的挑逗。有一段用的是录像带，画外音是《赤壁赋》。摄影机架在船头，两岸流经发黄古旧的河山。他忽然想起姜洁说的新安江和旧居，不自禁发起呆。2016年春季，和姜洁在一起两年后，家豪坐船游览时见过被巨量水库淹没的那块土地。群山掩映的水波，点缀着翡翠般的小小岛屿，很难想象下面就是一座曾经活色生香的千年旧城。遂安1958年和淳安合并，统称淳安县，姜洁的老家连带命名都一并失去。他也是，在市里已定居多年，老宅仅剩下一点床板木条，院内长满蒲公英和杂草，废井中浮着秋日落下的枯叶，汪着一潭陈年的深水。重修少说也要十来万，伍父便打算贡献出来做个水泥地面的村球场。前几天父亲说，两小时房子便被推成一堆烂泥，只剩下砖石瓦砾和一小块土地。他们都是没什么故乡的人了，就算有，也已经物是人非，身居一种永恒的漂泊，他不自禁对自己以及姜洁多了点怜悯。以前他只记得梅艳芳、林嘉欣和张学友的三角关系,如今重看,对父子之间的疏远隔阂,以及林耀国在课堂讲笑话,试图融入年轻人的话语体系更有触动。到他这个年纪,代际问题已经迫在眉睫。小彤还没到叛逆期,他已经感到管束上的无能为力。网络和电视上层出不穷的新闻,令他常忧心女儿身处危险,却忘记了,危险恰恰是像他这样的男性造成的。另外,林耀国以前是大学精英,而今只落得给同学儿子补课,风水轮流转,大学星点的荣耀似乎不值一提,虽然他大学时远谈不上龙凤翘楚,但少年时的意气风发和中年的颓唐疲软两厢比对,很能感到残酷。

他看完已十一点,回头见姜洁仍蜷在沙发上,戴着耳机,以为她睡着了,推了推,说,起来洗澡吧。明天早上七点回广州,再玩一天,我们就回去了。姜洁摘下耳机,说,我去上洗手间的时候,你们有没有说到我?家豪说,没有。怎么了。姜洁说,总觉得有点怪怪的。家豪说,你想多了。姜洁说,你之前跟她们说过陈思思的事情对吧。家豪说,提过几句。姜洁说,那就是了。你有没有说清楚,我和陈小姐不一样。你的婚姻是她搅黄的,我跟你在一起的时候,你是单身。不要搞得我们还是像偷情。家豪忽然明白了她沉默的原因,想开个玩笑缓和气氛:不是说偷情才是真感情?谁说偷情没有真感情?姜洁并未领情:那你打算怎么办?我们就这样下去?家豪说,你又不是不知道我和闫黎的情况。他不想再解释,说,你洗不洗澡?不洗的话我先去了。姜洁没动,戴回耳机。家豪关掉电视,走到卫生间,洗完出来时见姜洁侧身躺在沙发。他没作声,关掉壁灯,很快睡着。半夜时他伸手过去,发现姜洁躺在边上,想借睡意拉到怀里,但姜洁却避开了。他有些懊恼,也背过身去。五点出头,家豪睡意蒙眬间听见行李箱万向轮转动的声音。姜洁关箱子的声音很响,这么小的房间,没道理听不见。原本他可以安抚她,堵在门口,但这次和惠芬、秀芝的见面让他隐隐失落,好像错失了一整个十年,逝去的东西一定是追不回的。他用被子捂住头,没有搭理。再次醒来是早上十点,他算了算时间,决定起来收拾东西,准备退房。回程从广东返,提前半个月买下的特价机票,时间是晚上七点。当时两人商量好,在点都德吃完一顿饱足的下午茶再走。如今他平白多出一天,一下束手无策,打电话问南航客服能不能改签,对方说可以,但加燃油费得要一千七。他想想还是算了。回广州的路上,他给大学同学何国明打了个电话,国明如今在一家房企做人事,两人在网上还有点联系。到广州后,两人在太古汇边上的好彩酒家吃了餐饭,聊了点近况,一点多,国明回公司工作,家豪忽发奇想,要去外贸大学故地重游。但很快的,他在出租车上改了主意,打算去陈思思的大学看看。以前他手里没什么钱,去学校看她,吃饭很随便。校门口有家小店的烧鸭面味道很好,一碗只卖十五块,两人常合吃一份。眼下正是中餐时间,学生陆续进出校门,面容都跟陈思思有点相似,跟姜洁也有点相似。小店早不在了,门口全是新店,他被自己此起彼伏的想法和行为弄得心烦起来,迅速叫了一辆车,前往白云机场。到了机场,广播通知流量管控,飞机延误了两小时才起飞。他只能在机场来来回回,从一个店铺逛到另一个。

在飞机上,家豪的心情终于稍微缓释了些,舷窗外的夜空钉着硕大的十字形星座,他忽然想起有事没告诉姜洁。一天晚上,他梦见两人打算去玻璃之森，去时猜测馆内布满琉璃和镜子。走过墙壁饰满复古钟表盘的中央大厅，再经过一条三百米长的水晶走廊，可见一棵缀满透明串珠和叶片的树。出发前他们正在一个公园，大概刚刚下过暴雪，天色昏暗，难以分辨究竟是上午抑或下午。三个穿着大衣和长裙的老年女性坐在一张铜铸镂空圆桌前，像群静默的雕塑，无视积雪与寒冷。他们似乎觉得非去那里不可，但走到公园小径尽头，发现前方被截断，深渊上架着一座桥梁，二十七根直径为一米的棕色圆木用钢制绳索编织在一起，在大雪里随风轻颤。两人改乘船只，青灰色湖面被揉皱，又恢复平整。他在船上睡着了（在梦境里，他如此清晰地意识到自己睡着）。水路到达山下实际花了半小时，但也许睡眠所致，旅途显得十分漫长。时间也开始混乱，他记得上船时间为三点十分，走下甲板时，手表显示九点，四周已浓黑一片。岸上也有个三层高的博物馆，立于半坡，两人沿落满黄叶的坡道而上。叶子声响仿若落雪。博物馆似乎正在举办万花筒展，大厅有张白色长桌，桌上放着十四五个三十厘米高的万花镜筒，坐在落地窗前，可以很清楚地看见百尺之遥的对面，亮灯后的玻璃之森远看像个袖珍玻璃屋。周围静谧，并无风雪痕迹，仿佛之前种种，不过臆想。

这个故事和姜洁之前讲的故事差不多，某些场景类似于他们2016年十一月的日本旅行，当时他们确实因为某些原因未能前往博物馆。这个故事如果非要去表达意义，大概是，他们之间没有彼岸可言。长桥和悬濑始终无法逾越，而他们之间，也没有明天。

五

2018年春节，家豪回到老家茂名，打算带女儿行花街。商场和网点在做联动，折扣打得很厉害。他忽然想起之前那个线上还是线下的赌注，好像并没什么意义。像他这样的平头小百姓，更在意手中实惠。像他这样想的居多数，商场人满为患，简直寸步难行。小彤说要吃甜品，两人找了一圈，不管哪个店铺，都大排长队，唯独四楼一家鲜芋仙人相对少一些。他叫小彤占位，自己去点单。收银台前站了个女人，似乎对于菜单上的几种组合犹疑不定。临到付款，商场信号不佳，付款码对着机器一直扫不出，他耐心等了一会儿，另一个女人过来，对扫码的女孩说，怎么那么久。刚才他余光瞥见，未能确认，走到近前才笃定是。陈思思的头发染成了浅摩卡色，蓄长烫卷，垂在肩部。家豪觉得她跟从前不大一样，但具体在哪也说不上。她的穿衣趣味并无改变，还是那种日式罩衫，雪纺长裙，这穿着大概属于年轻女孩，而她也不算十分年轻了。陈思思估计也没预计到会遇见他，表情有些惊愕，过了会儿才恢复自然。家豪问她近来怎样，陈思思指了指微隆的腹部，他终于顿悟她为什么要穿这种长裙，问，多大了？陈思思说，四个月。家豪说，你现在还在学校工作吗？陈思思摇头，说，还在做，但以后想不做了。学校产假只有三个月，请假很麻烦。我身体不太好，想早点休息，但一提休息，学校那边就急了。明面不说，任务一件件压过来。一天刮台风，我加班到深夜，路上差点摔跤，同领导讲了，他假惺惺回一句辛苦，该扣的钱照扣。所以我想这次干脆赖到年假用光，领完年终奖，就提辞职，他们也拿我没办法。家豪说，挺好，反正以前你也不爱做事，有人养最好。陈思思笑着摇头，说，我们婚前大吵一架，差点没成。后面的人有些不耐烦，他们让到一侧，家豪本想问问到底为何吵架，但刚才一被打断，加上女友拿着取号牌在边上，出于避嫌，他没说下去。陈思思说，那是你女儿？以前我只看过照片，现在看真人很清秀，就是不大像你，比你长得好。家豪说，是啊。上三年级了。平时都在杭州补课，难得回来一次。很不好管，她很贪玩的。陈思思说，那你和她呢，还在一起？家豪顿了顿，是的。陈思思笑笑没再说话。叫号牌滴滴响起来，女友拎着打包的芋圆在边上等，陈思思挥手告别。家豪说，不吃完走？不了，陈思思说，人太多，你和女儿慢慢吃。两个女孩挽着胳膊离开，陈思思有了点孕相，走路拖沓，腰臀鼓胀，不复少女的纤细灵动。家豪端着餐盘回到位置，揉揉额头，有些走神。陈思思看上去是个对生活日渐满足的妇人，他忽然想起两人最开始，以及结束时的几个画面，几个片段，三四个，不会更多，多数想不起来，毕竟早已变成一桩已终结的风流韵事，甚至想不起爱上她的原因。当时他却为她离了婚，这种感觉无疑很怪异。他想不到再见会是这样的景象。他总以为，分手再见理应有所动情，至少残留一点余温，现在感觉更像断了联系的老友。以前他常常会想起她。但最近想起她的时刻变少了，也许因为姜洁，新人始终胜旧人。小彤补课的地方距离皇亲苑很近，那边有家新开的欧式面包房，出品的碱水包、布雷欧和可露丽都很出名。他总会经过，顺便买几只面包，给上课结束的小彤当餐前点心。每次他抬头,都能望见六楼的窗户,戳出一只衣架,晾晒着男式灰色针织内衣、磨旧的长浴巾,或是卸去被芯的被套。有时什么也没有,黑洞洞、半掩的窗户,掉出一截窗帘,在半空中迎风飘摇,不知为何,会让他想起过去无声虚度的时光,仿佛姜洁倚在窗边,散淡地看着街边的风景。

深圳吵架那天,姜洁关门动静很大,其实是在等他追来,但等了一会儿,家豪没来,便买了中午十一点的机票走了。之后姜洁辞职,换了工作,扔在家豪那边的东西不多,便没去取。家豪本想找她,但是想了想,觉得就此分开也非坏事。争执缺乏新意,过去、现在、将来都如此,解决不了什么,也挽救不了什么。下半年,家豪所在的金融公司,因为牌照问题折腾许久,之后几笔坏账一出,加上政策管得很严,差点经营不下去。正在最困难的时候,牌照忽然拿到了,做了几笔大单,又能维系。经此一役,家豪已经有了折腾不动的感觉,但每次想离开,手头事务似乎都在提点他,与这边还有许多千丝万缕的联系。

2018年夏,家晴和明正到杭州旅行,小侄子年幼,没带出来,大女跟着。他本想开车去接,但是东站通道设计复杂,稍有不慎,很容易被抄牌,所以只能叫家晴坐地铁到七堡。家晴这次特为拎来伍母包的粽子和香肠,足有十斤重,虾米和香菇等配料很丰厚。只是这次伍母心血来潮,略作创新,将江米换成小米,粽体偏松散。家晴晚上有吃宵夜的习惯,明正很主动地去厨房煎粽片。他晒得很黑,性格依然外露。大女儿轻微近视,个子随明正,才六年级已经一米六八。 话很少,一直戴着耳机打游戏。家晴说,外婆的老年痴呆好像重起来了,每天关在家里不出门,疑心外面有人害她。妈子苦劝无用，她和几个舅舅矛盾也多。父亲一贯话少，退休后天天练书法，更有机会不说话，其实就是为了避开妈子唠叨。两人在家跟没人一样，我看着实在担心。哦对，家里现在也做地产中介，除了高州这边，其他地方也做。珠海的房子租出去了，租给几个外来务工者。现在广府流入人口很多，房屋供不应求，涨价随时。我和明正后来又买了一套，和原先那套相去不远。妈子说，如果你有余钱，可以买一套屯着。家豪笑说，余钱是没有的，还想跟你和姐夫借。家晴说，说起借钱，有件事情很好笑。小舅舅前段时间对外放贷款，其中一个欠了三万块，一时还不上，因为是开手机店的，所以押了四部手机，三盒新，一盒旧。舅舅想把自己手里那部旧三星给换了，但是抠了半天，没找到卡孔，反把新手机撬坏。他也没当回事，我一看，发现是苹果，八九千块的东西，就这样糟蹋了。明正端了粽片出来，听到这里，不禁莞尔。家晴话比以前多，大概受明正影响。

　　第二天家豪带家晴一行在新新饭店吃了龙井虾仁、叫化鸡，又去南山路、北山路走了一遍。后来家晴自己打车去了杭州花圃以及西溪湿地，第三天坐高铁去了桐乡乌镇，之后又赴上海。家豪工作原因太忙，家晴便从上海返广东，在浦东机场给家豪发了消息，说玩得很愉快，但是长三角未见得比珠三角好，还是应该早点回家。妈子现在年纪越来越大，跟家里关系也奇特。她一路强势过来，临老如此，也很可怜。她将你小时候攒下的东西全都保管着，书架上的漫画、手办、磁带、影碟，每天都给你擦一遍。否则你这样柜门大敞，早已积灰尺厚了。家豪听姐姐这样说，心里也觉得很感慨，莫名想起一次给母亲打电话时，母亲说给了家晴三十万去买楼。姐弟俩本不应该计较，但以后涉及财产分割，也不见得会顾念亲情。

他一边想着回去，一边在网上慢慢看起广深的招工信息，薪水和杭州大差不大。顺带问了下搬家公司的运输价格。对方按体积报价两千块，东西如果不多可以再砍价。家豪觉得倒也适中。闫黎大概知道他想回去，却没细问。

一天晚上，他正预备把几个纸壳箱扔到淘宝购物车，逐步收拾细软。在杭州住了七八年，来时只有一部车，现在却堆满三居室，人过着过着就行李满身。当时姜洁留下一只黑色塑料包，里面三只小袋，分别装着洗漱用品、内衣裤以及T恤牛仔裤，半瓶香水，塞在他卧室五斗柜最下层的抽屉里。香水似乎浅了一些，整个抽屉飘出一股熟悉的茉莉和芍药混合的气味，仿佛从一场带月光的回忆里逸出。他想了想，撕了只黑色垃圾袋，打算包在一起扔掉。

手机响了，收了条短信。再一看，是姜洁，问他方便不方便。家豪十分意外，内心起了一点波澜，踌躇后说方便。姜洁便打电话来，说我想起来有个事情挺有意思，必须讲给你听。以前我在上海宝山读书，2007年八月十三日，也就是淞沪会战七十周年，不知道怎么回事，突发奇想，跟当时同级不同系的一个女友去宝山姚子青烈士陵园。以前宝山县叫过一段时间子青县，很多人在那边读书好几年也都不知道。我大概也是哪里听来的。家豪说，然后呢。姜洁说，学了点知识。当时姚子青和淞沪战役里最早牺牲的黄梅兴其实是老乡，都是广东梅州平远县人，抗日时期当地出了不少英烈。1937年八月三十一日,也就是开战的第一天,罗泾、小川沙、月浦、狮子林等地先后失守,登陆日军硬向宝山、浏河、罗店方向分进合击。姚子青正面应敌,但手里只有4门迫击炮、16挺重机枪、600多人的部队,同比下来,进攻宝山县城的是日军第3师团68联队,一个步兵大队编制人数约1100人,装备步枪约550支、35挺轻机枪、12挺重机枪、27具掷弹筒、3门75毫米步兵炮。除了地面部队外,日军还有海军舰炮和飞机空中支援。同比下来,姚子青只有六百人不到,从三十一号撑到九月七日凌晨,日军破城而入,力量实在过于悬殊,他只剩下残兵二十来人,与日军白刃巷战,最后中弹牺牲,时年不过二十八岁。家豪说,不知道你对这个感兴趣。但数字这样详细,总觉得你是照资料读。姜洁说,是的,但这不是我要说的重点。姚子青打仗骁勇,但本人长相非常书生,抗战日记写得很好,很动人。有句话,走对一步生,走错一步死。在很多选择关键节点,我便总会记起这句话。家豪有点困惑,你想说什么?姜洁说,刚开始听见你是那边人,照片上的姚子青和你有几分像,也是圆片框架眼镜,高颧骨,像读书人的模样。所以印象很深。家豪说,细看确实有一些,尤其是颧骨部分。但他面孔比我窄长。而且他是客家人,我们算广南。姜洁道,也是。外地人看我们江浙,也觉得都是一个地方。我在想什么呢。还以为我们之前可能……家豪道,可能之前有什么渊源?姜洁没作声。家豪说,和他当然不可能有什么关系。我祖父确实是从黄埔军校毕业的,但这段故事他讲得很少,我也不太清楚。姜洁说,没事,我只是想给自己感情找点依托和信心,感觉感情被谁默许了,看来也没有。家豪顿了顿，说，我明白。两人沉默了一会儿。姜洁问，闫黎三十岁没找，到了四十岁还会找吗？家豪说，可能找，也可能不找了。姜洁问，她要是找到了，你难过吗？家豪说，论完全没有，也不诚实。姜洁说，人一生哪里可能只爱一个——都是骗人的。但对于她来说，确实只有一次。家豪说，嗯。过了一会又说，我也不知道。人的力气、期望和感情，时间久了，再多还是会被消耗完。姜洁又说，如果不找怎么办？家豪说，不能怎么办。姜洁说，我三十了，没有太多时间了。家豪说，我四十了，是要比谁更老？最近照镜子，发现头发居然白了大半。姜洁笑，不是，就是现在不得不信服，二十九岁确实是一个分水岭。中国人过九不过十，我家人都是这样说的。所以二十九也就相当于三十，每十年，积攒的困境都会在这一年这一晚骤然爆发，因为往后退，是粘稠而重复的泥潭，但前方也杳无一物。家豪说，任何阶段都这样。我以前也听人这样说过。姜洁说，《现代爱情故事》记得吧，你给我听过，很有意思，说别离没有对错。现代说永远是一种天真的说辞。我们学的流行文化就这样，出门就忘，下次还能爱，每次都能装出还是第一次。八十岁的时候也能烈火如歌。寿命变长，很多问题不再是问题，但对我们来说，感情依然是问题，我们依然在爱里进退失据。家豪说，你也不用说得那么刺耳，非要分出你们我们。我们也不会觉得感情完全不是问题。姜洁说，当然就是你们、我们。譬如你们觉得感情是生活的一部分，但是，她顿了顿，说，我们会觉得爱就是命运本身。家豪说，嗯。姜洁说，看小说，看电视，里面有成堆的理由谈恋爱，但现实生活里面，其实找到一个合适的人太难了，即使找到了也会丢失。或者一天忽然醒悟，觉得那样的爱也不值得。你知道吧，有很多次我想过跟你分开，再也不找你了。家豪说，我明白的。姜洁说，但是熬不住，还是会去找你。这次分开的时间最长，但晚上常常梦见你。有时在梦里，我们很好，有时会吵架。一天早上醒来，泪流满面，只记得是因为吃醋，但具体情节想不起来。家豪说，我也是。姜洁说，我们在一起几年了？家豪说，四年多了。姜洁说，感觉什么都变化了，什么也都没有变。家豪说，我经常觉得没照顾好你。很多人我都没照顾好。姜洁说，没有，挺好的。否则我也不知道为什么忘不掉你。两人沉默了会儿。姜洁又说，有人觉得过一天，算一天不是回事，但我反而觉得这样最现实。虽然总说，面对世界上的事情，要拿出一点决断的勇气。但多数人还是会软弱犹疑、瞻前顾后。时代分崩离析，只有当下的时刻是真的，能够勉强擒在手里，其他都没那么确定。也没人能告诉我们应该如何，会去向哪里，所以只能走一步算一步。天下那么大，总容得下一对自私而不道德的男女苟活，是不是？家豪不知如何解释，只能苦笑，沉默时刻，他忽然想起一件事情，就是两人还不熟悉的那会儿，他总是喜欢从她桌上找点不值钱的零碎小物，放到自己桌上。好像很难控制自己这么做，更加不知道为什么。他对姜洁总有种特别的熟悉感，这种熟悉比情感外廓还要再大一些。

  他没答是，但笑了起来，心里牵起她的手，轻轻摇撼了下，慢慢道：我想我祖辈说不定真在宝山打过仗。

去加利利海

夏母说,她将乘坐十二点二十五分的大巴前往杭州。明天中午,她会和公司同仁一起前往宁波鄞州区黄古林镇,参观宁席织造技法。她原本打算先到上海,再去宁波,但是为了夏磊,选择绕道,在杭住一晚。上次夏母联系她,是一周前,想送她一根内蒙古女孩亲手编织的牛皮带,上面有凸起的格纹以及花朵雕饰。女孩是她们家的新租客,母亲给夏磊发过她唱蒙语歌的视频。

这条消息夏磊没回。她很少积极回应母亲的消息,但母亲依旧兴致勃勃、不依不饶发来各种照片,包括与三四个同事的合影、改造后的市中心鼓楼、西南营旧宅廊下新开的芍药、月季、海棠、过年时各家檐下晾晒的咸肉香肠,以及各种做成图片的《圣经》箴言:

败坏之先,人心骄傲,尊荣之前,必有谦卑。(箴言 18:12 和合本)

你神的眼目时常看顾那地(申命记 11:12 和合本)

我们的祖先亚伯拉罕把他的儿子以撒献在坛上，岂不是因为称义吗。（雅各书 2：21—23 和合本）

母亲现在是个基督徒。如果不是因为母亲，夏磊不会知道所谓主日，不会知道日常一切都能成为恩义的解释。

她在马路上，遇过几次赠送《圣经》或者传道宣导的教徒。平安夜，同事们笃信教堂会有更有趣的活动，跑到那边，观摩唱诗——但是他们中的多数，连天主教堂还是基督教堂都无法分清。夏磊和他们一样，是坚定的无神论者，相信科学、进化论和宇宙大爆炸，相信实践，以及可被重复证明的才是真理。他们走进教堂，只想看看挂满装饰、高举伯利恒之星的松柏圣诞树、暗红或金色的十字架、贝壳彩灯和圆形蜡烛，看看免费的表演、高大的尖顶玻璃窗或者石雕穹顶。每次那群围聚在一起的人，带着仁慈的微笑，向他们伸来长方形宣讲册，不厌其烦地问"是否是主的孩子，还不是吗"，他们都未曾悦纳，一一婉拒，很快就转去别处消磨时间。那些信徒不管不顾的样子真令人吃惊。她难以接受，母亲会成为其中一员。

自 2009 年十月，夏磊定居杭州，已近十年，母亲到杭，不超过七次，一次两至三天，但每次于她都是巨大的折磨。每逢周日，母亲六点起床，从厨房到卫生间，再到客厅，故意弄出各种锅碗盆碟的声响——不高，但繁碎磨人——以各种办法，要求夏磊，或陈帆，送她去位于江干区新塘路 26 号的崇一堂做礼拜。崇一堂是杭州最大的基督教堂，建于 1866 年，由出身英格兰约克郡的传道士戴德生创立，来中国前，他属于循道宗教会，和卫理公会亦有渊源。

母亲的目的是朝圣,有条件的话,她更想去拿勒撒、耶路撒冷和加利利,看看他的出生地、受难地,以及召唤使徒、水面行走、平息风暴的所在。但夏磊住城西,开车去崇一堂,需要一个半小时。后来陈帆在老余杭上和路找到一家梧桐教堂,作为替代。夏磊陪母亲去过一次。教堂由村礼堂改建,狭小破旧,长椅油漆和墙壁石灰剥落,尖顶上的十字架不及门口樟树高。也许简朴更近于信仰本身,但坐在十二三个老迈虔诚的妇人之中,在南方口音浓重的基督教义和唱诗声里,夏磊并没受到任何感召,唯有愤怒:从十四岁到三十岁,她花了十六年的时间,让母亲不再成为阴影,但如今母亲依然一次一次,未经通知,不加辩驳,强行闯入她的生活,好像她这里是一个可以随意进出、没有界限的郊野度假屋。

夏父夏母于2001年七月二十八日协议离婚。两人结合并非出自意愿。母亲有个恋人,是其中学同学。毕业后,男方去了西安二炮部队,两人依靠每月一封的通信维持。父亲十五岁即在一家本地家具厂做木工,未曾交往过任何对象。祖父住外祖父邻镇,两人以前在启东吕四做过三年海员,1968年到1974年之间,同在南通港四号客运码头做水手,相伴六年。外祖父因两个长女外嫁(一个嫁在海门,一个嫁去如皋),忧虑养老问题,要求小女儿必须留在本地。母亲的西安恋人和一个团长的女儿结了婚,调去河南省军区,两人没再见过。

虽然夏磊清楚,结婚是错谬,分开不过是更正——父母是完全不同的两类人,她从不记得父亲有过什么花销,身上穿的,永远都是劳保用品商店买来的灰色涤卡工作服,或是兄长淘汰下来的旧夹克(父亲家中四个小孩,他排行第三,上面有两个哥哥)。工作第二年,夏磊从文峰商店买了一件藏蓝色波司登羽绒服,一双棕黄色奥康皮鞋,送给父亲。七年过去,她在老家大扫除时,发现衣物原封不动,塞在衣橱底部,鞋面早已粉化起皮。父亲大概一直在等待能够穿它们的合适时机,但从未等到,母亲会轻松花掉一个月工资,只为买一件羊绒大衣,一套面霜——她只是希望,他们能像其他同学的父母一样,为了她,勉力维持,做点牺牲,哪怕撑到高中也可以。但显然是一厢情愿。

离婚之前,母亲对这段错配婚姻的报复方式是接连不断的出轨。1997年三月,母亲去北朱家园路一家台资服装厂工作,在将军一园121栋三楼租下一套五十三平米的两居室,距离文化宫约一站路。夏磊暑期在文化宫学日语和计算机,父亲的工厂和宿舍位于钟秀东路,靠通吕运河,距离太远,只能暂居母亲那里。她也因此不断撞见母亲的异性朋友们,高矮胖瘦,轮番前来,在五六平米的狭长客厅,打牌、聊天、聚餐,喧哗不休,昼夜不停。有时傍晚,她放学回来,总会看见母亲卧室房门紧闭,听到一种节奏分明的轻盈撞击。即便他们竭力控制声响,但是她依然能够从被刻意调大的电视机音量里清楚听见,并为之尴尬羞愧,无法将注意力投在作业上。晚饭往往最为磨人,她得当着那些人的面,背诵诗词、回答问题,装作天真,成为酒桌上的娱乐产品。

1999年春天,父亲带着一千块现金、一只尼龙背包,跟着一个本地包工头前往上海杨浦，母亲一人留在江苏。也许父亲知道母亲所为，无法面对。这年十二月，母亲烫了头发，拎了只旅行包，带夏磊坐船去上海，想找父亲见上一面。两人寄居在普陀区桃浦路187弄的远房亲戚家，母亲让夏磊叫那个从未谋面的亲戚孃孃。亲戚在小区门口开了一家十平米大小的早餐店，专卖生煎包、油条与锅贴。算上亲戚母亲儿子，得住四个人，房子却只有一室，母亲和她只能在地板上铺棉被睡觉。没有浴室，洗澡得走一公里，去一家叫丽泰的街道公共浴室。铁皮管道早已锈蚀，热水龙头打开后，会传出巨兽般的呜咽。开浴室的是个四十来岁的扬州女人，母亲发挥了她在社交中的天赋，和扬州女人成了朋友。等了大半个月，父亲终于出现，三人沿外滩，从海关大楼走到轮船招商总局，拍了张宝利来快照。也许是工作日，长滩空荡寂寞，灰色江流不知去向何处，对面矗立的深褐花岗岩墙面、贴着铜条的古典圆顶建筑，偶尔反光闪烁。他们遇到一个老太太卖茶叶蛋，空气中飘来茴香、八角和酱油的气息，父亲原本已走出十米，又折返回去，给夏磊买了两只，之后带她们前往锦江乐园。正是冬天，峡谷漂流等一些水上项目都锁着，但夏磊仍玩得十分尽兴。父亲将滚烫的鸡蛋塞进夏磊书包，等她饥肠辘辘，再次想起，鸡蛋早被书压得扁碎，没法吃了。

回江苏后，母亲陷入了短暂的消沉。没过多久，新的异性朋友又层出不穷。2000年夏，母亲失踪，外祖父带人找了一段时间，没能找到。过了一年，母亲忽然回来，和父亲协商好财产分配，办完了离婚手续，对于此前失踪的原因、去了哪里、如何生活，始终没有提及。

夏磊最难忍受的，正是母亲长达一年的缺席。2000年七月至2001年七月，她中考失利，勉强进入一所排名第三的市南寄宿高中。外祖父和祖父先后病逝，父亲在上海，少有音讯。她每天都祈祷母亲会在铁门外出现。每个中午，她从操场边经过、去往食堂的路上，都会带着绝望的期待，期待着母亲的身影一闪而过。但愿望从未实现。

母亲发来消息的前一天晚上，夏磊梦见了她。母亲戴着一副滑稽的浅茶色墨镜，抱着夏磊，背靠一棵高大的迎客松，嘴巴微张，像是准备说出什么，或者吞下一个惊叹号。这幅景象，很像从某张照片截取下。她们大约是在狼山，山路难行，夏磊不知两人究竟是想往上，抑或往下，只知道她的模样噩梦般地仍停滞在青春期：纤细的四肢和脖颈，撑起巨大沉重的脑袋，像个卡通片里的喜剧人物。她在高中的外号是奥利弗，大力水手波比的女友，终日为又高又光的脑门自卑不已，痛恨老师勒令的扎发方式（仿佛要把头皮拔除），玻璃瓶底厚的眼镜压得鼻梁扁塌，偏又比周围人高一大截，每次都得坐在最后排，为看不清黑板上的字而懊恼。

夏磊醒来才意识到，她和母亲已经很多年不曾那样亲密。她们不在半山腰，她也早不是那副模样。成年之后，她做了激光近视手术，理了短发，高瘦的身材早变得时髦，连单眼皮也会被赞为个性。她背靠枕头，不无怅惘地想，她曾希望能和母亲去往什么地方，哪里都可以，只是时间无法改写，感情也无法重建。

夏磊在等着母亲的到访。她脱掉鞋子，爬上沙发，高举抹布，准备清除左边石膏犄角的厚厚蛛网，差点摔下来。她虽不希望母亲前来叨扰，但还是会为了自尊清洁，以免给母亲带来她生活在一团蔓延着的灰尘里的印象。房子是结婚时买的，不过十年，细部陈旧不堪，墙壁的灰色立邦涂料布满细小条状的裂痕、擦伤，黑色胡桃木书架拼接处轻微开裂。只有甲醛气息，从墙壁、橱柜和沙发木条中不断散出，挥之不去。

差几公分，她无法够到，决定放弃，打算将目之所及、散落各处的文件杂物先塞进茶几或矮柜抽屉——沙发下原先垫着一块宜家的阿达姆米白长绒地毯，不到一个月，便落满油点、饼屑，她悻悻卷起，塞进床底，再没铺过。理想洁净的生活似乎永不可能，油烟和污秽才是现实，她步入婚姻前，也曾怀有白绒地毯般的期待。丈夫陈帆是夏磊在东部软件园的同事。两人刚在一起时，陈帆有个谈了三年的湖南女友。女生大学就读于浙江传媒学院国际文化传播专业，大四上学期，在互联网从业者大会任志愿者时，与陈帆相识。毕业后女孩在浙江台实习了四个月，但父母要求她回长沙。他们一年只能见两次。陈帆考虑去长沙，但也希望女孩过来，女孩保留着杭州社保，却不知如何跟父母开口，双方皆摇摆不定。夏磊看出纰漏，乘虚而入。两人在上班午餐间隙私会，争分夺秒地偷欢，为一点多巴胺冒险。等从小旅店回到办公室，又充满沮丧。他们提醒自己，这次结束就告停，但是这次结束，永远还有下次。人并不能学会及时收手。

夏磊当时和前男友租住于凤起公寓十七层一套商住房内。她大三时和前男友在一起，两人都为材料科学专业，男友小其一届。她大学毕业后，男友留在北京，说好一年后到杭州找她，但是不到半年，夏磊就对异地恋情失去了耐心。等男友如约到达杭州，两人勉强又同居半年，感情已经彻底变化。她借口需要冷静，搬到保俶北路96号一套老民居，将那作为长期偷欢地。小区住的都是浙大退休教师或官员，声响一大，隔壁就会用拐杖（也可能是别的物件）咚咚敲打墙壁，和邻居在楼下不幸相遇时，她和陈帆总试图避开那些看不见的谴责。

2008年五月，夏磊和陈帆结婚。陈帆老家在新昌，父母在当地民政局工作，家境不算富裕，但关系亲睦。陈帆对于她家冷漠疏远的关系颇觉奇特，夏磊却觉得他和父母无话不谈的亲密更奇特。她从不跟他讲家庭，也不跟他说此前恋爱经历，前史似乎变成了讨论的禁区。婚后两人为琐事爆发多次争执（打扫卫生是一周两次还是一周三次，谁负责拖地，谁洗碗，早上的闹钟定七点还是七点半，谁在闹钟响起后去摁掉），愈发明证两人都不是彼此婚姻最优选，结婚更像情欲冲昏头脑时的贸然决定。最严重的一次，夏磊当晚驱车离家，在庆春路找到一家小旅店入住。前台只有一张一米二长的桌子，一台看起来早已过时的电脑，负责入住登记的女孩一直在打电话。电梯停了，她爬了三层楼梯，二层拐角处差点撞在几个满是烟味、体型壮硕的男子身上。已过半夜，但楼道一直传来扫地机的声响，进门后，她发现门锁有点问题，唯一一扇窗户正对马路，路上任何动静都能听得一清二楚。洗手间用了一种冷白灯，房门贴着纯黑木条。出门前她忘带洗漱用品，只能用洗手台上的硫磺皂，草草洗毕。她不想关灯，也没洗澡，和衣躺着，陷在床垫里，不知何时睡去。醒来时天色未亮，墙上时钟指向四点四十五，她忽然觉得万念俱灰，意识到对于命运的抗击，如此没有意义，于是以最快速度穿好衣服，退掉房间。晨雾很大，她心神恍惚，仿若梦游。到家时雾气散去，文一路沿线已满是赶赴市区、焦躁鸣笛的车辆，显得她像在逆行。一开门，见陈帆坐在沙发里，茶几和阳台扶手各放一只玻璃烟灰缸，插满烧到头的利群烟蒂，屋内仿佛刚刚失火。他穿着前一天的灰色迪卡侬T恤、短裤，赤脚踩在地板，面容疲倦，说午夜时发现她走了，打算天亮一些，再出来找她。夏磊洗澡、取包，照常上班，过程中没跟他说一句话。

她以为自己在此次博弈中占据了小小的上风，但也清楚，在爱情或者婚姻中的所有争执，只有两种选择，忍耐，或分开。尽管婚姻中的多数事情都叫人沮丧，但婚姻原本就是一种折中主义，穿越问题，回避喧哗，才可能持久。也许父亲能够明白，毕竟他也是这样过来的。

夏磊对父亲存有愧疚，为曾经担任母亲私情的同谋。仿佛出自这种悔罪，她每年春节，都刻意回到老家，陪父亲贴对联、放烟花，吃父亲做的红焖蹄髈、红烧杂鱼。空调永远不灵，电视台只能接收一个两个（父亲试着爬到屋顶，调节机器、寻找信号，但屏幕只有雪花点和噪音）；从街区小店买来的烟花烧到一半，总会自动熄灭，那些菜式，年复一年，毫无变化，和她撺掇父亲讲的她小时候的故事一样，从没变化：她曾经因为一只堆得不甚完美的雪人、摇落过未成熟的果子挨打。老宅西边的桃树种于1993年，1995年父亲找果农嫁接过，但依然只能长出青涩的毛桃。如今每年暮春，桃花开得丰盛茂密，夏季却沉寂如夜。仅仅因为那些永远无法成熟的果实，那些不重要的事，她便得被父亲摁在椅子上，用皮带抽，方形锌合金带扣总会在她身上留下青紫色瘀伤。这么多年过去，挨打的痛苦早就变得淡不可见，夏磊甚至觉得，因为那些背叛和同谋，挨打也许是应得的。在家时她每天七点起床，八点睡觉，撑到初三，逃回杭州。 到第二年，再将所做重复一次，走时将三千元红包塞在父亲枕下。父亲没说过他拿到没有，花在哪里，也许被无意拜访的邻人、小孩拿走也不一定。

离婚后，父亲没有再婚，经人介绍，相过几次亲，但都没继续。母亲回来后，人变得虚弱憔悴，皮肤发黄。众人传说她得了性病，但实际得了胆囊结石。父亲从上海回来，带她去附院做了开腹手术，并带回家照顾。父亲和一个超市导购员刚开始的约会，也因此夭折。夏磊寒假在家，以各种方式挑衅母亲权威，激怒母亲，心里充满复仇的快意。母亲没法打她，叫父亲找来一根竹棍，平卧床上，压着引流袋，不顾输液针头在手背上沁出血痕，举着一米长的竹棍在空中挥舞，仿佛能带来一些威慑。

也许父亲原本期待母亲病愈后能留在家，但母亲再次逃跑，找了一份总部位于海门的家纺公司，负责床品销售，四处出差。然后，到了四十岁这年，经历了一段婚姻，一次失踪，一次重病后，母亲忽然受了洗，成了一个基督徒。据说是去温州平阳出差，分公司有一位姓王的同事，信教多年，两人聊了几句，母亲大哭一场，便下定决心。同事叫来六个弟兄姊妹，在他家卫生间，用放满水的浴缸和几段祷告（"求主赐圣灵感化他们，饶恕他们过去犯的一切罪，洗净他们一切的不义"），简陋，却也庄重的，替母亲行了浸礼。

信教后，母亲仿佛终于从蔓延了她三十岁到四十岁的焦虑和困惑里获得了救赎，所有咬啮的烦恼都不再，变成了一个心平气和、意志坚定、高尚善良的新人。2006年三月，母亲再婚，对方比她大十四岁，退休前在市水务公司规划技术处工作。五年后第二任丈夫因脑溢血去世，母亲拿到其名下的两套屋子，一套在青年新村，一套在学田，将其中一套出租，靠每月一千块钱租金和两千六百块的工资生活。母亲再度孤身一人，更加专注于信仰，定期做礼拜、读经，收集各种箴言冰箱贴。

但夏磊并不相信母亲会发生这样大的转变，她始终记得母亲的往昔，认为其信教动机既不光辉，也不纯粹——不过是因为年岁渐长，从爱里被除名，很快就将容颜颓败、孤独老去。唯有耶稣，"永远爱你"，从不计较你年老、丑陋、有罪与否。**他将永远爱你。**

她也根本不信自己，不信存在一种至高的力量，不信人会被无缘无故、无所回报地爱。所有的爱都是有所代价、关乎欲求、注定消逝的，人活在这个世界，飘零困苦，不比一粒微尘更重。

陈帆去汽车北站接回母亲。那边停车麻烦，他叫夏母走到车站对面的红星美凯龙。夏磊开门时，明白母亲非来不可的原因。母亲提来十六条冰鲜黄鱼、十条海鲳鱼以及十二只梭子蟹，加上冰袋，足有二十公斤，用来捆扎塑料泡沫箱的细绳将她右手勒得发白。夏磊割开封边的塑料胶带，将快融化的冰袋扔进垃圾桶，挑出部分海鲜，用作晚餐，剩下的分装进食品袋，放到冰箱冷冻柜。母亲摆摆手，找了张矮凳，坐下来，叫她去干点别的，自己开始收拾。九月的下午,事物在炎热和微光中轻微变形,母亲脸部轮廓松弛,粉底随劳动融化,汗液流到颈部,冲刷出一道粉白色河流,金色十字架项链从她身上那件鲜绿的圆领雪纺上衣里掉出,金属的光芒已变得黯淡浑浊。母亲身高约一米六八,穿陈帆的男士平底拖鞋,膝盖几乎抵到冰箱门,腰比年轻时粗了一圈,头发染过,但根部灰白,看去枯黄稀疏。

夏磊解释过多次,住的地方虽不算市区,但小区外就有农贸市场,沿五常大道开车三分钟,还有家山姆超市会员店,时令海鲜品类齐全。网上也可购买,从下单到送达,无需一天,但母亲似乎还是存有一种迷信:本地海鲜才是最好的。他们还年轻,缺乏经验,稍不注意,就会买到外洋带鱼,看去个头很大,但骨上长满结节,吃多容易致癌。况且这是禁渔前的最后一网,等到再次开捕,得五个月后了。

母亲还在那家海门家纺公司工作,负责华东片区销售,出差地多数是盐城、泰兴等苏北城市,也不乏德清、湖州、长兴等那些浙江小城,离杭州很近,但两人见面很少。母亲说过几次工作辛苦,工资微薄,想早点退休,但始终往复奔波在路上。

等到饭菜齐备,母亲坐到桌边,起先假意谢绝陈帆打开的红酒,又在陈帆要求之下,倒了一杯,喝完几口,脸色变得轻松,话也多了起来。她中途走到阳台,打了几个电话(跟过去一样),为工作,为朋友,显得事务缠身,然后回到桌前。这次她说了点别的。

孙琦死了,你知道吗?

夏磊没作声。

前几天早上买菜时碰到久未谋面的老家邻居，聊起孙琦，才知道去年十二月底她出事了。据说孙琦那段时间锻炼身体，常早起去经济开发区主道外的一条分岔小路跑步。小路人迹罕至，两侧只生有少量阔叶林和杂草。孙琦失足跌进径边一米二深的水泥水渠，太阳穴磕到一块突出的石块。出事时是早上五点半到六点半，她并未当即死掉，而是晕了过去，直到下午一点多，才被一位抄近路的卡车司机发现。

母亲说时，虽然口气惋惜，但显然只是将其作为晚餐调剂。夏磊想象了一会儿孙琦独自躺在渠底，在低温和失血中绝望等待的情景，刚积蓄的一点歉意，瞬间消失，变成了惊愕与愤怒：母亲怎能提孙琦？以这样轻慢的口气和态度？她是否把所有事情都已忘光？

孙琦是夏磊的小学和初中同学。两人家住得并不近，但在学校，关系不错，不仅因为她们都一样高瘦，一样近视，更重要的是两人那会儿都很爱欺负和捉弄一个叫陈玉红的女生。陈是留级生，二年级和四年级，各留级一次，反应迟钝，衣服邋遢，一说话就外溢口沫。两人把女孩的钥匙扔到厕所蹲坑，在她鞋子上浇过开水，瓜子壳倒满她的运动服帽兜。她们喜欢看她被提问时不知所措，看她走路时莫名摔倒——而这么做，也许并非全部出自恶意，更多只是为了取乐罢了。

孙琦失踪是他们初中一起人尽皆知的丑闻，连出事后夏磊想去看她，也没能获许。据说孙琦和邻居睡觉，并且怀孕了，而她对怀孕一事，毫无察觉，照常上课，照常嬉闹，跳跃奔跑。正是秋冬过渡的十月、十一月，众人以为孙琦不过是发胖，包括她的父母。初三第一学期的冬季运动会上，孙琦报名参加四人接力。跑完一圈，她跌跌撞撞，捂着腹部，猝然摔倒，屁股后一大块血迹，被送去学校医务室前，并没忘记把接力棒还回去。知道结果后，众人哗然，都以为陈玉红才会做那样出格的行为，却没想到会是孙琦，只能在四起的流言中，零星知悉，对方已婚，无业，妻子在广州打工多年，尚无小孩。事情闹得很大，孙家找邻居要了两万块钱，妻子也和他离了婚。她们还在幼嫩的年纪，很多人连初潮都未经历，就上了一堂血淋淋的禁欲课。但夏磊所读的镇初中，初三即中断学业、跑去打工嫁人的也不算十分罕见，所以过了五年，听说邻居娶了孙琦，众人也并没觉得很吃惊。两人没领结婚证，也没办酒席，整件事在一种静默羞愧的状态下完成。过了一段时间，夏磊听闻孙琦去了昆山，和丈夫同在开发区一家精细化工厂打工，与父母、过去的同学不再联系。2014年三月，夏磊从一个在昆山当户籍警察的初中同学那里，得知孙琦确实定居当地，生了一子一女，精神尚可，经济也尚可。

——她还以为这就是故事的全部了呢。

母亲还说了什么，她不再记得，也不想听，眼下她头脑混乱，不得不放下筷子。母亲没有注意到夏磊的变化，她喝多了，澡也没洗，就躺到客房床上，身上盖了条毛毯，很快睡去。第二天早上，七点钟，不会更晚，厨房传来熟悉的叮零啷当声，以及粥米香味。夏磊晚上只睡了两个小时，一切声响都令她心生厌烦，她跑到厨房，看见母亲手上滴着水，碗架上的盘碟摆放整齐，但并未沥干，厨房地砖潮湿滑腻，母亲趴在地上，用抹布擦干。今天是周日，她大概希望陈帆送她去教堂做个礼拜，然后乘坐十二点五十七分的高铁前往宁波。

母亲拖完厨房,又开始拖客厅。客厅和餐厅的连接处有块圆形灰斑,母亲蹲下,用指甲抠了半天,才发现是地板掉漆。

夏磊目睹这一幕,但她对母亲着意讨好、卑躬屈膝的姿态并不接受。她跑到小区楼下,想找到车。她和陈帆合用一辆丰田卡罗拉,如今小区车辆越来越多,找车位越来越需要运气。她经常不知道陈帆会停在哪里。找了一会儿,夏磊才看见那辆车牌号为KL269 的白色小车,夹在黄杨灌木丛以及一辆宝蓝色科雷傲城市越野中间。她上了车,几件换洗内衣,洗漱用品,必要的钱包身份证,被她匆匆塞进手提包,扔在后座。她坐在前排,调整后视镜,观察母亲和丈夫是否会追来。楼下虞美人蔓延的砖石小径,走过一对带小孩的夫妇,一个戴耳机跑步的中年人,除此之外,空空落落。那种静谧安逸的景观似在提示她,自己已勉强接近中产,但母亲还在生存的层面上挣扎。她有时会为这出身的提点而难堪,然后连带想起更多的尴尬时刻。她发动了汽车。

她记得那天傍晚去找孙琦,看见那人站在她家门口,主动问她要不要去喝杯橘子汁。她去了,注意到光线昏暗的室内,居中木箱上的 21 寸东芝电视正在播放一部电影,画面中几个人交缠在一起。她低下头。他招呼她,坐到桌边。她照做了,接过橘子汁,不再看屏幕,而是望向窗外。她明白电视里讲的是什么。她才十四岁,不该知道这些,却因为母亲那些荒唐的性教育,知道眼下目睹之事,既古怪,又平常,每一天,每个地方,任何人之间,都可能发生,而她现在最好逃开,装作什么都没看见。

她借口有事，推门而去，没去找孙琦，飞奔到家，放下书包，便躺在床上，告诉父亲，觉得胃很疼。父亲给她倒了杯温开水，但直到水彻底变凉，她也没喝上一口，胃仿佛早被填满。那天晚上她梦见一些奇异景象，和一棵布满疙瘩的枯树交欢，急切焦灼，下体刺痛。

她没跟孙琦说过。过了一周，她要求自己一个房间。父母同意了。

是孙琦怀孕多久之前的事情？她沿着长深高速，驶过南庄兜、崇贤、塘栖、德清、蔡家角、花浜里、民合等一个个大小站点，她按照站点计算，装作是一次逆推。高挑竖立的公寓和平顶低矮的工厂看似散落四处，毫无章法，但只要多开一些时间，便会发现它们遵循着一种隐蔽且强大的秩序。冷气早已关掉，但烈日之下，她浑身发抖，不受控制，只能双手紧握方向盘，不断提醒自己，注视前方，不要分神。但思绪很难停下，穿过王江泾，过了嘉兴，就是江苏和浙江的交接，接下来便是盛泽、黎里、相城等苏州的辖地。四个小时？还是更久？她应该开进服务站，或高速维修区，在那边停一会，五分钟，甚至一分钟也好，但不知为何，她开了下去，一下也没停，握着方向盘的手稳健依旧。

绿色的十字路牌上写着湖州和太湖。一部分的太湖属于湖州，一部分属于无锡，显得某一部分的太湖永远都像另一个省的飞地。她忽然有些明了自己的处境——前方道路并无尽头，再开下去也没结果，翻遍手机，发现并没什么想见或者信任的朋友。朋友不会只在必要时出现。她离开江苏太久，和它也没有什么太密切的关系。她漫无目的,只不过迫切渴求独处一会儿。就像那次深夜离家去旅店一样,重要的并非目的,而是行为,离开一会儿,抛下身份,变成另一个人,不管看见什么风景,或者被什么东西吸引,一棵树,一片田野,河流,湖泊,水沟,都可以跳下。天色开始变阴,安全起见,她应该在彻底天黑前,找家连锁旅店入住。但是她又能去哪里?只有陈帆所在的地方,是她的家。她并没有别的选择。

她下了高速,调转方向,打算重新开回。

车内暖意熏人,前盖被午后的太阳照得发烫,到现在也没冷却下来。她头昏脑涨,感觉随时会睡着,不得不重新打开冷气。现在还是下午,绿色高速牌上的地址字符反着白光。庞大的物流车辆、飞驰的私家汽车,在四车道上迅捷穿梭,令人担心随时会撞在一起。S13高速上确实出了一起意外。一辆黑色东风汽车将车头开进了另一辆海狮面包车车底,驾驶员和乘客们都没受伤,他们爬出车子,站在路边,等保险和交警前来。

从中央扶手箱拿出的口香糖咀嚼太久,变得坚硬无味。她还在开,疲劳、焦虑。事故导致了约十公里左右的拥堵,通行速度很慢,她不敢松懈,直到开上杭州绕城,看见熟悉的木雕门楼,才呼出一口气。

她改了主意,停在一家路边饭店门口,打算坐下来吃点东西。饭店很小,充斥着一股泔水和氨水的混合味道,菜单上只写了十来种盖浇饭和面条。除她之外,只有两个上了年纪的本地人。每个人各占一张桌子,桌上放着带花花绿绿浇头的米线。她对着老板和招牌，沉默半晌，发现并没什么食欲，于是回到车里，打开手机，微信涌入数条消息。她拨了电话给陈帆。

他在等着她，跟过去一样，问她在哪里，何时回来。她说再过一会儿就到，但是她想说点别的。她将孙琦的故事重述了一遍，尽量说得详细平和，但陈帆并未很吃惊，甚至有些不以为然，以至于夏磊也觉得，不过一个故事，已经过去太长时间，像花边小报刊载的传奇旧闻。

陈帆说，你母亲上午就走了。她给你打了好几个电话，都没打通。她怕你出事，在小区里找了你好几圈。她大概想徒步去文一西路找你，被我拦下了。她说，好的。谢谢。陈帆说，有空你给她打个电话。她说，好的。陈帆说，你还好吧，他停顿了下，如果没事的话，就早点回来。

她当然会回去。还有什么别的选择？至于去了哪里，不管跟他说什么，他都会接受。就像她对他一样，充满怀疑，全盘接受。最开始陈帆也正是因此吸引了她，在婚后他们坚持贯彻这一法则，但有时候，她会觉得还不如那些吵个不停的夫妇。他们的关系有那么多不对劲的地方。说不清的不对劲。而这个故事最核心的、最隐秘的部分——始终无法说出口，即便面对陈帆。那天她并没有真的能够逃开，那人抱着她，要求她背对自己，坐在他大腿。他抱着她，手伸进她裙底、内裤。时间被抻得很长，他的手指捅进了那里。她躲开了吗？也许没有。后面还有别的吗？也许。她只记得窗外屋檐下种着的那排蝴蝶兰，蓝色的花瓣躲在绿叶下闪闪发光，但房间的墙壁被来历不明的烟雾熏得发黑。他贴近她耳边，轻声说，老婆很少回来，一个人过于艰难。仿佛痛苦的自陈，但更像呻吟。也许孙琦遇到的也差不多，相似的乞怜和哀求，不会变化的动作，好像她们能提供什么古老的慰藉，手握某种神秘的药剂，浅啜一口即可获救。他甚至都没有对她们的容貌、身高、年龄加以选择，不过伺机以待、任何猎物。他不过等在那里，随时预备强势、坚硬地插入她们的生命，将其防卫、告饶、自保碾得粉碎。

不会有人比她更清楚孙琦可能遭遇的，但她一言不发，她记不起那人的模样衣着（是刻意回避，还是房间过于昏暗？），只能模糊忆起他贴近自己的口气（像什么东西在内部腐烂），他胡子在脸上的磨蹭（刺痛、油腻），他闪烁逃避的眼神。是真正忘却，还是重复谎言，篡改记忆，连她也信以为真，相信是这样，而非那样。她从不正视，从不回忆，装作不受影响，实际影响已渗透至过去的每一个选择。

——而今她只是忍不住觉得，躺在水渠底的，说不定是自己。

但她试过告诉母亲。她从作业本里，撕了一张纸，写了一封信，五六百字，折成方块，放在母亲桌上。母亲到家时她睡着了，第二天醒来，母亲已去上班。灿烂的夏日阳光照进窗户，桌上的纸条消失不见。她开始困惑，那张纸条母亲读过吗？还是根本没看见？又或者，被当作一张废纸扔掉？也许她说得不够清楚，那时她还没学会如何清楚说明一件事，写的语句错漏百出，被当作一张废纸也很正常。

母亲从没提过。这件事就像压根没发生过,很快过去,很快遗忘,以至夏磊开始怀疑,是否真的写过信,是否真的投递到母亲那边,以她当时濒于崩溃的状态,将一切都弄错了,也并非没有可能。

但也确实存有另一种可能:母亲读到,明白她所控诉的事实,却惊惶失措,置之不理。而她最愤怒的,不是失踪,不是别的,是在她最为艰难的时刻,母亲选择转身而去。

夏磊坐在车里,脱掉鞋子,将早已发麻的腿尽量伸直。尖头鞋将她脚趾挤得红肿,小脚趾关节有块新长出的老茧。她记得母亲也是,小脚趾畸形,很难找到一双不磨脚的鞋子——她们何其相似,就算她从来都拒绝承认,也无法抹除这一事实。

她是否对母亲过于苛责?外祖母二十七岁,即因难产去世,当时母亲不过五岁。母亲并没得到过任何关于女性命运的启示。外祖父除了打她,没什么能教给她。如果外祖母还在,活到充满智慧的年纪,也许能够教给母亲,一点隐蔽、难以启齿的知识,教导她在遇到困惑时该怎么做,告诉她,你得经历数不清的磨难,而发生在她们身上的事情,都如此陈旧、全不新鲜,只是从没有人能够真正完整地讲出过。

那首歌词是怎样写的?一个男孩得走多少路,才能称得上是一个男人?一只白鸽要飞越多少片海,才能安歇在沙滩,而答案就在风中飘荡,朋友,答案就在风中飘荡。那么,一个女孩,从降临世间,需要跨过多少河流,经历多少风浪,才能若无其事地活下去?她不知道,所有的答案都在风中飘荡。

也许母亲受洗不单单是因为信仰,也许还有别的,是为了她。为了忏悔。为了赎罪。为了获得答案——困难之前,她究竟应该怎么做。

现在请你怜恤我,听我的祷告。
求你不要在怒中责备我。
求你医治我。因为我软弱。(诗篇 5:6)

她不确定母亲当时是否这样想,但这是她打开母亲寄来的那本书,读到的第一句话。那本《圣经》,NIV 版,塞进书柜许久,藏蓝的书皮脱落,露出灰色硬纸,但只要打开,就能读到。

有生命在腹中跃动。夏磊坐在车里,按下手指时,能感受到一种呼吸,胚黄体还太小,也许幻觉而已。母亲来的前两天,她梦见母亲的前一天,一位相处五年的同事离职,大家在城西黄姑山路上的一家老北京火锅店吃了顿告别餐。宴上她喝多了,第二天醒来,呕吐不止,不知是胃部还是肠腹出了问题。去医院挂完号,医生问了几句,让她做尿检和血检,她觉得不过多此一举。两小时后,她拿到报告,看见血检上 HCG 一栏,标着五千五,蹲在医院急救室外的走廊,哭个不停。想起大概是月初那次,避孕套轻微破损,保险起见,她又加服了两粒紧急避孕药,自以为万无一失——从她身边经过的人,可能以为是她亲人去世。

要不要?她试探询问。那个四十多岁的女医生说,最好不要,毕竟吃过药。夏磊三十了,但是自觉心智上和十多岁也没什么区别,她曾被某些无法预期的东西撕碎过,某些部分无法完整,医生就像个洞穿一切的女巫,说这句话只是为了让她避免当下和未来的苦难,以及艰深复杂的选择。

她依然不知道怎么选择。B超报告上,能够看见螺旋般窄长的灰白深洞里一粒黑色椭圆,像银河黑洞刚刚诞生的小质量恒星。护士隔着纱帘,说胚胎心跳强健。这种痛苦、奇异、甘美的生命恩典,并没有因为她莽撞的避孕措施发生改变,腹内肌肉牵扯的轻微痛感使其变得更为真实了些,但她不知能否给予下一代足够的启示、足够的知识,去应付混乱局面。她有如此众多的怀疑和不确定。她被这猛烈的怀疑和宽慰同时击中,以致无所适从。

她不知道人子当时所得的神谕是什么,但她迫切想获得一次凡人的神谕,在这样一个荒凉的陌生之地,一个陌生之境,她如此迫切地希望,有人告诉她,应当如何行事,如何选择。

也许她得去一次海边,在那坐上一整晚,一整个白天,把这一切想得更清楚些。她想知道,有没有可能遇见注定的那个人,鸽子是否会落在身上。她会把故事再说一次,克服羞耻,不再遮掩。他必会容纳。如果她什么也等不到,什么都没遇见,也不紧要。她将用水洗净身体,再从水中站起。是的,迟早,她迟早将穿过干瘠如岩、沟垄纵横的旷野,直至抵达光亮的中心。

无风之日

杨耀裕站在马路对面,盯着十米开外的樱花幼儿园。上周五五点半,老杨见过那男孩一次,男孩穿一件军绿色长棉袄,从一群小孩里蹦出来,钻进一个中年妇女怀里。两人拉手穿过马路,走进超市。

他旁边站着一个背黑色环保袋的中年妇女,搭话道:"接孩子?"

"对。"

"大班?"

老杨摇头。

妇女说:"没见过你几次。估计来得少。孩子姥姥给接送卡了吧?"

他愣了。刚过六点,天色却黑得像八点钟。保安开始锁门。老杨的棉袄洗多了,棉花结成了坨,在十二月的寒风里毫无招架之力。

樱花街靠近一个城中村,一幅巨型地产广告牌隔开村子和马路,卖铁板煎豆腐、酸辣粉的摊子村口排成一行,停着五六辆残疾人面的。其中一辆车的车主是个年纪跟他差不多的老头,戴棉毡帽,穿军大衣、黑棉裤,双手藏在把手棉套里,左腿膝盖位置扎了根黑绳,下半截空荡荡的。

他至少见过那老头三次,这么多车老杨只记住了他,但那老头每次看见老杨,都像第一次:"老板,坐车不?"

老杨说不用,想了想,问:"去萧山红星农场多少钱?"

"挺远的,得六十。"

老杨摆摆手,准备离开,老头在后头喊:"老板,五十走不走?"老杨没作声,走出老远,老头还在遥遥喊着:"四十五吧,真的太远啦。"

从城西到萧山得转三趟公交。四块钱,运气好,费时两小时一刻钟,到家八点半,他应该在外头填下肚子,但柴建梅不等到他,不会吃饭。坐167路时他一直站着,312路上,一个老太太下车后他在巴士最后排找到个位置。窗外路灯飞逝,他想,其实上了那辆残疾车也行,应该帮衬一次。都不容易。

老杨进门时,看见柴建梅坐在双层床下铺,大腿落满棉屑和线头,姿势跟他下午两点出门前几乎没变化,低头缝着绒布兔玩具。床边摆着两只半米高的大藤筐,一只装的是已缝好的,另一只筐里则是玩具部件以及填充用的白涤纶棉,筐内的成品玩具比他出门前多了一半。她拍了拍裤子,站起身:"中午剩了点面筋青菜,还是你想吃面条?"

杨耀裕按住了她:"不用。我来。"他揭开桌上的纱布罩,看了看盘内打蔫的蔬菜,将菜盘端进木板搭出来的厨房——如果这一张简易煤气灶台和七八只碗碟能叫厨房的话。

吃饭时柴建梅又一次提起那个失踪的女人:"知道她是谁了吗?"

"没人知道。老龚说厂里人太多,来来去去的,很难弄清。"

"总觉得认识。"

"面熟正常,"老杨说,"就是叫不上名字。"

他面前的米饭只动了两筷子,柴建梅注意到了,问:"怎么?饭太硬?"

老杨说:"没事,肠胃不舒服。"

"你有空去把两颗牙镶上,太不方便了。"

老杨说:"犯不着。冬天是冷,夏天就凉快了。"

他站起来,拿起脚下的热水瓶,往碗里倒了些水,从外套口袋的锡纸药板抠出一粒药,趁她没注意,就着热水吞了下去。

夫妻能申请工厂单人间,好过通铺,但单间也不到二十平米。餐桌边上是床铺。老杨坐的位置,正好能见墙上挂歪的挂历边那一块空荡荡的墙壁。墙上嵌着一枚生锈的小铁钉。原先用来挂杨志强的照片。前年夏天的一个下午,老杨把相框摘了下来。这么多年过去,墙也老旧了,稍一用力,石灰粉就会扑簌掉下。

"今年一场雪都没下。"

"快了。"老杨安慰说。

"我们这儿三四年没下过雪,"柴建梅说,"我记得有一年雪大得把厂房和电线杆都压垮了。"

"那是零八年,"老杨想了一会儿,"后来就没有过这样的大雪。"

"我们在这都快十五年了。"柴建梅说。

老杨没接话,心想,那事最多只能拖到明天。是啊,都快十五年了,他一天都不想等了。

老杨看见杨志强了,两人隔着一堵一米不到的矮墙。地上的雪积得很厚。老杨很生气,想翻墙去揍他,两脚却陷在雪里。他在愤懑和头疼中惊醒了,坐起身,发现刚才只是一场梦,柴建梅背对着自己,睡得很实。钢丝床下铺宽不过一米五,两人睡觉始终有些挤。他摸了把后背,汗水濡湿了秋衣和棉被。他披了件衣服,爬起来,从床边提了只电筒,出门右拐,走到四楼的公共洗手间。在蹲坑上,他记起出事后的第三天,他在招待所因为一碗葱油拌面腹泻到凌晨三点,整宿都没睡着。

没什么动静,他只能回到床上,揭开湿透的被褥,躺了上去。睡意已然消失。 他盯着床顶,判断那几根坏掉的钢架到底在哪个位置,不知道辗转反侧了多久,他在迷迷糊糊中再次睡着了。

老杨醒来时不到八点。床边苹果形状的闹铃没响起来,这是他们买电饭锅时候的赠品。用了差不多一年,他才知道怎么调闹钟,只是电子屏显示的时间永远比实际时间慢二十分钟。柴建梅已经醒了一段时间,她用毛巾裹着电饭锅内胆,将粥端到餐桌上。她手上的冻疮似乎又严重了点。老杨到现在也没弄清她是怎样日复一日、悄无声息地煮好早饭的。

"这几天一定会下雪。"柴建梅说,"你去买件棉袄吧。超市的衣服正在打折呢。买件防滑布料的,雪水进不来的那种。"

老杨身上的灰棉衣肘部已磨烂,布料黑得发亮,领口缝线断了,打开时能透光,"我这件就是打折时买的。"

"大润发都改成联华了。"

"你去买吧,我用不着。"

"找工作需要一件好点儿的衣服。"

"不用。待会儿我去买菜,顺道找下老龚。"老杨说,"问问厂子的事情到底咋样了。"

老杨从鞋柜取出鞋子,五个月前鞋跟脱胶,用502胶水粘过,不大管用。这会儿他发现虽然鞋跟仍有开裂,但柴建梅把它们刷得干干净净,前一天沾上的煤灰和泥土一点儿也找不着,里头塞了一对新鞋垫,看去像是用玩具边角料缝出来的。

"你背后破了个洞。"

"是吗?"老杨转过身,脱下衣服,看了看,又穿了回去,"就一道,可能哪儿划到铁丝。"

她拿来针线,打算把他背后那块被铁丝割出的破洞补上,坚持让他嘴里咬根筷子:"不然容易长针眼。"老杨有些不以为然,比起脑袋里的炸药包,长针眼实在不算什么,但他还是顺从地咬上了。

宿舍楼共六层高,每层只安了一扇窗户,窗户在过道最西,早上还不如晚上亮堂。厂子停了之后,宿舍楼没人打扫,不时能看见空掉的零食包装袋,或者一小摊融化的糖果。感应灯也坏了,电工小陶三个月前没再出现。老杨扶着楼梯小心翼翼走着,差点踢到楼道里的几只塑料桶。冬天工人有腌制咸菜和肉类的习惯,302家门口放了只褪到发白的红色塑料面盆,盆里是一大块咸肉。

老杨推开铁门,被泛白的阳光差点刺出眼泪。垃圾桶边斜靠着一把灰黑格纹折叠伞,扔的人没耐心放进垃圾桶就走了。桶里的垃圾早溢到外面。他捡起来,撑开看了看,发现只断了两根伞骨,收好后放到垃圾桶。犹豫了一会儿,他走了回去,重新捡起来,拍了拍灰尘,夹在胳膊下。

沈建能的小卖部开在红星中路110号,出了生活区的大门就能看见。木板钩子上挂着一串袋装咪咪虾条,飘柔洗发水,以及星球杯。最外的木架子上摊着一摞报纸,几本杂志。杂志的透明塑料皮上落满灰。两本《环球人物》和《福布斯》,被拆开了,扔在报纸边,封面打着卷儿,印着2015年。

沈建能招呼他进来坐坐,老杨没拒绝,接过他递来的板凳。沈建能说:"我老婆昨天晚上睡不着,看了半天,说是中控车间的李萍。"

"哪个李萍?"

"中控车间就一个李萍,"他掏出手机,点开相册里的视频。这视频不少人已经看过,共计三分四十秒,拍摄时间是十二号八点半。画面中,一群穿蓝衣的工人站在联华超市门口,对面是黑压压的穿制服的人,没人说话,显得压抑且躁郁。沈建能在女人冲出前停住了视频,抹着屏幕将人脸不断放大:"这个,经常带女儿来我们这儿买QQ糖的。我老婆说了后我才想起来的。"

老杨接过手机。视频是打横拍的，把人拍得过扁过宽，每个人的脸都很模糊，只能分清眼和嘴的大概位置，他努力地想了想，依旧没什么印象。

"说话大舌头，脖子有块红斑，老公在隔壁的义乌物流公司当货车司机。"说完沈建能点了播放，女人动了起来。一个穿制服的人推搡了她一下，她扑过去咬住了那人的手臂。那人试着摆脱，没能成功，女人紧咬他的手肘不放。两个穿制服的出手帮忙，人群骚动了起来，迅速将两人吞没。

沈建能退回到她咬人的那一段。老杨盯着街对面，发现沿街的树木叶子已快掉光，下半部分刷着防虫用的石灰水。超市边新开了家奶茶店，两台立式音响大声放着 DJ 音乐，店外停着一辆货车，一个中年男人在寒风中忙着把大袋里的米卷分装成小袋，手和耳朵冻得通红。速度稍慢一些，这些膨化米卷就会因潮湿变韧。几个小孩在边上看着。老杨想起以前带杨志强去村口看人摇爆米花，其他小孩捂着耳朵也要站在爆米花筒边上，等那一声震耳欲聋的爆炸，杨志强则一定躲得远远的。

想到这里，老杨不免有些好笑，这么胆小的人后来怎么就成了英雄？

他站起身，将板凳还给沈建能，打算像过去几个月那样，看看路边有没有新鲜的蔬菜。冬天一来，蔬菜的价格变得越来越贵。红星中路沿道有几个蔬菜摊，附近农民经常拿点自种的蔬菜来卖，也可能是外地人批来贩的，但比超市便宜，青菜和芹菜每斤至少便宜一块五。他在路边找了一圈，想找上次那个住在农场边上的老太太，她家的西葫芦和葱比别家便宜几毛钱。

他出门前数过,钱包里还有一张五十,两张十块,一张五块,一张一块的纸币,还有四个一块,两个五毛钢镚。一张整钱也没了,前天就破开了,是在老沈的小卖部里买了一筒机器卷面,一瓶海天酱油。

601的老葛蹲在地上,皱眉捏着一把西蓝花,老太太说,不要再挑了,刚摘下来的好吧。老杨拍了拍他的肩膀,老葛回见是他,说:"我把喜糖给你老婆了。"老杨点头说好,深吸了一口大米焦香的味儿,从他们中间穿了过去,决定去超市买点儿肉。

超市四处挂着年终促销的牌子,他很快就看见了柴建梅所说的打折衣服。卖场中央,一堆衣服平摊在带扶栏的手推货架上,架子黄底黑字标注着"现价199,原价399","399"上打了一个黑色大叉。他拎起一件,看了看,放了回去。只有男装,没有女装。整个超市空荡荡的,售货员比之前少了很多,连收银台都关了三个。

他好不容易才找到猪肉柜。猪五花在打折,十三块五一斤,灯光下看着还行,拿出来再瞧,却有些变色,他看了看,攥紧了一下口袋,冲着柜台内正在打瞌睡的年轻人道:"师傅,麻烦切一斤五花。"

老龚弯腰往暖瓶里灌水,远远看见老杨,朝他挥了挥手。保安室有台电暖风机,叶片烧得通红,老杨将蔬菜和肉靠在桌边,手凑到暖风片边烤火,终于感到胸口和脑袋都好受些了。

红绿两只热水瓶灌满,水壶里还多出些,老龚找了两只印有"红星集团"的纸杯,从生锈的茶叶罐里撮出一点儿毛峰,给老杨和自己都泡上。老杨摸了下杯口,太烫,他打算等会儿再说。

"老沈说被抓走的叫李萍。"

"我刚想跟你说呢,"老龚道,"老沈这嘴藏不住事儿,大家都知道了。"

老杨看着他宽阔的颧骨和下巴,心想,老龚在杭州快十多年了,他的沂蒙口音还是一点儿都没变。停工大半年,他依然穿着工厂保安的铁灰色大衣天天守着大门。老龚捧着杯子,若有所思:"老沈一说,我找名单查了下,那女的住五号楼311室,她老公以前也在我们厂上班,两年前换了单位。女的被抓走当天,身边只有一个小姑子,小姑子是去年年底进的厂。男的回来时发现人不在,问了半天,小姑子也答不上。听说那女的有两个小孩儿,大的九岁,在安徽老家,小的四岁,留在身边。这几天是小姑子在带。"

老杨问:"她是安徽哪儿的?"

"巢湖还是阜阳,具体说不上,工人多半是那儿过来的,还有苏北、河南、山东。"

老龚从烟盒里摸出一根大前门,老杨摆手不要,老龚把烟就着暖气片烘了一会儿,烟头滋了两下便燃了起来。保安室里放着一台21寸的TCL彩色电视机,能收到央视、农业、地方三个频道。现在是农业财富栏目。两人盯着电视机里一个四十多岁的男人讲他养白玉蜗牛的经历,说以前光靠种地,一年不到两千块钱,后来经一个朋友介绍,了解到嘉兴农贸公司下属的生物工程技术中心,学会了这一养殖技术,一年能挣二十万。蜗牛特别容易生蚂蚁,他晚上睡到蜗牛房,一只一只抓。起步困难,过段时间就好了。节目播完,屏幕下方列了一串加盟电话。

"骗人的。"老龚说,"这玩意儿养不活。而且中国人也不吃。我一个侄子好多年前就养过,赔了可多钱。"

老杨点点头,他想了想那人的长相,黑红脸膛,觉得不像骗子,但他没说出来。老龚常提某某亲戚,却从没见他回家,他怀疑老龚可能没结过婚,但也从没说出来。

门口书桌下,压着一张 A4 纸大小的表格,上面印满集团领导的办公室号码,旁边还有一张老龚年轻时的黑白两寸照,嘴上一小圈绒毛,穿着垫肩白衬衫,茫然看着镜头外三十度角的位置。相比起来,老龚工号牌上的照片就老得多了。

"看守所打电话来,让送衣服过去,男的才知道被抓了。到了那儿,警察拿了衣服就把他赶走了,所以他没见着人。男的出门遇到一个律师,"老龚把烟头夹在手里,看着电视,这会儿是一个地产中介广告,重复了足有十二三遍,"那律师穿得挺好,皮鞋、西装,夹个公文包,说要是给三千块钱,保管让人出来。不到一天,男的就凑钱给了。"

广告还在持续,老龚走到电视前,拍了拍机侧。电视机没事,不是卡了,他调到央视,正重播八三版西游记,这一段他们都知道,"真假雷音寺",两人都被穿着道袍的六小龄童给逗笑了。茶水变成淡黄绿色,老杨拿来纸杯,吹了吹浮在上面的碎沫,几片稍大的叶片缓慢落到杯底。

"这妖怪是弥勒佛手下敲磬的童子,西游里犯事儿的都是神仙的亲信,比如太上老君的青牛什么的,"老龚说,"太有意思了,你说是不是?"

外头忽然响起一阵喧哗,老杨听到了,想要不要起身去看看。老龚好像没注意到外面的动静,他的注意力全都集中在电视剧和失踪的女人身上。

"钱给了快一个月,一点儿动静也没有。男的去问律师,律师说她咬的是警队大队长,事情犯得太大,出不来。"

"有这头衔吗?"老杨想了想,说,"会不会是律师骗了他?"

"是他的事儿太大,"老龚自信道,"女的也该倒霉,听了群里聊天,跟人去街上要钱。聚众违法都不知道,老实等消息不就完了吗?"

"你咋知道得那么清楚?"

传达室的窗户上面蒙着一层灰,天色看去阴沉沉的,一块云压着另一块,一点儿风也没有。老杨忽然信了柴建梅的话,这几天真的要下雪了。外面的声响大了起来,工厂门口一下子挤满了人,他推了把老龚:"外面在干嘛?"

老龚站起身,手里的烟已经烧到一半,众人正围绕在灰白色的荣誉墙边,终于记起来一件至关重要的事儿,拉开大门:"快去看看,补偿名单刚刚贴出来了。"

老杨没找到自己的名字,他抱着侥幸的心理将五百四十五人的长名单看到第四遍,依然没找到。看见李萍名字的时他愣了下,发现老沈说得没错,中控车间,工龄三年。他在第三页上找到了老龚的名字:龚智海,工龄五年。

回到保安室,老龚愤然道:"我他妈干了八年了,零九年五月十四号进的厂。他姓戴的凭什么扣我工龄?我来的时候他毛都没长好呢。混账东西。"

老杨问:"你打算咋办?"

老龚继续发着牢骚:"老邵还缺过几次勤,我连一天都没缺过,高烧四十度也守在这儿。他工龄怎么就不少?上次那人嫌补偿少,找过劳保局维权。咱们一道去维权。"

老杨想起来,是2012年,一个三十来岁的工人在一次机床操作时不慎切掉小手指,想都没想捡起断指跑了一路,赶到医院还是迟了一步。那人管自己的毛病叫工伤,不能上班,要工厂养一辈子。周老板赔了一笔钱,那人嫌不够数,闹了一段时间。老杨还记得那阵每次吃完早饭,走进大门时,都会看见一块白色横幅,上面写了几个墨汁淋漓的大字,"还我公道",跟早几年前的拆迁户一样。过了一周,横幅全都消失不见了。

"劳保局在哪儿?"老杨问,有些迟疑,"我年龄超支了好几年,也行吗?"

老龚没接话:"你又不是吃空饷。"

"工厂停了才知道没交过养老金,"老杨笑笑,"之前也没人告诉过我。"

"你老婆退休的时候急了点儿,"老龚说,"本来可以自己交钱,买个养老保险。"

"我帮她问了几家保险公司,都不让买,说到了年龄上限。"

老龚说:"你们太老实了。现在据说有的地方,抚恤金给二十万。你们当时三万都不到吧?"

老杨默不作声了,过了一会儿,问道:"你最后一次见周老板是啥时候?"

老龚仰头想了想。天花板安了只白色吸顶灯,灯罩上有个硬币大小的黑点,他之前以为是蛾子,找了梯子爬上去一看,什么都没有,可能只是一个光盲区。他盯着那黑点算日子。

"6月份,6月11,12。天气挺热,他穿了件短袖,看起来还行。不开口说话没人知道他得了绝症,"老龚有些懊恼,"如果周老板在不会不管。肯定是姓戴的原因,他来了后就没啥好事儿。"

"反正乱扣工龄的话,我就找劳保局,或者找我侄女写状子,她在青岛大学读书,"老龚又说,"不要钱。"

"戴总做不了主,没人听他。但周老板是好人,"老杨想,还是因为周老板的缘故,他才过上了一段能挣上钱的日子。当时浙江卫视过来采访"见义勇为者的父亲",让他谈谈怎么进行家庭教育的,他不记得具体说了什么,只记得最后记者问他做什么工作,他答种田和打零工。红星集团董事长周昌金是省"十大慈善之星",看到报道后,主动联系了电视台,给夫妇俩在厂里安排了工作。柴建梅做勤杂,2010年患上高血压,主动申请内退。老杨年龄超支,为照顾其生活,周老板同意延迟退休。非但如此,资金链未断之前,周老板每年春节都会拎几盒麦片核桃露来看他们。想到这里,老杨有些心酸:"就是好人没好报。"

老龚道:"听说可以换血,换年轻人的。以前他们都那么干。"

老杨想了想他们指的是谁,也不知道做什么反应合适,就笑了笑。

"晶晶管还好点儿,救助组那帮人也不行。都是外人。"

老龚咳嗽起来,站起身,吐了口浓痰到书桌边上的黑色垃圾筒。

"你少抽几根。"

"戒得了就不是这样了,"老龚咳完,把烟掐掉,忽然看着老杨,"你最近气色也不好,好像瘦多了。身体还好吧?"

"食堂都关门了。"老杨说。墙上的挂钟指针转过十一点,他不想继续聊下去了。补偿金的事情,他打算等等再跟柴建梅说。老杨走开时,把那把伞忘在保安室地上,老龚本想叫他回来,想了想,把伞收进储物柜,打算下次再说。

"今天买了五花,不贵,"进门后,老杨把塑料袋子提给她看,"买了一斤肉,还有蒜苗大白菜,红烧或者炒都行。"

他从柴建梅的表情里看出一些不对劲儿。身上是干净的,今天她没缝玩具:"怎么了?"

"没事儿,"她擦着灶台发污的位置,瓷砖上被油烟掩盖的花纹早已露了出来,"今天成成捎信说,我小舅舅前几天死了。"

"哪个?"

"嗯。我小舅妈死了后,他一个人住着那老屋。人家看他总不出来,推门一看,人僵在中堂的扶椅上,死了好两天了。还好天冷,不然早发臭了。"

老杨说:"他得有九十了吧?"

"今年九十二,倒是够本了。我娘生病走的时候才四十八呢。我们年纪都小,不知道啥是子宫癌。"她不再擦灶台了,"话说回来,我那几个舅舅,没一个死得安生的。"

杨耀裕想着那些屋子慢慢地倒塌,消失,好像吹过村庄的风,就这样安静地吹塌了那些衰老的房子。有人注意过吗?

柴建梅淘米煮饭,切了半块肉,剩下的半块,加盐放在掉漆的搪瓷缸:"成成不在兰溪的工厂上班了,说是打算去路桥,也可能去临海。听说认识了一个女的,介绍他去船厂做电焊工。"

"那女的干嘛的?"

"不知道啊。成成长得挺端正,现在还没讨上老婆。他过得不好,我们也不好意思开口要钱。"

老杨知道她惦记不仅因为两人手头太紧,还因为这两万是儿子的抚恤金。2007年五月,老杨的弟弟杨耀宗开口借了两万块钱,说是买农机车做生意,年后还上。到了年初八,兵房姑妈的小孙子结婚,杨耀宗在酒席上喝到口吐白沫。众人劝他留下,歇一晚再走,他没肯,坚持跟着一辆金杯连夜回程,不到半路就死了。弟妹生了肝腹水,看不起病,只能在家干躺,成成之前一直在读书,一点铜钿连堵窟窿都来不及,更不用说还钱。

钱毕竟是老杨这儿出去的,他只能转话头:"成成今年多大?"

"九零年的,比强强小五岁。"

"男的不用急。"

柴建梅边切肉边道:"他要活着我们都抱孙子了。昨天睡前我心里还在数,究竟打了他几次。想来想去,也就四次。一次跟他去市里逛庙会,我们走到一个宝石摊子上,他偷了人家一块绿翡翠,这么大,"她停下,左手拇指和食指比出花生米大小的圆圈,"没走两步,就被人抓到了,摊主跟我说,你儿子偷我东西了。"

老杨记不清是第几次听这个故事了。

"他一口咬定没偷,那人说,那你把手摊开,让我瞧瞧。他死活不肯,我起了疑心,帮摊主把他右拳扒开,把他手皮都抠破了。扒开后我一看,果然握了块石头,二话没说,抽了他一巴掌。"

"回去路上,他一直没说话,但也没哭。后来他才跟我说,是因为看我戒指上的石头丢了,想给镶上。"柴建梅继续切着肉,"我们刚结婚时多穷啊。"

"说得好像现在不穷似的,"老杨笑,"我们没好过。"

"屋子四面透风,比我家还干净,连米缸都空的。你坐在对面,毛衣估计哪儿借来的,大几号,但脸还周正。我还有几个弟妹,想着能出去就行。我和我娘说愿意,她把自己的戒指给了我。"

她生病浮肿之后,把戒指摘了,手指光秃秃的,圈印还在,比别的地方要白一层。

"戒指也是我祖母送的,原来有块宝石,早就给我祖父当掉了,后来到我娘这儿,她补了个假的上去。假的丢了后,也没钱补上,估计提过一嘴,就惦记上了。我还打了他。"

"不能养他坏习惯,你打得对。"老杨说。

"是我和他说,以后手脚得干净,不要学坏,但现在我宁愿他活蹦乱跳的。"

"你以为跟你这句话有关系?"老杨说,"他拿石头才三年级吧?初二那年被我抓过跟几个半大小子撬烟草厂的铜字。你说这人能干啥?五个人里,他连小头目都算不上,大半夜的只能站路口给人放风。"

柴建梅笑了笑,虽然她也不是第一次听到。

老杨说:"其他人都撬完字跑了,他还靠在自行车边上给人放风,差点睡着。要不是我找,还不知道睡到啥时候。"

吃完饭柴建梅用根塑料绳将肉捆好,系在衣架上,挂至阳台晾衣绳处:"老葛老婆劝我们少吃盐,但我不怕,"挂完她把衣叉斜靠回墙壁,"药比盐贵多了。"

"你保准能活上一百,"老杨说,"别人都说,我看起来比你老十岁。"

"你把牙齿镶了就好了。过两天用咸肉炒青菜,冬天的菜根发甜。"

"下午我给你去买药,顺便街上转转,"他说,"要是回来得晚,你就先吃饭。"

"不用,今天晚上做点新鲜的,不吃剩的了,"她说,"你最近肠胃不大好。"

老杨说:"跟你做饭没关系。年纪大了,头疼脑热的很正常。剩菜以前常吃,也没什么问题。"

他注意到桌上放着一只枣红色糖盒,打开盒盖,里面八块糖,两颗是巧克力。

柴建梅说:"601早上送来的。"老杨点头:"买菜时候碰到老葛了,我以为他还在老家呢。"

"厂里说今天发通知,他们特意从淮阴赶来,顺便给人发喜糖。"

柴建梅没再说下去。老杨意识到,她已经知道了补偿金的事。两人沉默了一会儿,老杨把盒里的糖果抓进口袋。

一出门他就吐了,因为怕遇见熟人,他特意走到路边,找到一排黄杨树花坛,发现太矮,只能多走几步,看见槐树后才吐掉。离他一百来米处,有个穿橘色外套的环卫工在扫马路。他有点儿难为情,踢了一脚花坛下的尘土,把秽物盖上才离开。

他一直在天庆路上的一家民营小药房配药,店里只有两三个人轮流换班,老杨总会撞见一个戴着眼镜的圆脸姑娘,眼镜过大,收款的时候一低头,镜片总会滑到她鼻梁上。自从一个月前查出脑膜瘤后,他买止痛药的次数多了不少。

"这药吃多了伤肠胃,"那女孩说,"不能吃太勤。"

"不是给我,是给我老婆,"他撒了个谎,"她有遗传性血管性头疼。"

"那应该做个CT,查查到底什么毛病,老吃止痛药不是办法,"女孩说,"或者你给她买中成药,安气宁神,对肠胃刺激小,"她从柜上拿了两盒绿盒冲剂,放在柜台上,"可以进医保卡。"

老杨道:"没医保。没事,不用治。"他拿走药,数出三个钢镚和三张十块纸币给她。

那女孩转过身去。老杨打算以后换一家。他刚来杭州那会儿，民营药房只有老百姓，如今满大街都是各种药店的蓝色或绿色招牌。一盒厄贝沙坦二十二块，一盒十二片，柴建梅每天早上都得吃一粒，一盒二十粒装散利痛，十二块五，他要省着点儿吃。以前一个礼拜一盒，现在头疼加剧，一盒药吃不了半礼拜。

老杨站在门口的饮水机旁边，用纸杯接了点免费热水，兑了点冷水。他思忖着那白色药丸随着温水滑到哪里：从喉头，经过食道，再到胃。起药效需要半小时，老杨祈祷着那股难受劲儿早点过去。

没查出病前，老杨想过再找工作。红星周围那一片的工厂从几年前开始就没有过一个好消息。他打算去市区碰碰运气。坐车到下城区后，他站在街头茫然四顾，连问好几个人，才弄清楚如今已经没有劳工市场，改叫人才市场，跟他当年跑码头的时候已完全两样。他在一家报社楼下站了一会儿。一个姑娘在等红灯。

"麻烦问下，"他开口道，"人才市场怎么走？"

女孩指着路口："莫干山路那儿，沿体育场里向西，到环城西路再往北。"她看着他干净陈旧的灰夹克，以及空空如也的手，善意地补了一句："两公里路，最好坐车。还得准备简历。"

红灯变绿，女孩跟随人群，走过中河高架下的人行横道，走过梅登高桥。老杨看着十字路口的指示灯从红变绿，又变红，复变绿，车辆停下、开走，人驻足、又离开，才意识到倏然已过去两小时，天都快黑了。

他身后的电线柱上贴了张白底黑字的招聘广告，"招厨师和熟练勤杂工，月薪3500到4000，绩优者有奖金，年龄四十五岁以下"。经过报亭时,他买了两张都市报纸,翻到招聘那一页,每条都仔细看了一遍,然后揣进了裤袋。回宿舍后,他翻出一只红色水笔,打算把可能的工作画上圈,但翻到第二、第三遍,纸面依然干干净净。他终于明白,他太老了,属于他的时间早都过去了,这儿也不是他该待的地方。

吃晚饭的时候,柴建梅煮了一锅麦麸粥。

"不用井水粥不发红,"她没注意到他的沮丧,用勺子小心撇去发皱的粥皮,给他装了一碗,"这里的水跟我们那没法比。"

"一样,"老杨说,"吃起来差不多。"

她将剩下的半袋榨菜倒进他的碗里,说:"你吃什么都一样。我晚上梦见他瘦了,身上的衣服破破烂烂,伸手跟我要棉袄。"

他闷闷道:"现在才十月。"

"不一样,"她说,"听我表嫂说,下面冷得厉害。"

她用筷子蘸着袋子里的辣椒水:"我现在还记得我娘给我托梦,让我找找东屋墙壁下的一个罐子,里面有只银簪。除了她没人知道。"

老杨羡慕儿子总找她撒娇,就算在梦里,他和儿子也总在较劲。老杨慢慢说道:"我也做了个梦,梦见他衣服口袋里有张彩票,出事前三天买的,开奖日期就是明天。不知怎么,我总觉得会中奖,总觉得触霉头到一定份上会到底。我找了家招待所,开了间房,一个人在房内,看了一天电视,一心等开奖。结果只对了三个,后面全错。连末奖也没中。我把彩票烧了。"

老杨说到只对了三个数字就笑了,柴建梅并没能明白他在说什么:"我们没有横财运。"老杨没回应,他感觉仿佛还困在招待所那个失眠的夜晚,脑袋和肠胃一阵阵翻江倒海似的难受。

"只要他没事就行,让我怎么都行,"柴建梅说,"把我拿去也行。"

"没人要你,"老杨说,"也没人要我。"

柴建梅刚吃完饭,就套上了不锈钢指套。内退后,她靠缝补接济家用,手指全是老茧。她将针插进布料,又拔出:"听说现在像强强那种情况,政府给父母发钱,就跟发工资一样。"

"得是烈士,"老杨说,"得像那个开飞机找不到的人一样。是为了国家。"

柴建梅没作声,布料太厚,她的力气用小了,针一下子没扎透。

"我上回去电信厅,已经没那型号的手机了。厂子破产,二手的机器没人要,坏了找不到配件。卖一百块都没人要。"

她愣了一会儿:"我以为得要五百。"

"用不着了,很早就用不着了。"老杨说。

"那人后来没打过电话。"她说,"一次也没打过。"

"嗯。"

老杨想起儿子板结的血衣。十七岁的杨志强初中毕业后跟着同乡到下沙旭东网吧做网管,每个月六百薪水,往家里寄五百。他和他们说好了,年二十五就回家。2003年一月十一日早上九点,他遇到两个小偷偷一个上网者的诺基亚手机。两人三天前来网吧踩过点，杨志强留了点心眼，出手阻拦时，和小偷起了争执，其中一个身上带了把水果刀，扎了他两刀，后来才知道扎在脾脏。他追出去十米，就倒在网吧边的黄杨树带。当天值勤还有一个网管姑娘，偷偷拨打了120。二十一分钟后救护车开到，当时杨志强心脏已经停跳了。

老杨记得他听到消息，赶到杭州，认尸，拿遗物，看见血把杨志强身上那件藏青色棉袄全都染透，也记得被偷手机的那人，名叫石永斌，在附近一家商科大学读大一，金融管理专业。事后他给了老杨一个手机号码，承诺会常来看看他们。十三年了，他没再出现过。

每年三月，老杨都会背着柴建梅，去儿子出事的地点看看。旭东网吧七年前便已经倒闭，道路扩建了几次，从双向四车道改成了双向六车道，后又建起一条占地九万平米的商业街，周围大厦林立。大厦前每一季都会更换新鲜应时的各色观赏花卉，黄杨木带早被连根铲除。所有一切，了无痕迹。最后一次是两年前，老杨拿着黄纸和元宝站了半天，没地可烧，半路看见一个垃圾桶给扔了。

老杨从公交车上下来，在心里默数还剩多少钱，还能撑多久：买菜花掉十八块三，买药花掉了三十四块五，他下午出门前翻出一张五十块。

他感觉永远都数不清数。走到广告牌边，又看见那老头，跟过去一样，他坐在车里，红鼻头下挂着鼻涕，塑料帘半掀，讨好地问："老板，坐车吗？"

老杨说:"你待会儿还在吗?"

老头说:"那可说不好。来一个人坐车指不定就走了。"

"你这车开不了多远。肯定会回来的。"老杨指着他身后的那一排农民房,"你住里面?"

老头说:"我住老余杭,离这四公里。同样大小的屋子,那边的月租金比这里便宜八十。"

老杨说:"过会儿我再用车行吗?"

"老板,"老头乐了,"过会儿车说不准就不在这了。要来个老板让走,我总不能不走吧。"

老杨说:"没多一会儿,你要是愿意等就等,实在有客,我不拦你发财。"他补了一句:"待会儿我去萧山。"

老头说:"那行,你要给钱我哪儿都去,月球都行。只要交警别给我拦着。"

经过联华超市的时候老杨看了看那几个灯,老龚跟他说过,监控器总是装在那些特殊的位置,像个灯罩。他一一找到,小区门口和保安亭的加一起,共三个,超市门口的吸顶挂了两个。中央大道最近在扩修,没有监控。

亏得石永斌没换号码,不然他也找不到。

他看见男孩从幼儿园出来,跟着那个中年女人,两人会穿过马路,走过商业广场,西式面包店,馄饨店,快餐店,宠物美发店,快倒闭的儿童创意水彩中心,夫妻水果炒货店,然后是超市,超市门口摆着三台摇摇车,最大的是有升降的红色小汽车,汽车前脸是个卡通动物,很难分清究竟是狗还是小熊,坐一次两块钱。另外两台,一个是喜羊羊,一个是孙悟空,坐一次一块钱。只要投币进去，车身上的彩灯就会亮起来，放美羊羊喜羊羊的歌曲。那小孩每次都得坐两次孙悟空，有一次他缠着那妇女坐小汽车，没一会儿就下来了。还要过两回糖，妇女没同意。

妇女给孙悟空投了币，孩子坐了进去。妇女去了超市。车子停了，男孩坐着发呆。老杨给他投了一个钢镚。车子重新动了起来。

老杨问他："你叫什么名字？"

"石稼睿。"

老杨想了一会儿，依然没法判断究竟是哪两个字，他发现孩子的后脑勺留了根细细的长辫，辫子尾梢扎了根红绳。

"你是男孩吧，还扎辫子呢？"他逗他，"几岁了？上小班？"

小孩不解释，盯着车子上不断闪烁的画面。

老杨想起口袋的糖，掏了出来："给你。"

"不用，我不能吃，"他问："你的糖是什么味道的？"

"橘子，葡萄硬糖，奶球……"老杨在手掌上拨拉着那把五彩缤纷的糖纸，"这两颗是巧克力。"

"我最喜欢巧克力豆，"他说，"有次我爸爸从美国还有日本给我带回来两盒，两天就吃完了。"

老杨发现他一点也不怕生人，跟杨志强小时候完全不一样。但所有的小男孩都有种虎头虎脑的感觉，他把巧克力递过去："你自个儿拿。"

男孩抓起两颗，又放下了一颗："你一粒，我一粒。"

"没事儿，你拿吧。我有。"

"这糖很甜，"他拿着巧克力，热情地跟老杨解释，"我上大班了,明年上小学,小学的房子就在我们幼儿园边上。"

老杨笑了:"那你是个大孩子了。"他帮忙把糖纸剥开:"超市里那女的是你奶奶吗?"

"不,是我家保姆,我没奶奶。"

"你牙齿也是蛀坏的吗?"那孩子忽然指着自己的门牙、老杨的豁口,张大嘴巴,将右手手指头伸到牙龈上,给老杨看里头那颗发黑的蛀牙:"就这儿,你看见没?蛀了。没关系,乳牙蛀了还有恒牙。等长大就好了。"

他宽慰老杨:"你那两颗牙也是。长大了就好了。"

在那妇女出来前,老杨已经悄悄走了。绕到在广告牌后面他就吐了,之后蹲在那大片未开发的泥地上,看着泥潭里长出的星点野草,坐了许久。他想了那么多次,整整一个月,一直决定和筹划去做的事,把那孩子带走,把那些他分不清是应得的、还是不应得的钱要回来,然后再问一问那孩子的父亲——这些年到底怎么了,不管说出什么理由,老杨觉得都能体谅。但最终他什么也没做,什么也不能做,甚至走不到幼儿园和小区门口。只要一靠近,他这样一个衣衫褴褛的老头就会被戒备森严的保安拦下——从头到尾,他所拥有的只有那一辆摇摇车的时间。

老杨最想追问的,是那至高的高处,他没法原谅它多年的懈怠、残酷和傲慢,一再将他的生活碾成碎末,而他却从来没弄明白自己究竟做错了什么。

他不记得坐了多久,最后他还是兑现了承诺,上了那辆残疾车。老头把塑料帘子用拉链仔仔细细封好了,连一小丝风都吹不进。暗橘的灯光从帘外渗进,照在老杨的手上、肩上。车子开得摇摇晃晃，连一颗小石子也能让它颠半天。他靠在车厢一侧，听见那残疾老头大声唱着快活的曲子，不知不觉睡着了。老杨做了一个梦，梦里他只能看见一片乌云，而他只能等，或者期待，期待一阵温柔洁净的风从四面八方聚集，把晦暗巨大的云吹散，直到曝陈完完全全的光明。

新年问候

张玲玲

一 大雾

刚换好鞋子,胡杰峰就接到斐斐打来的电话。斐斐说,回来时去辰记带十只小烧饼,五只梅干菜,五只葱花肉。饿了。他应诺,电话那头传来一串剧烈咳嗽,以及吐痰声。丈母娘最近肺病尚未好全,胡杰峰想问好点没有,斐斐已经挂断。

他看看手表,九点半。辰记两点关门。春节刚过,店铺多半还没营业,辰记也难准。他近来很忙,一方面是去年年初,各省均大案重启,陈案翻新,确实多了些案头工作;另一方面,他是想借机拖延回家时间,沿解放路至江滨路,跑一个小时,以收束渐阔的腰腹。

利群超市门口被挖了一个十来米深的大坑,快半年了,全无动静。周围用广告塑料纸围了起来,写着"市中心旺铺,只售

4999一平"。商铺位于凤凰南城,目前盖了三分之一。开发商先卖楼,再卖商铺,住宅卖光,商铺却一直无法招满。芹江商业不发达,炒地皮却很热,不只在当地,资本触手涉及整个省内。胡杰峰小舅妈之前在桐乡买过一间三十平米的皮草城商铺,开发商承诺按照每年8%的利率,三年返租。但不到两年,资金链断裂,百十来号业主举着旗子去维权,折腾两年,找过政府,找过媒体,老板被抓,公司破产,众人无计可施,小舅妈的四十万也打了水漂。

从解放路到江滨,总计两公里半。江滨路原为红白一条街,多半是寿衣店,婚庆店。往里走内有门道。建于上世纪八十年代的老楼里面,有些亮着紫红夜灯,挂着足浴按摩店的牌子,有些没有门面。他小学六年级下学期,跟同班男生打架,把人胳膊扭断了,被留堂罚抄,八点多才被放行。经过江滨,见一个穿丝袜、高跟鞋,画着浓妆的女人斜靠在一根电线杆上,手里夹着烟,冲他笑了笑。胡杰峰呆了片刻,当晚就遗精了。后来他才知道,那天看见的正是风尘女,而他居然因风尘女而遗精,这事多少令人觉得有些耻辱。两年前,因芹江要申报国家5A级景区,全市开始进行河流整治,山林维护,红灯区也被改建成服装一条街,从业者退到更深处。光明正大总容不下蝇营狗苟,虽然也不过就是一体两面。如今这边沿街多是韩国女装店,但店内衣物实际进口自杭州四季青。除此以外还有一些奶茶店和手工甜品屋。

还是一月底,按理不该那么热,胡杰峰穿了一件绿底格纹毛衣,一件灰面薄夹克外套,稍一动就汗流浃背,后悔出门时多穿了秋衣,像一层热雾粘在身上。他停了下来,搓了搓手,发现不是自己的错觉,是真起了大雾。不知何时,江面早被漫天大雾覆盖。

他已经跑到芹江边,这是钱塘江的源头。原先污浊的江面,在几年治理下已渐显清澈。远处凤凰山在大雾里山头隐没,只剩下凤凰塔的线条。一条大桥横跨江面,下有五个桥洞,以前居中的桥洞总有流浪汉夜宿,如今早不知道被驱散至哪里。他走下马路,顺台阶进入一条江边低道,道边开满叫不出名字的白花。一根浮标,半悬天空。几个中年男人跟他照面经过,听口音像是游客,只是大半夜在江边闲逛,也不像喝过酒。他停下脚步,四人径直走过,不免暗嘲自己神经过敏。他工作八年,涉命案件也就五起。多数偷摸盗窃,打架诈骗。江滨中路一条小道进入,有一月关路,路上有家小诊所,里头就一个姓赵的女医师。丈夫很早去世,有个儿子,在杭州工商大学读法律,毕业后在法院做法律援助。之后她托人在杭州黄龙找了一家还算不错的律所,儿子就在杭定居。2012年前后,赵医师报案,丢了两公斤黄金。之前放在衣橱保险柜,平素也不会查看。某日到家,忽然想起,发现柜内空空。查了大半个月,也没消息。她所在的锦江家园是那种老小区,没有监控,更别说门卫保安,门口就一个修鞋摊。偶尔来个人磨菜刀。关键具体也不知道什么时候丢的,现场几无指纹留下。这样的案子,周围排查后,破不了的十之八九。他们除了定期提醒市民注意财物安全,谨防诈骗,科普一遍,也无能为力。但对胡杰峰来说,最吃惊的不是案子本身,而是这家不到二十平米的小诊所,平时就看她给人打吊针,像没什么花头精,居然藏着那么多黄金。不知是否因为身居南方之故,北方可能有所不同。

电话催了过来，斐斐问，好了没有。胡杰峰道，快了。还早。他快跑到江滨北路了。中路和北路交接处的公交车站，造型看起来像被锯过的木桩。芹江位于金衢盆地的中心，是浙赣皖闽的交错地，四面环山，民国时土匪盛行。原本徽商以茶木盐典为业，宋室南迁后，杭州为刻印中心，需大量木材纸张不断输入，这里比徽州多一点渠道便利，木材源转自芹江。至民国，这里已成为赣楚湖广的粮盐要道。上世纪五十年代搞建设，巨木砍伐过多，民众也没保护意识，待清醒过来，资源已渐次枯竭，近十年更甚。政府就地取材，做起根雕博物馆，连公交车站也做成根雕样式。但只有仔细端详，才知用的不是真木，而是树脂。景观花圃装着地灯，自下射出一道绿光，大概是让夜晚发黑的树木显得翠绿，但有点瘆人。车站旁边停着一辆黑色的奥迪Q5。车尾灯亮着，但驾驶位却是空的。等车的横椅上，坐着一个年轻女生，穿一件黄色羽绒服，衣服下摆露出格子裙的边角，失魂落魄，像个孤魂野鬼。胡杰峰想劝她早点回去，那女孩的模样让他想起自己，从前的某些时刻，过往的深夜，他也曾这样孤零零地走过。像失眠后的漫游。

他印象中不记得哪年春节，有过这样热烘烘的大雾天。他脱掉夹克衫，夹在胳膊肘下，放缓步伐，但还是热得难以呼吸。脚上那双灰蓝夹杂的纽百伦球鞋是在网上花一百九十九买的，脚底板全是汗，脑袋湿漉漉，不像穿过大雾，倒像穿过一场小雨。

烧饼店亮着灯，坐着一对喝粥的青年男女。市里小吃店有几家，白天卖豆腐包、玉米饼，晚上卖青丝、豆腐干。这里除烧饼,还兼售小馄饨和三头一掌。这家开起不到两年,但生意最好,由母子两人料理。店主小邵今年三十岁,单身,母亲不到六十,算账很慢,大家看在手艺的份上,也不催促计较。斐斐嗜辣,但已经孕晚期,忌口为佳。胡杰峰数出硬币,放在纸壳钱盒里,吩咐做十个不辣的。小邵摸油的手拍了张饼,直接往贴着铁皮的大木桶里伸,右手关节全是发黑的老茧。

几分钟后,胡杰峰用纸袋兜住十个烧饼出了门。饼刚烤出,纸袋不断滴油。青年男女还在。一盏路灯坏了,闪烁不停。回家前他还得再经过一次派出所。最近派出所老楼整修,四处是脚手架,铺着防护绿网。走到派出所前,道路两侧玉兰树长得高大,因为光照的原因,沿着大道从东往西,左侧的玉兰树还打着骨朵,但右侧早就开得过度,坠了一地。黄白粉交织,铺满路边,踩过去脚底发黏。胡杰峰点了根利群以解乏。以前他抽得多,最近跑步,抽多易干呕,烟瘾大减,从一周六包降至一周一包。手里这根现在快抽到底,他记得过去五十米,美心西点门口有只垃圾桶。但到那却没找到。再走两步,烟头快烫到手,才看见交叉路口背面,五六只绿色垃圾桶胡乱放着,地上垃圾四散,一个环卫工在不远处收拾。那人六十不到,看起来比实际年龄衰老。胡杰峰把烟头在拖车壁上摁灭,扔掉,烟灰落了点在裤子上,他伸手抠掉。黑色垃圾袋的袋口多已扎紧,但仍散发出一股西瓜皮、鱼骨混生的恶臭。不像隔夜,倒像放了很多年。他把右手别在后面,尽量不让垃圾沾到烧饼袋。环卫工看了他一眼,没作声,继续把筒里垃圾袋提出来,哗哗的声响在这个空寂的深夜显得尤为刺耳——再往前走两百米,就是之前那起案子的案发地,这里的沿街店铺早已打烊。那天晚上九点,一个看去四十来岁的女人前来报案。做笔录时自称黄丽玲,三十八岁,做点小生意。女友操皮肉生意。但现在天寒地冻,过九点,就很少接客,尤其是周二刚听说小姐妹谈了个男朋友。

当天是周三,小姐妹发着消息,就没了动静。等了一小时,打电话过去,也没人接。因为住得不远,她手里还有一把多余的钥匙,直接跑去找人。一开门,却见小姐妹仰面躺在沙发下。胡杰峰他们赶到现场,发现身上没什么伤痕,像心梗。待法医到后,一细查,死者眼结膜充血,小舌骨断裂。周围监控密布,凶手很快找到,是一个六十来岁,在附近捡破烂的江西老头。老头在芹江二十余年,前妻也是妓女,前妻死后,他每个月大概会嫖娼一次。这次事后女的要一百,他只有五十,没能谈拢,动起杀念。破案还算顺利,但胡杰峰上司丁国忠却因命案,被责督查黄赌毒不力,降职到分管景区做交警。丁国忠算胡杰峰的授业恩师,胡杰峰刚入行时跟着丁国忠学过不少东西。刚进去胡杰峰就知道,师父不喜欢规矩,办案总是另辟蹊径,但胡杰峰自己却是一个中规中矩的人,两人不算特别亲近——没想到师父收场如此草率,告别酒也就找方可成胡杰峰等几个还算亲近的同事,在派出所附近的"堂前"随意吃了一桌,之后也没了续文。

想到这里,胡杰峰有些感慨。

年前芹江开起一些行踪隐蔽的流动赌场,多半设于废弃老宅,专门针对回乡客,据说赌注很大。年初一,胡杰峰收到消息去抓赌,发现赌场设于姚家村口的红砖小楼内。这楼已经建立十多年,至今楼面尚未粉刷,屋主和两个儿子常年在上海务工。胡杰峰跟他们都打过交道。他小时候因母亲在衢州师范学校读书,在姚家跟着外公外婆住了五年。两年前,外公去世,独留外婆一人住在大舅父家,但与大舅妈不大和睦。胡杰峰想着抓赌完毕,顺道去看看外婆。

到赌场,众人踢门而入,木板门破去半截,赌徒作鸟兽散,有人跳窗而出,红绿纸币散落在桌上。天气很冷,室内没空调,但是几件外套衣服都搭在椅背上。胡杰峰让一个下属清点数目,一出门,却发现线人也在,倚墙斜立,看见他后,主动递上一根中华。胡杰峰接过,发现他走路微跛,线人说,最近嘴馋多吃一块牛肉,痛风又犯了,左脚疼得厉害,跑也没用。两人点上烟,又闲话几句。过了一会儿,几个同事喘气回来,说只抓到三人,跑掉两个。线人搭话道,赌博跟吸毒一样,都容易上瘾,风头稍微松一松,还会出来。山水有相逢,迟早的事情。说着把烟在身后墙上揿灭,扔在水泥地上,一瘸一拐走出去。

初二,线人果然再度来报,说人在鸿盛小区12栋楼底一家破旧棋牌室内赌博。进门前方、胡两人问大概,说了长相,保安说,有点印象。来过几次,曾因停车费问题,跟几个保安都起过争执。车库扫描器有点问题,部分车牌读不大出。好几次那人说交费了,栏杆也不开,破口大骂。什么人啊,保安说,又不关我屌事。

众人悄声摸至棋牌室外,方可成暗示万别冲动。听了一会儿,洗牌声仍旧不断,方可成挥手示意众人齐进,大门被撞开。室内烟雾呛鼻,烟灰缸全满,二男一女对着一台麻将机,见人进来,僵坐不动,自动洗牌机仍哗哗不休。这是一楼,直通庭院,大门口有一道人为踩出的狭道,直通小区过道,几株瘦骨嶙峋的月季悉数开着,地下野草有被踩出的痕迹,显然人已闻风逃走。胡杰峰和方可成出门,贴墙走了一公里。小区建于上世纪九十年代初期,格局随意,沿途搭建出一些早餐铺、修理铺。道路从一个公厕后,骤然开阔,分出三条岔道,通向马路,路上车辆众多,烟尘不断。方可成停下步,骂了一句,胡杰峰松一口气。

——抓赌不过是幌子。核心是多年前的一桩案子,忽然有了进展。七八个人,还有便衣,都配着枪,以备万一。上次的红灯案,弄到一组DNA,录入库里一查,发现跟1997年的大案可以合拢。当时大案现场只留下一条线裤,多年过去,DNA早就被提取得差不多了,但技术忽然有了点进展,那一点DNA居然能对应上,发现人就在芹江,三个月前刚刚迁入,办的暂住。这边暂住证提供个大致地址就可,毕竟不是大城市。但为什么是三个月?为什么是现在?为什么又在芹江?胡杰峰想去问问师父,丁国忠曾经亲历这起案件。但以师父目前处境,他总觉得有些不好意思。而且他也能够想象师父的口头禅:时机到了而已。

是时机。胡杰峰蓦然想起来,二十年。那人可能以为已过追诉期,所以悄无声息地再次出现,并心存侥幸,却没有想到,时机是关卡,也是巨网。

二　枪案

天光初露,丁国忠带了一碟菜籽油下了楼,丁母又翻出半根蜡烛,跟着一道下来。他自行车的前轮链条有点上锈,原先属于丁父,有些年头了,他打算过半年换部新的。两人蹲在地上,正专心把链条绕回,丁国忠怀中的大哥大响了起来,他心里一惊,接起电话,是师父老吴。老吴说,快到解放路三十五号来,出了点事。

解放路35号是嘉诚金店,一栋三层小楼。二楼三楼尚在装修,一楼对外营业不到两个月。店前拉着一根黄线,隔开看热闹的人群。老板陈明傅到得比警察早不少,正在一旁做笔录。电话线被人切断了,保安袁红兵没能打通,半夜跑到花山附近的陈明傅家,才通知上。

一楼共三百四十平米,几张柜台连接成回字,保险柜大开,内里空空。出事的保安叫做陶志刚,尸体蜷缩在近门位置,旁边一盆半人高迎宾绿植。死者身上共中两枪,一枪在右膝,一枪在胸口。大量血迹在地面受冷凝结。几个检验的原本都蹲在地上,准备拓足模,丁国忠进来后,都已站起,想是大无所获。左侧装有一部小型电梯,梯内干净。老吴拍拍电梯门,却从侧边楼道往上,丁国忠和其余几人跟进。走到四楼,已经楼顶,天气阴冷,天台积水处俱已结冰。一间矮屋,显然是机房和水管道,不远处立着一米来高的电梯井。老吴叫众人小心毡鞋底滑,从兜里拿出一块毛巾帕,拉开电梯井门,打开电筒,照向黑处,电梯顶在反光,一个黑色的软物件掉在上面,像脏发,或垃圾。丁国忠戴上手套,用嘴叼住电筒,攀下绳索。电筒光轻晃,很快地,即被黑暗吸纳。仿佛稍不留意,就坠入深渊。他发现钢索全是机油,几乎吃不住力,开始好奇凶徒到底怎么下去的。他爬上来,换一个小个子的同事。同事还算灵便,半小时不到,将那东西取了出来——这回大家都看清了,是只尼龙面罩。

除一名保安遇难,按照陈明傅说法,还丢了十公斤左右的白金黄金器,加上部分翡翠玉器,总价值近两百万,分布在三个并排的保险柜里。六号是除夕,下午五点不到店铺已关门,只留两名保安值勤。袁红兵九点多时肚子疼,出门去上厕所。以前保安嫌路远天冷,趁楼上装修,常在那撒尿,后来被告至监理处。陈明傅警告,再发现撒尿就罚款。于是当日他走到室外,到解放街与文化街交口的一个公厕,逃过一劫。

持枪案罕见,枪支没找到,一个人带着枪还在外面转悠,上头说危害极大,勒令严查,但案发地面积较大,提取物证困难,众人吃住都在金店。局里拉来一辆货车,车里全是方便面和苏打饼干。一天丁国忠穿着军袄,带着暖水壶进门时,发现进门口搁着几只吃剩的泡沫面碗,同僚穿着长棉衣在打瞌睡,一地狼藉。

老吴带人将搜索范围扩大到五公里。但小城不比乡村,痕迹被踩踏得厉害。众人一筹莫展,子弹和枪支来源可能性很多,老吴说,马金镇在1949年之前,土制枪支很常见。1956年,政府还让缴枪,举报加自首,收了十来把,但目前可能仍有遗留。

局里贴告示,征求线索,陆续收到一些消息。有人来报,音坑那边见过有人用枪打野猪。但大家跑去一看,那人是个普通猎户,用的是一把改造后的气枪,且年逾六十,耳朵微聋,从凶徒攀爬的灵活程度来看,应是年轻人,或经过训练。绳索上的足印呈人字,但痕迹范围太小,无法判断身高、体重。最后老吴在保险柜顶,找到半个足印,推断身高在一米七二到七四之间,体重七十公斤。凶徒应是戴一双劳保手套,中途被钢索磨损勾破。保险柜锁孔上留下的半截指纹，队里的相机不行，连拍几天，仍模糊不堪，给他们比对带来很大麻烦。

凶徒第一枪打在保安膝盖，而保安在黑暗中跟凶手直面过，保险起见，他的第二枪几乎未加迟疑，打在保安胸口。也可能凶徒一开始就准备好灭口，为命中准确，防止逃跑，先开第一枪，再开第二枪。

现场还找到一张网罩片，应是改造后装在膛口，用作阻性消声器。但消声器也许多此一举，从尸体僵硬情况来看，案发时正是十二点到一点间，城市烟花齐鸣，正迎接1997年新年，枪声爆竹难辨彼此，完全遮挡住枪声。消声器的原材料是剃须刀，产地诸暨五泄，重点销往余姚一家私营剃须刀厂。面罩是裁剪后缝制，原先是一条线裤。他们查过，产地江苏常熟，销售范围华东六省一市。流通范围很广，追查无异于大海捞针。

开会时丁国忠说，三年前杭州转塘发生过一起灭门案，一家五口，无一幸免。被发现时，都身中数刀，趴在床边，最小不过三十六个月。保险柜被打开，财物被拿走，迄今未破。老吴说，手法不太像。用枪惯了，不乐意冷兵器。当然，省内核查是基础，看样子，不像新人。丁国忠道，作案像修炼，逐步升级。有没有可能，之前没搞到枪。老吴不作声，丁国忠问的时候其实自己也明白。那案子的细节他很清楚，不用翻卷宗，也知道不是同一个人，说不清为什么，大概就是直觉——气息不一致。他道，之前一个广州枪案，在沈阳才抓到人。从南到北，范围太大。老吴沉吟片刻，道，我有感觉，他离我们不会太远。线裤是女童款。这种女童线裤，愿意往脸上带的，是什么关系？老吴问。丁国忠道，女儿？老吴说，嗯，就算不是女儿，也一定很亲密。丁国忠心道，未必。

被撬的三个保险柜，第一个保险柜开始是从锁孔下钻孔，但没能打开，又改至锁孔，至第二第三个，痕迹相对轻巧，说明对保险柜不算熟悉。这跟他们认为的有前科略有矛盾。袁红兵从出门到回店，中途偷抽一根烟，加在一起，也就四十分钟，但当时凶徒已离开，说明行动不慢。可能当时凶徒正侧身电梯内，本可开枪，但却选择逃离。也许有一个时间，两人一明一暗。

真是命大啊，丁国忠想。

工作组决定赴北京请求发协查令，把能找到的物证送去研究所和院校，辨析来源。芹江和省里报纸都报道过这起大案，连丁母都跑来跟丁国忠打听情况。丁国忠找老吴汇报时，师父正在读报纸，徒弟一进门，就开始骂：胡扯，现在报纸上写的都不能看，大概也就天气预报作准。丁国忠道，天气预报也说不好。他顺手接过报纸，记者写得很悚然，莫名读出一点武侠小说的传奇意味，丁国忠看见标题四个字：飞檐走壁，加黑加粗，他想起滑溜溜的钢索，心道，虽然略微夸大，倒大致没错。

丁国忠第二次跟陈明傅打照面，是在金店二层办公室。陈明傅带一副金丝边眼镜，胡子刮得很干净，有几分像港商。说到一半，摘下眼镜，拿衣服下摆揩镜片，见丁国忠盯着，道，左眼一百五，右眼五十度，可以不戴。

一个女人在楼下大骂"血头、杀人"。丁国忠从窗口探头看，是陶志刚的遗孀范雪琴，看去四十来岁，一米六不到，颧骨突出，人极瘦，胯却很宽，穿一件黑色夹袄外套，袖子缝着白麻袖套。通知家属时他在现场见过一次,因死因明确,无需尸检和笔录,丁国忠和她只打了个照面。他只记得当日她哭个不停,眼下他对她同情之余,还有点兴趣:按理应该怪凶手,怎么怪起雇主?

陈明傅说,脑子有问题。她老公叫我找工作,我看在同学的面子上给了。出事我又不想的啰。

丁国忠笑笑,说,以前听说你是卖老鼠药的?

陈明傅说,怎么可能。卖老鼠药能发财,人人都要去卖,说着背靠椅子,懒道,其实是倒卖铜线圈。以前不好说,但现在告诉你也无妨,都过去了。两人聊了一会儿,陈明傅说还有事,司机在楼下等,丁国忠说,好的,那我跟你一起下去。楼下停着一辆黑色奥迪,陈明傅缩进车里,挥手跟丁国忠告别。车子驶离,带起一阵烟尘,范雪琴骂了一会儿,也停了。丁国忠走到近前,跟她打了声招呼。

范雪琴对他应该有点印象,丁国忠说去聊聊时没反对。她骑电瓶车,丁国忠蹬自行车,两人一前一后到了警局。进房间后,她揭开围巾,摘下手套,露出一张冻得通红的脸,丁国忠倒了杯热茶,范雪琴接了,说,十多年前,陈明傅也就是一个吃了上顿没下顿的瘪三。不知怎的,结识一个深圳有点门路的朋友,于是把所有身家都押上,开始走私汽车和手机。又找了几个天台、临海人,将温岭一个省道边的小村庄作为中转站。生意进行未多时,就被海关查到。好在其中一个姓张的天台人有点白道关系,东西虽被没收,但走私却因证据不足,没有定罪。原本也不算什么。范雪琴道,但是当时有一笔近百万的钱款,放在他们一辆运货的夏利车后面。车停在前岙村一户民宅地,上面用稻草覆盖,除当事者,没人知道。但等人放出来,车子还在,后备箱的钱却不见了。

范雪琴道,钱毕竟谈不上干净,加上刚刚被放出来,其他几人只能就此作罢。但都知道,只可能自己人干的。陈明傅说不知道情况,当时人也还在牢里,分身乏术。这话没错,但当时他外面有个姘头。之后陈明傅去了武汉,等回到芹江,阔绰不少,包楼造金店。这钱哪里来?他说是做生意,做包工头。但之前呢,可真一点动静也没有。丁国忠道,这事你怎么知道?范雪琴说,老陶和陈明傅是同学。小学到初中,两人好得合穿一条裤子,算交过心,所以知道一点。陈明傅做起生意,两人疏远不少。武汉回来后,他宴请老同学。特种纸厂的生意不好,老陶想回芹江,问姓陈的有没合适岗位。陈说店里缺个保安,让年前就过去。说到这里,范雪琴眼圈泛红:他一喝多,嘴不上闩。可能听者有心。店里说是四个保安,但多数时间其实只有两个。偌大金店,只有两人。姓陈的为什么那么放心?他买了保险。丁国忠说,听你意思。范雪琴抢道,我没什么意思。

丁国忠送走范雪琴,说,陈明傅历史得好好查。老吴之前坐边上,听到两句,说,不是没有可能性,但凡事讲证据。女童线裤还记得吗。丁国忠说,怎么。老吴说,陈明傅还没结婚,至少明面没有,你可以问问他有没有别的旁系亲属。

没等到丁国忠去找陈明傅,保险公司自己找上门来了。陈明傅的理赔申请刚过初核,但因数额过大,保险公司派人来查始末。调查员姓娄,看样子三十来岁,蓝西装上沾着几根细白的羽绒，面相忠厚，长脸宽额，但眼神却很机灵。丁国忠拐弯抹角问几句，小娄就已明白大意，说骗保案之前遇到过，多数是人寿险。经手过最离奇的一起，是人坠楼身亡，但家属移尸到车里，找几个朋友，伪装成车祸。但陈明傅不太像。从当时进账单来看，陈明傅也没虚报，就是买保险的时间比较凑巧，跟案子也就相隔两个月。但毕竟经营珠宝行，不买保险反而蹊跷。开店说要赶在年前，也没太大毛病，做生意么。丁国忠说，嗯。小娄说，我也就这么随便一想。但对我们来说，损失不小。如果有什么消息，丁警官，你及早跟我说。

　　三月中旬，老吴召集开会，说送去兵器部208研究所检验的弹壳报告出来了，民主东德造，越战用过。众人皆吃一惊。有人提出，可能是参过越战的老兵。丁国忠沉默半晌，说，有个想法。老吴说，怎么？丁国忠道，我查过，嘉诚金店的翡翠是从云南瑞丽一带进毛料，再打磨。瑞丽靠缅甸、老挝、越南都很近，边境线四千多米长，人员往来频繁，尤其姐告那边，与缅甸毒区也就一张铁丝网相隔。那边走动多了，弄到枪支不难。别说小口径步枪，手榴弹，雷管等等都被收缴过。老吴说，嗯。陈明傅有点渠道不稀奇。范雪琴说的，我找过一个天台的同僚问过，确有其事，只不过当时保他的那个，叫张畏，不是天台人，是温岭人。手下有个军师，曾经是公安系统的，如今在其集团做保安队头子。走私款也有一个说法，说是就这个姓张的拿走，他出事一个月后就在当地盖商铺门面。陈明傅说在武汉几年，跟着几个绍兴人搞建筑，但做什么，始终很含糊。我觉得可以作为一个方向。

丁国忠发现自己又走到嘉诚金店。这个月他已第三次转至金店门口，像一种深层的无意识。楼下堆着砂石和水泥，还有瓷砖和人造大理石，两个工人正背着几台机器往里走，差点撞到他。丁国忠闪身避开，却见陈明傅在边上，依然西装革履，在一堆工人里很显眼，但嘴角长起一个火疱，脸色青灰，嘴唇发白，眼镜半架头上。丁国忠打招呼，干啥呢？陈明傅道，客人不敢上门，闲着也不是一回事。楼上本就空置，想弄个酒楼和K歌房，搞旺人气。过两天餐厅营业，你来吃饭。报我名字，给你打折。

酒楼营业当日，门口花篮一字排开，地上全是爆竹炸碎后的红纸。丁国忠踌躇片刻，上楼。电梯四壁木板没全拆，大概防止建材磕碰，但重新上过色，壳板内露出银色涂料。正值饭点，又是节后，二楼人头满当，桌上铺着红布，他好不容易才找到一个靠墙位置。服务员拿来一本红绒厚菜单，贵价海鲜列在前面，名字很好：金玉满堂，鸿运当头，白玉观音。看来保险理赔的钱，全被陈明傅砸进装修，跟他们当时检查时清水混凝土的模样相比，变化很大。丁国忠翻着菜单，服务员说，现在有促销活动，要是点八喜汤，可能找到金器。一天一位幸运顾客，还有五天就活动结束。丁国忠惊道，这么大手笔？回头却点了一碟清炒时蔬，服务员笑而不语，把菜单收走了。等到他吃完面前菠菜米饭，准备结单，十三号桌骤然发出一声欢呼，丁国忠看桌上那谢顶的男人手举汤勺，从嘴里抠出一只戒圈，很小，两克左右，18K金，大概值三百来块，顿时闪过一个念头，这人可能是托，但是他很快打消了疑虑，那人欣喜若狂的表情不像提前安排过。他跟着其他人一起鼓掌，心道，陈明傅真挺会做生意的，换其他人遇到估计早颓了。

丁国忠跟师父说起时,老吴说,说最近陈明傅麻烦还挺多。丁国忠说,怎么。老吴说,陈明傅之前不是想在楼上弄个赌坊吗。丁国忠道,啊,他跟我说是做K歌房。老吴说,表面是,但其实是中福在线那种博彩游戏机。K歌房怎么盈利?我听说消防口一直没过,已经折腾快两月,一报再报。丁国忠道,他不是很厉害吗?老吴说,我看他流年不利,最好不要再多动作,容易破财。丁国忠道,他这种人,不会消停的。不过师父,什么时候你也信起这套?老吴说,干多这行,就会相信自有神明。但你还年轻,体会不到。丁国忠嗯了一声,不以为然,却未加辩驳,想起范雪琴的话,顺口道,说到底,就是时机问题。

三　密林

胡杰峰有意避开母亲去上坟。他父亲的墓地在马金山,两个伯父也都葬于此。这次一来,他发现父亲旁边添了两座新的,墓碑上有照片,其中一个女性,看起来不过四十出头。周围芦苇秆半插,彩色小旗迎风而动,日期是一月三日。新墓碑多半采用花岗岩,做成亭台模样,地上摆着塑料花和黄白菊。相较之下,他父亲的简陋不少,只有一块青色板石。加上疏于照料,早已长满杂草。胡杰峰弯下腰,一一拔除,从背包里拿出一瓶伊力特曲,斟满瓶盖,洒在墓前。

2008年胡父胃癌去世。1999年,父亲和学校里一个女下属产生私情,被胡母知道后,耗时一年半,还是离婚收场。2007

年，胡父查出患病，跟一个照顾他的远房亲戚好上，签下一份遗嘱，将房产过户给亲戚。临终前，大概骤然想起儿子，觉得不舍，又签下一份新的。两份遗嘱完全不同，给他和母亲带来不少麻烦，和亲戚打了四年官司，最终各退一步，亲戚之女住到小学六年级再搬离。而胡父患病一事，前后隐瞒，待胡杰峰知道消息，从杭州赶回，已是癌症晚期，只来得及见最后一面。胡母觉得，在诸多事情上，胡父欠缺考量，至其死也没有原谅。故此也不乐见胡杰峰祭拜。胡杰峰猜测，母亲若拿到房子，应会第一时间卖掉，还有三年到期。胡杰峰还记得住在那间屋子里的时光。煤球炉子安在阳台，以防烟灰太大。透过窗纱，能看见远处湖水被切割后的波光，更远处是正在修建的财富广场与彩虹大桥。左边是南湖岛，右手是大平尖、锣鼓山，林木葱郁茂翳，山脉连绵不断：石马尖、乌岩尖、朱坞尖、中山、前山。清晨或者薄暮，雾霭轻锁山麓。二战时期，两百公里外正是重要战区，一九三三年建立的机场沿用至今，九三年从军用改成军民合用，偶尔还会看见空中一点银翼，一辆民用客机飞掠而过。胡家父母都是教师，学校管多了，对儿子反倒宽松，胡杰峰晚上泡脚时都能看会儿电视。父亲坐在沙发上，等他泡完擦干，把他脚塞进自己的棉衣内捂着，翻着一本旧书，指哪读哪，有一搭没一搭地解释几句。现在他对斐斐也是这样。斐斐常说他像父亲，甚过像恋人。零二年，母亲调职华埠小学，并在县里买下一套两居室，他后来跟着母亲定居在县里，一年和父亲见面不超过三次，零四年去杭州读大学后，一年见一次也变得很难。父亲给其买了部诺基亚手机，偶尔打来电话，但简单嘱咐注意温饱和学业，就匆匆挂断。

胡杰峰从背包里捏出一沓黄纸，一只打火机。山顶碎冰微化，地面松软潮湿，天气寒冷，摘下手套后，手指发僵，连打几次，都只蹿出丁点火星。待得燃烧起来，受潮后的纸张蹿出白烟，像一面火焰之旗，锯开空气。

父亲是 2008 年四月去世的。八月，他从浙江警校毕业，还没找到落脚处。他当时的女友叫夏珺，浙江嘉兴人，大学同学，跟他一样，都是刑事科学技术专业。胡杰峰追她花去一年时间。正值热恋，夏珺提出想回老家，当时胡杰峰一无打算，二想避开母亲，毫不犹豫地跟了过去。到那边，才发现夏父夏建明是当地公安局副局长。胡杰峰想在准岳父面前有所表现，却被安排在派出所，负责前期和打杂工作。胡杰峰处理的第一起案子，是南湖花园 12 幢 303 室独居老人身亡案。他们进门时，发现人已去世至少一周。正值夏末秋初，尸体腐败得厉害。他和另一个同事李越，刚把人装进尸袋，尸水荡出，当场他就吐了，给同事笑话了好一阵。2009 年七月，月河小区发生一起独居女性被杀案。受害者不是本地人，二十九岁，租住于十七号楼四〇二室，被发现时，电线绑住手脚，嘴上封着绝缘胶带，背靠客厅椅子。死因是窒息，体内无精液，凶手一心谋财。现场几无痕迹留下。小区监控被避开，去世后死者银行卡里的钱被取出。众人去调取款机监控，但只拍到背影，取款人帽檐压得很低，穿夹克，戴口罩，走路外八。两个月后，离月河不远的景怡小区又发生一起，依然是先绑架，索要密码，拿走现金，杀人后异地取款。凶犯似乎总在众人前面一步。

遭遇强敌，颇为棘手。大家别无他策，对着一段监控反复看五十多个小时,夏建明忽然神色凝重,独自出门。大家看着上司,不知发生什么。李越把画面定格,有人已反应过来,但仍有疑虑,不敢确定,煎熬两天,才跟上司汇报。

对峙当天,夏建明把司机叫到办公室,枪在档案袋下,手压档案袋。十个同事在外面,预备听到动静,即冲入制服。胡杰峰不知道夏建明跟司机究竟说了什么,但等他跟着众人冲进时,司机已经跪在地上。

司机跟着夏父已近十年,本人并没有外八字,乔装外八是在警局学会的。2007年,司机离婚,房子留给妻儿,自己搬到月河小区租住,发现小区单身女性较多。出事的那户跟其有过照面,也说过几句话。他观察数日,摸清其作息,晚上敲门进入,再行凶。跟着出警,动静悉数掌握,于是大胆起来。案件虽然破获,夏父仕途却受影响。一个月后,夏珺提出分手,胡杰峰困惑之余,也能理解。他没再苦求硬磨,背包回到芹江,就像当时去嘉兴一样。

一沓黄纸烧完,胡杰峰从背包里又拿出一摞。包里还有四只苹果,他忘带盘子,捋出三张纸,垫在苹果底下。

芹江当地不让女性上山,这次斐斐也没跟来。胡杰峰自觉不算歧视,她临盆在即,确实不便走动。斐斐七个月后,从学校请假休息,在家养胎。前几天出门,说是和朋友喝茶,回来后轻微见红,大家才知她摔了一跤。但斐斐隐瞒摔跤却是因为别的:她是去见了钢琴老师。这事让胡杰峰多少有些不痛快。刚回到芹江那阵,母亲下课回来,两人大段的相处时间,全都沉默以对。母亲为了给其留空间,借口出去打麻将。2011年,芹江市里申报国家5A级景区，全市评选景区形象大使，傅斐斐是参赛者之一。她在芹江市第二小学里教音乐，小时候学过几年芭蕾，比赛时才艺表演跳了段民族舞，裙子缀满金片碎珠，露出一截雪白肚皮。胡杰峰负责现场安保，对她印象很深。正式比赛后，他拉几个高中、大学同学和朋友，给她在网上投票，又托在报社的朋友，把她演讲稿润色一遍。结果出来，傅斐斐位列第三，虽然未能当选大使，但对胡杰峰的用心颇为感激。两人开始约会、恋爱，半年后，胡杰峰托几个同事，在南湖岛布置一番，求了婚，算是了却一件人生大事。

斐斐和他都是本地人，家里本都有房，傅家稍大一些。本来胡杰峰想拿旧宅暂且将就，等以后手头宽裕再置换。但是斐斐坚持买新建的凯龙盛世。十月，胡母把华埠的房子卖掉，又找亲戚凑了二十来万，终于买下一套一百二十平的三居室。第二年六月，两人结婚，胡家能出的彩礼钱就十分有限，酒店也只能选在芹江大酒店——市里最早的三星酒店。这么多年过去，楼早过时，荣光不复，在后建的国际大酒店比对下，更显寒伧。酒席上用的天之蓝，仔细一瞧，竹字头。宾客倒不介意。

胡杰峰的婚宴，由胡母一手操办。房间订成情趣房，中式大红，一张水床。胡母喝多，宴席结束，带着几个舅舅坐在房间，道，胡杰峰不是东西，辜负曲艳杰。已至半夜，斐斐面色尴尬，胡母还想发话，舅舅们连拖带拽，才把她带走。

曲艳杰上头有个哥哥，两人是异卵双胞胎。哥哥生来残疾，手脚不灵便，全由曲艳杰照应。那年她师范毕业，在胡母所在的小学做实习老师，教授三年级语文。正值胡杰峰失恋，胡母很为儿子婚恋忧愁，故此张罗各种渠道相亲。她对曲艳杰颇有好感，安排两人在来必堡见过一次。两人似乎感觉不坏。第四次约会，曲艳杰说，其实已有对象，对方年长自己十岁，语气虽迟疑，但很坚决。胡杰峰明白，曲艳杰需要一个强力的经济支持，于是跟母亲说，觉得不太合适。胡母虽然憾然，也不便勉强。

　　胡杰峰不太明白斐斐孕期去见初恋算什么呢？是彻底了断，还是旧情再叙？他看着火苗，发起呆，心里数数瞒过斐斐几件，能否两厢扯平。他记得两人开始约会，斐斐和钢琴老师还有余响，他整宿失眠，却也没跟母亲说清自己同步在追一个姑娘，安排的相亲一次也没缺席。

　　——他母亲记错了，他也没和斐斐说真话。和曲艳杰的约会不是在认识斐斐之前，是在那段关系的半明半暗期。也许她虽然酒醉，但是脑子深处，还是知道什么是真正不能讲的。

　　三沓纸快烧没了，胡杰峰身上都是烟熏火燎后的气味，他看看手机，十点钟，不晚。出门前他答应母亲今天得空去看大舅父，顺便捎点瓜果过去。大舅父三年前因清明祭祖，扑灭不彻底，引发山火，多个山头因此遭殃。但当时祭祀者不止他一个，也未必就是他闯的祸。但大舅父向来老实，跑到村委全盘交代。他已六十九岁，法院出于同情，判了三年，审讯期在看守所待过半年，减免部分，但最近才刚放出来。坐牢后，大舅妈去杭州帮大儿子启明带一对龙凤胎。启明夫妇两人四十多岁才生第一胎，年轻时候不想生，年纪大了，身体又跟不上。夫妇俩花十万做了试管，为保险起见，做了龙凤胎，好不容易生下。大女儿还健康，但小儿子却轻微腭裂。等到孩子十一个月，又做了一个唇裂修复手术。大女儿生了黄疸，总在跑医院。大舅妈住在杭州，和启明老婆冲突不断，反倒辛苦过大舅父。大舅父年轻时候做篾匠和木匠。2003年跟着一个龙游老板去鄂尔多斯做煤矿开采，不到一年，实在太苦，又回到老家，每天喝醉，一米六的身高，瘦得只剩八十来斤。坐牢后生活作息稳定，按时锻炼，饮食清淡，反而气色大好。今年大舅妈终于解放，回到乡下。

家族里都是一摊浆糊。大约是前车之鉴，他向来这么想的，能省事尽量省事，没有磨难的，尽量别去刻意寻求磨难。所以跟傅斐斐的相处，也遵循这条基本线。但从去年九月斐斐怀孕、丈母娘搬到家里后，形势急转直下。两人口角本不算什么，一旦出现第三、第四人，就免不了倾侧，总归她们一个阵营，而他是敌对分子。一天吵完，胡杰峰草草收拾后，回到母亲那避难——他母亲把房子卖了之后，租住在一个上世纪八十年代初建的老小区，吃用都很节俭，胡杰峰每次去，都能看见母亲挤在一张小钢丝睡觉，地上放着粘鼠板，心里很不是滋味。餐桌没收拾，放着一张报纸。报纸A1版有个抗美援朝将军的讣告。讣告里说，将军长期参与组织指挥国土防空作战，曾在朝鲜战场击落击伤美军F-86各一架，七十岁时还能驾驶苏30眼镜蛇机动。

他很想问问父亲，人到底能不能预见自己的命运？什么样的人生才值得一过？什么时候该努力，什么时候又该顺其自然？

没人能跟他聊聊。父亲已经离开了。他固然一辈子也干不成这样的大事，更像在沟槽里挣扎。

燃烧后的黄纸变作银灰小蝶，跟随气流，盘旋升至半空，很快就消失于苍白虚无。剩下一点黑火，虽然有雨，稳妥起见，胡杰峰还是把剩下的一点余烬踩灭，来回夯实几步。他忽然发现左墓泥土翻新过。一月上刚修毕，但这墓泥土显然又被翻过。上坟者好像比他早不多久。泥水里露出黄纸一角。没等全灭，那人就已离开。按照芹江当地风俗，一般年三十上午已祭祀结束。像他这样为避开母亲，拖到初三的，不算常见。细看左侧墓主人照片，眼睛全白，像被人抠过。胡杰峰站直身体，向墓地远处看去。虽然不甚明显，但是墓区水泥地外，就是泛红的山泥地，一排极浅的足印逶迤而上。这里山势较陡，他跟随足印，抓住盘结的枯草，才跨过几个险区。

风中飒飒有声，林间轻动，像涤纶衣袂轻快擦过树枝。左边一条小路，生满半人高的黄杨木丛。胡杰峰走到树丛，小心避开杂草，撩开几枝挡路的藤叶。有人拉住了他，回头一看，发现只是树枝，身上皮衣被刮出一道白印痕。他心如打鼓，冷汗沁出，退回几步，抬脚，看看鞋底。鞋底沾到点秽物，颜色发黄，地下苔草边还有一小团黄黑色粪便，凝固时间大概在两小时以内。他看了一会儿，几乎可以确定，不是兽类所留。

胡杰峰在草地上蹭掉污渍，慢下脚步。小时候他跟父亲来过这里，当时这里还散落着几幢鹅卵石和木板搭建的农宅，几只柴垛。如今老宅子和农田俱已荒废。少数垄间种着越冬白菜，但叶面枯黄。再往前，不用五十米，已是密林。沉重的窸窣声消失了。他踌躇片刻，回到墓地，折下一根楸树树枝，蹲下身，在隔壁坟地边的新泥里扒拉起来。五分钟过去，他终于确定什么也不会找到。

胡杰峰不清楚别人如何，但对自己还算了解。不坏，也不懒,但多勤快也谈不上;胆小,不适合做警察。平时出警,同事拉开车门就下去,他磨蹭一会儿,能走最后,绝不当前锋。但却莫名选择这一行当,而不是继承父母衣钵当个老师。他也想过考公务员,但是以其性格,大约很难晋升。一份工作而已,犯不着掏心掏肺,就这样吧。

胡杰峰扔掉树枝。电话铃声响起。是方可成,说丁国忠前几天值勤时被一名试图逃离现场的醉驾者撞倒,人现在在医院。他愣了下,问,伤势咋样?方可成说,伤得蛮重,好不容易才抢救回来。听说伤到脊柱神经,半身瘫痪,重新走路的可能性不大。胡杰峰沉默了一会儿,说,知道了,你去过医院没。方可成说,还没呢,想挑个时间,要不要一起?胡杰峰说,我老婆快生了,到时候不一定有时间。方可成说,也是。

好在给大舅父的果篮还在车里。他开到道上,打电话跟母亲说,大舅父那边去不了了,得去医院,看个前领导。

丁国忠的病房在中心医院三楼307室。进门后,胡杰峰发现师母不在,大概是去打开水,床边和窗台都铺满果篮和盒装营养品。丁国忠躺在二号床,比出事前黑了一圈,嘴唇焦白,但不见瘦。看他来,笑说,大案未经手几起,却因为车祸入院,实在荒谬。正好,提前早退。胡杰峰不知如何作答,师母恰好提了一只饭盒回来,打过招呼,坐在窗口椅子开始吃饭,病房充满萝卜烧肉的气味。胡杰峰觉得卡在饭点,颇为尴尬,劝慰两句打算离开,临行前递给师母一个纸包。师母推辞一番,没再拒绝,但坚持要他把果篮带走。

回办公室后,胡杰峰找了一个熟悉的中医问了问,之前他二舅舅肺结核，在杭州河坊街附近找过一个新昌籍中医，六十多岁，服过几包药，略有好转。中医问了些情况，说，脊椎受伤不能走路，说到底是津液和血的问题，但不当面见伤手诊，基本信息匮乏，看不准确，只能先止损，再吃点调理药，以后能稍微走动再说吧，必须面诊的。胡杰峰把方子转告师母，师母说是抓药煎服，却并没有后续传来。

过了一周，胡杰峰去医院看望丁国忠，在楼下碰到他和师母刚做完理疗回来。丁国忠道，好几天了，下半身知觉好像还不明显。胡杰峰说，还早，伤筋动骨一百天。药喝过吗？丁国忠说，喝了，不然怎么说慢呢。你都不知道，住院实在闲且烦。胡杰峰接过轮椅，推至庭院，让师母先上楼。有些康复病人在院中被家属搀扶着慢慢散步，院中草皮稀疏，假山瀑布也早干涸。胡杰峰说，那案子有点眉目。丁国忠说，好事，我还以为这案子破不了。所以你过来心不算诚，是有事相求。胡杰峰说，哪能，主要还是看你。

他确实有别的事情。师父问及，他也只能稍微讲一点。丁国忠说，当时那点物品，我们从广东查到广西，还跑到西北。但最终什么也没查出来。

四　骨刀

原本在打瞌睡的保安注意到火花，推醒了另一个。今年的春晚很无聊，小品都不好笑。没等来《难忘今宵》和倒计时，主持人播报各地新春贺电的时候，他们就睡着了。

起先他差点以为是一个调皮的小孩在街道扔爆竹，但等他站起身，屋内已多出一道黑影。第一枪打在他腹部，第二枪，则给了倒霉的、睡意蒙眬的同伴。他捂着汩汩流血的伤口，后悔偏偏今天答应和同事调班。

人影走到他身边，蹲下，手上有把利刀。刀子插进了他的嘴里，半截血糊糊的舌头掉在地上。那人把滴血的刀尖在他保安制服的前襟上擦了擦。对方没戴面罩。常年的夜班工作让保安养成了夜间视物的能力。走之前那人说，你好好记着这张脸，以后才能找我报仇。我不想活了。保安确定他走出门，才爬到电话机那边。后来他才知道自己因此擦掉了一些至关重要的足印。电话那头一直在问他到底怎么了，他磕巴半天，什么也没说出，电话挂断。可能接线员觉得不过是恶毒的玩笑。也不知道等了多久，救护车和警车一起到来，红蓝光线交错中，他才清醒过来，还在人间。

保安躺了几个月，每天护士都能从他嘴里掏出血块。他是唯一一个跟凶徒有过照面的人，有表达障碍，但还不算完全失语，还能在丁国忠的追问下，磕磕绊绊地把经过讲一遍，最后强调：那人叫我记住他的脸，以后去找他。丁国忠又找来画像师。画像师进去两小时，带回一张纸。丁国忠接过，说，这算什么？涂鸦还是毕加索？

——画纸上是人脸没错，两只眼睛一张嘴，但仔细看看，就知道人脸不会这样，早变了形。画像师道，他夜夜梦见的就是这张脸，有时嵌于墙壁，有时潜在水下。

身高？体重？

一米七二,七十公斤上下。和第一次的判断结果基本吻合。手法也接近。案发时间也是,接近新年零点。子弹一致。如果不是子弹,他们都不敢确实。

两边路灯较为明亮。不像十多年前。相同的是,另一个保安被枪杀,还有一个保安侥幸活下来。这次现场找到的东西较多,一把骨柄匕首,一只消防撬棍,一只面网。

此前应该踩点过。上世纪八十年代后期,银行已推行押运入库制度,钱不过夜。只有这家小信用社,操作不算规范,给凶徒留下口子。

只是,他是如何注意到的?

信用社对面开着一家营业不到半年、供过路人吃饭的小饭店,还有一家半死不活的五金店。剩下都是贴满黑白泌尿广告、劣迹斑驳的水泥墙,墙内是居民区。丁国忠在这条不足二十米宽的窄道走了二十多遍,店主和居民都说没留意过外人。巷子走五十米就到十字路口,一条高速公路横跨,中间的圆形花圃是转盘,往左通向常山和杭州,往右进入芹江市区。

1997年到现在,已经过去十一年。十一年里发生了什么?为什么停顿,为什么重启?是什么让他把子弹封存十一年?还是这十一年,他们错过了别的线索,别的案件?

丁国忠看着马路,心想,在这些呼啸而过的货车与客车里,那人也许就在其中。

这次找到的面罩全新,无指纹,无皮屑,可能塞在包里,未使用过。是没来得及带上,还是觉得没有必要?面罩材料特殊,周围盘摸时,发现没有同类面罩出售。

面罩材料面网厂址找到,在广州。也查过销售渠道,就在湛江沿线。进货商三千多家。老吴带人,带着一封介绍信踏上前往广州的火车。之后从广州到阳江,再至茂名。工厂供货多半在这几个区。商家之间密集,车辆不便停靠,他们改成走路。需要走访的商家如此众多,远远超过他们的预期,每条路似乎都有着无限的可能。有人的鞋为此磨破,脚趾也长出水泡,他们在小店又买了双新的。

师父为何不坐车?为了不放过蛛丝马迹?丁国忠觉得,师父不过故作姿态。他已经是大队长,刚进来的新手都对他很客气,但师父对他仍像对待愣头青。师父向来看不起他们年轻一代,嫌弃他们做事粗疏怠慢,比不上老一辈——还在用过去的一套标准来衡量他是不公正的,师父口气平和,但语气嘲讽——纵然轻得令人无法察觉。

他已经成家,婚姻、家庭都比立业更重要,也更现实。格局窄化了是不是?师父那一代,是按时上下班,定期完成任务,写好每份报告,梦里赤焰燃烧,摧枯拉朽,红旗和口号汇成汪洋大海,是一个阶级必须战胜另一个阶级,但他这一代,黑白不再泾渭分明,允许暧昧、迟疑和中间地带,允许一部分人先富起来——他想成为先富的那一批,在竞技场上,早已无可退。

他没跟去广东。至于那骨柄匕首,中国科学院那边检验结果出来,说为猞猁胫骨所制,开水加碱煮沸,以去油脂,再用过氧化氢浸泡。这种俗名山猫的动物,已经很稀少,平原罕见,目前只少量分布于西藏、青海、内蒙等区的山地。

师父粤地回来,歇了一周,说要么去青海看看,找当地的警察问问。万物都有来去行踪，不会平白无故地出现。

丁国忠跟老吴找到西宁公安，对方看完，说，骨刀工艺还算纯熟，建议找当地文化民俗馆问一问具体哪里有这样的工艺。他们也有一起困扰十多年的案子，凶手在白银和包头犯下十多起。手法比之残忍许多，且都针对女性。但是自从2004年之后就销声匿迹。也许凶手成家立业、金盆洗手。并不是没有可能。

在民俗馆两人结识一位浙江籍的援助官员。那官员因为在这边待太久，患上慢性高原病。他请他们吃了一顿高原罕见的黄鱼，帮忙找到村落，又顺着村落找到制刀的猎户，一直到德令哈。火车开上高原，青海湖反射粼粼蓝光，上山沿途两人还见到了荒漠猫和兔狲——感觉更像大型家猫。

找到猎户，猎户说，这样的刀，确实卖出去过六七把。后来政府查得严，加上原材料变少，就再也没制作过。有没有江浙人？丁国忠问。猎户想了想，说，没有印象。

两人要来买家名目，看着三四个字左右的名字，忽然都有点失望，好像意识到注定是无用功，不过做点工作显得还在往前，未曾停滞，其实罗马之道一直在收窄，而他们依然相距万里。

从猎户门口出来有一小段爬坡路，大家都走得有点吃力。丁国忠一抬眼，惊道，师父，你。老吴抹了一把，看见手背上一道鲜红血痕，不得不仰脸，捏住鼻子。丁国忠扶他在路边找了块山石坐下，老吴道，估计太干燥。浙江官员劝他在西宁医院打个吊针，做个检查，老吴说，算了，回程再说，也没几天了。他说，就是太干燥。

火车大概正拐入一条狭道，丁国忠在列车晃荡的震动中醒来，看见师父已醒，外面阳光照在水杯上，师父胸口印出一块红黄蓝绿小光斑，看去像个小彩虹。他从铺下行李包翻出两罐一升装便携氧气瓶，给师父吸了两口。那个援疆干部嘱咐捎上，未料真派上用场。老吴问，这边海拔多少？丁国忠道，不到四千。老吴又问，还剩几个小时。丁国忠道，三十五六个吧。师父，你要不要再吃两粒红景天？老吴说，不用。这绿皮火车比我之前到西北快太多，那时我们无论去哪里，都至少八九个小时起步。下车两脚水肿。对了，我跟你说个故事。你说，丁国忠说。老吴说，有个西北农民，以前靠修家电为生。手巧，但是有点心眼。就是每次修电器都会再留点故障，让人再找他。次数一多，也没人找他修东西。这样一来，生活每况愈下，加上那年超生罚款。原本想要儿子，没生出来，生下两女，不得不搬家走人。丁国忠道，常见。我有个同学的小儿子，外号小八千，就是因为家里超生，罚了八千块钱。老吴接着说，刚刚搬到异地，找不到活儿干，一家人大半年没什么收入。一天夫妻俩走路，想碰碰运气，却遇到一个白须老人。老人说，我给你算一卦吧，你看起来心事很重。他将信将疑，老人道，记得去凤凰山背后，去挖一挖，能够挖出两块石碑，碑上有你先人名字。然后你供到道观里。可以转运。他真去挖了，也真挖出来，分毫不差，所以将碑送到道观。丁国忠说，有意思。老吴说，一个月后，夫妻俩想去还愿，结果发现两块碑被作为踏脚用。他不大高兴，想靠墙放置。结果一个管理道观的道士就来跟他吵架。当夜，他上山杀人，纵火烧观。包括道士、住持、香客，共计十人丧生。住持心和左眼珠被挖出，脸上砍五六刀，胸脯和脚上分别挖去三块肉，扔到两个房间里。丁国忠道,挖眼睛能理解。但为什么肉要分开放？老吴说,不知道啊。丁国忠说,只吵一架,不至于。老吴道,你说对了,主要他觉得老婆上香时,被那住持调戏。丁国忠说,这案子我是不是听过？还是师父你杜撰？老吴说,改了一点,多数真事。道馆在汉阴,也就两年前,现在去还能找到旧址。但我们今天不讲真话,只讲故事。后面还有一段,关于他如何躲避追捕。别看人家只是一介农民,五百多个警察为了找他,费去一个多月,就是找不到。后来他是吃不消想家,才给伏击在门口的警察抓到。但这故事,我主要觉得,有意思的地方在前面。丁国忠说,你说算命。老吴说,嗯。如果没有那一卦,是不是他不会挖出石碑？没有石碑,是不是也不会有后来的事？丁国忠道,不好说。本身心术不正,生活又屡不如意,迟早会犯。但师父,我不懂你意思。老吴瞥向窗外戈壁,群山莽莽,像洁白的尸骨,只有少数骆驼草提供一点绿,丁国忠忽然明白为什么这次见的人都对大红大绿有着特殊的执念——没有颜色确实足以令人发疯。老吴道,十年前陈明傅被人告发,说私藏枪支。这件事情我不追问。我们这行,有时一个动作,可以捞人,也可以抓人。你现在能独当一面,这话我没必要说。丁国忠道,师父,你有话直说,是怀疑我做的手脚？老吴说,够直了。我们能破的案子始终少数,超过二十年,一过追诉期,这事也就这么算了。很多人也活不到那个时候。丁国忠说,师父,我不明白他为什么会掉下一柄骨刀。说不定我们大老远跑到这,是遂他愿。老吴说,也可能只是像那保安说的,不想活了。

火车正缓缓进入南方,窗外的树木和电线被拉成斜线,戈壁后退消失，风景又将转入熟悉的阔叶林带。丁国忠站起身：水有点凉，我去换杯新的。你吃药。老吴点头，斜靠在下铺枕头，闭上眼睛。列车员还没来得及收拾厕所，过道粪水溢出，车厢弥漫着温暖熏人的臭味。多数是务工者、回乡客，蛇皮袋和人都坐在地上。还有几十个小时的火车，疲劳当前，无法顾及脏乱。丁国忠大步走到接水处，装作没有看见。

回到芹江后，老吴依然走路喘气，以为是西北行后的遗根，不得不去医院检查。查下来是肺癌晚期。医生跟师母说，化疗人遭罪，也没希望。与其花钱遭罪，不如早点回去，该吃吃，该睡睡。师母没和师父说。四月暮春的一个傍晚，师父吃完晚饭——白虾、青番茄炒肉，一口饭噎住，没来得及送医院就走了，前后不过五分钟。

师父灵堂布置得很简陋，老宅外零星放着一些花圈。师母坐在中堂前的一张长凳上，被几个亲属扶住肩。丁国忠把白金塞到师母手里。师父女儿吴音音也在，站在一侧，马尾垂落肩膀，挡住她细白的脸。之前听说她在北京师范大学读书，和一个山东莱芜的男生结了婚，定居在北京通州，好几年没回来。他还记得自己二十出头，战战兢兢、拎着糖饼纸包去师父家拜年，曾见一个穿红色棉衣的小女孩站在楼下独自跳房子，嘴里念念有词：一，二，三。最下面的格子线白灰粉磨损一半，也不在意——现在居然已经这样大了。

是他糊涂了，自己女儿丁倩都已经三岁了。

师父的遗体看去比其活着的时候瘦小许多，不到九十斤，一把骨头蒙着一层薄皮。他留到最后，跟着送行者依次在遗体边放下硬币。师父的遗体被白布包裹着，头顶边撑一柄黑伞，等待被推进火炉，直到化为青烟一缕。

丁国忠常想，师父到底是真不知道，还是假装？师父这样心细如发的人，一百八十平米的现场，连一丝多出的指甲都不会错过。他还记得1993年，师父从女尸鞋底颜色就能判断其身后移动过，顺藤摸瓜，找到隔壁村独居河边的凶手。多少人能分得清楚夹在灰泥里豆青色和叶青色的区别？老吴这样的，本不应屈居在芹江这样的小派出所，但就这样柴油一般耗尽一生——他不信师父会错过体检报告上的C，而是被师母轻松瞒了过去。

他从师父那番话里忽然读出了别的意思：人一生得带着无数秘密生活，人是被那些秘密捶弯，捶进泥土的。

2009年八月，丁国忠和两个同事去江西抓逃犯，地点踩好，以为十拿九稳，但刚进门，屋子就炸了，逃犯在身上绑了炸药，见人进来就引燃。一个同事手臂炸没了，他在最后，伤得不重，休养半年后，调到基层分局，挂职一年，回来后升到副局长，顺利得连他自己都意外。当然，跟他媳妇的家世多少有点关系。而这十多年，监控早已密布，甚至包括偏远的郊区和山林。罪行的隐瞒变成一桩难事——一切都被天眼记录在案。身份证，DNA和指纹录入，从初生婴儿时期就开始，谁也逃不了。有点头脑的罪犯仿佛一夜消失，他们总是会留下蛛丝马迹，留下疏忽和漏洞。人的隐私就铺陈在光天白昼，他甚至开始怀念以前和罪犯的斗智斗勇的日子。

很多次他翻过师父留下的卷宗，看着师父写下的蓝色墨水迹，总结出来的探案方法，终于明白了——不是当时凶徒太厉害,而是他们当时太落后。他们错过了多少痕迹,却任其风化消失。他们也许也弄错了,冤假错案避免不了,有些谜题永远也解不开。人不是神,也不应当冒充神,假借正义之名,行自以为正义之事,再将板斧落向他人——唯有贪欲恶念才真实,唯有贪欲恶念才属于人。

他从卷宗里翻出那张画像,看了又看。这个人存在过,但最终遁影消形。丁国忠想,那人说的是大话,真不想活了,投案自首,逃又何必。

五　火宅

胡杰峰到局里,汇报了山上的情况,方可成等几个人上了山,发现墓区除粪便外,还有人为烧火的痕迹。当地地形复杂,确实适合藏匿,八十年前日军靠空投细菌弹才打下来。现在也是,反成弊端:山头众多,监控不齐备,很难摸准具体方位。再往林中去,连手机信号也没有。搜山费时费力。但近来天冷,也无补给,如果那人在,迟早会出山。毕竟二十多年前的悍匪,手里也有枪,地点又很难确定,不能贸然行事。

胡杰峰正开会,众人在如何推进上各执一词。斐斐忽然发来消息,说人在医院,要剖腹,一时没反应过来,跑到过道,避开众人,回了电话。斐斐说,本来下午取最后一次产检报告,发现其中一个数字变成三千五,医生看完,说,肝胆汁淤积严重,需立刻入院。因为时间也不早,第二天早上十点剖。先办手续吧。

两人从怀孕开始就打算顺产,斐斐孕期体重增加不多,行动轻便，每周下楼活动三次，每次一小时，胎儿大小也合适，仿佛势在必行。实在人算不如天算。他打算把手里余活收拾一下，取点现金再过去。过了几分钟，斐斐又打来，说一个产妇临时不生，医生时间空出，今晚九点就能剖掉。

胡杰峰听完电话，通知了下母亲，让她准备点小米粥，怕斐斐醒来要喝。斐斐早备好待孕包，孕妇卫生巾、乳贴、奶瓶等都装在一个大号子母袋，他叫岳母直接提到医院。等他赶到，斐斐刚做完术前检查，手上插着静脉注射的管子，正预备推往手术室。胡杰峰抓住她的手，说，别害怕。斐斐点点头。

门外放着椅子，有个男的正坐着打瞌睡。胡杰峰坐了一会儿，决定还是进去陪一陪。护士没有拦他。斐斐正躺在手术台上，肚子被剖开——共七层，过程漫长。医生的手掏了进去，掏出一个婴儿，扑上白粉，凝结血污，又拍拍屁股。婴儿哭出声。床上已经变作他岳母，绿被子拉到脖下，双眼紧闭，嘴巴微启。他反应过来，岳母不是睡着，她是死了，这里并不是产房，而是凯龙，他们的那间屋子，有人闯入过。斐斐在客厅中间，和婴儿躺在一起。他没有觉得很悲伤，还是按部就班地拍着照，跟日常程序差不多。他在等那人转过身，像跟在一台小型摄影机后。但凶手始终没转过来。

胡杰峰惊醒了。时间只过去半小时。护士推车出来，斐斐手术结束，但麻药未过，看起来苍白憔悴。护士把婴儿贴向他的脸，是男孩。

岳母和母亲都很高兴。病房只有一张陪床板。胡杰峰叫母亲和岳母都回去，自己留下。到了半夜，斐斐忽然胃疼，胡杰峰找来医生，医生说没大事儿，麻药影响。两人折腾一晚，没能睡着。初生儿需要吸乳，斐斐刚开始喂奶，还有些羞涩，等到第二次，就娴熟不少。

胡杰峰跟岳母轮流换班，还是疲累不堪。初五晚上，他顶着一对黑眼圈跟发小谭波找了家夜宵摊吃饭。局里常聚餐的一家没开，两人扑了空，沿途走走看看，就这家还开着。饭店虽小，但因为正值年关，所以店里全是睡不着觉的小年轻。厨房就搭在临街，垃圾筒不过一尺之隔，污水随意泼溅，到处都油滋滋的。

谭波下半年一直在外地做工程，还考了一个二级工程师，证书挂靠在一家建筑公司，一年五万块收入。妻子刘雅莉是重庆人，两人在西南政法大学读书时遇到。异地了好几年，比胡杰峰还晚一年结婚。之后她在宁波一家小律所工作，去年年底辞了职，据说是要考成人研究生。

谭波说，怎么不去你们局对面的老赖饭店，我记得他们家汤瓶鸡挺好。胡杰峰说，欠钱跑了，人上了老赖名单。谭波说，不是吧。胡杰峰说，真的。谭波道，怎么感觉现在大环境又不行了，前几年还高歌猛进。但这个名字倒很衬他。对了，我之前不是跟你说，有二十万放在我一个小舅舅手里。他平时给人做点转贷业务。年中有个做电梯的湖州老板，借了两百万，贷期一个月。三个月过去，钱拿不出来，人被抓了。据说和当地公安局的一个人有点关系，说是抓，其实避债。我小舅舅急得跳脚。他虽然做现金生意，但手里钱不多，大部分都是跟家里亲戚借的。所以我就想让你打听打听，什么时候放出来，他打算去看守所门口堵。胡杰峰说，上次就帮你看了，显示拘留。其他没什么消息，毕竟隔市。你小舅舅现在生意做这么大？都跑到湖州去了。谭波刚想说什么，老板娘送上一屉包子，两碗稀饭，拇指戳到碗里，谭波面上有点嫌弃，胡杰峰不介意，顺手接过。芋头丝和什锦大头菜放在电饭锅边，白瓷小碟摞在一起，客人自己取用，茶水不送。谭波抽了两张纸，将筷子擦了擦，又抹了把桌子才扔掉。

老板娘送完菜，卷起袖子开始洗碗。蓝色澡盆泡满碗碟，白色泡沫溢出澡盆。他们坐在最外，对面可见一棵巨大的石榴树，没嫁接过，结出的果子又青又小。他们小时拿竹竿打落过几颗，但也不是为了吃。户主是个脾气暴躁的独居老头，对小孩子很不客气。但是他们偏又喜欢用球踢他门框，在他家庭院掼炮，再看他气急败坏地叫骂。

眼下冬春交替期，枯叶未脱尽，又抽新芽。这栋三层砖屋旧不堪言，像久无人居住。

谭波道，这笋丝太老了……小孩名字取没？这饭店生意蛮好，开那么多年。胡杰峰说，叫斯羽。话说回来，古田山那个饭店，说了好久，得空去吃。谭波说，明年可能在诸暨待一段时间，也不知道什么时候能回来。不是男孩吗。怎么听起来女里女气。胡杰峰说，这个事上我哪有什么发言权。我看雅莉歇了也快一年了。上回路上碰到你妈，你妈说你刚在衢州双港买了一套公寓。谭波略显尴尬，道，我和她现在分居了。胡杰峰讶道，什么时候？我怎么不知道？谭波说，快一年了。但你别和斐斐说。女人间闲话多，到时候雅莉再回来找我麻烦。胡杰峰说，不会。谭波说，她小时候学过画画，说要读美院跨媒体专业。但一年下来，英语和专业都没过关。我妈这边又急催她生，两边心理负担都有点大,话是这么说,但谁知道呢。

胡杰峰不便问下去,两人矛盾想是比他能说出的大。谭波说,俞莜大儿子高烧没退,不然她准备偷跑出来。我们三个也大半年没见了。胡杰峰说,小孩子吃多,容易发烧,我还第一次知道。她俩倒挺好。你啊,要不处理违章,想不起我。谭波说,俞莜母亲前段时间开车跟人撞了,伤了右脚。老公皮鞋生意不太景气,钱全变成库存,压在那边。大环境不好,有什么办法。胡杰峰说,对面那家你还记得吧?谭波说,估计人早没了。这家动作着实慢。炒菜慢点可以理解,鸭掌都是现成的,直接装就是。一刻钟都过去了,也不知道在忙什么。说着他站起身,打算去讨,老板娘碰巧端了个不锈钢盘过来,说实在太忙,万望担待。但丈夫明明就坐在门口板凳上,小方桌剩着几碟菜,慢慢呷酒。

两人吃了一头汗,棉衣有些穿不住。但胡杰峰怕骤然穿脱容易感冒,依旧老实穿着。等嗦完半盘螺蛳,已快九点。胡杰峰还得回局里,谭波说闲着没事,送一送。两人沿街道徐行,两侧零星开着水果店、药房,但门可罗雀,店员多半在低头玩手机。今天是迎财神日,远处稀稀拉拉地响起烟花,像是云朵烧着似的。走至图书馆,谭波披回棉衣,从口袋掏出一根烟,又扔给胡杰峰一根。两人因身体早不喝酒,但烟一直没戒掉,不到半根,谭波已经吐出一口痰。

站在街上看,局里灯火通明,还有同事在熬夜奋战,胡杰峰站定,我到了,你早点回去。你开车来,还是打车?谭波说,哦,那车给雅莉了。胡杰峰说,她又不上班,拿车干什么。谭波含糊道,我在工地,灰头土脸,用得也少。胡杰峰说,行吧。回头到家记得打个电话给我。谭波说好，转身走了，胡杰峰看了一会儿，不知是否因为路灯，谭波看去后脑勺泛白，肩膀佝偻，才三十出头，倒像四十多的人。胡杰峰心想，他们这代人，都是晚熟且早衰的。也许刚才走路吹到一点风，他现在觉得有点头疼，打算在开工前，趴卧一会儿，但一趴就睡到了两点，单位一个人都没有了。到家时三点多，客厅留着一盏小灯，岳母没睡觉，抱着小羽一圈一圈转。胡杰峰说，妈，还不睡？岳母，嗐，半夜哭不停，一定要大人抱着来回转圈。实在难伺候。斐斐熬不住，你又不在。胡杰峰有些讪讪，想搭把手，岳母说不用了，斐斐姨妈拿了点米粿青团过来，饿了热一热。

两人正说着话，睡在客房的岳父大概是被吵醒，闷闷起身，从他们中间穿过，去了洗手间。岳父三年前做过痔疮手术后，一上洗手间就没尽头，胡杰峰出了点汗，本想洗澡，只能算了，径直去了主卧。

隔了一天，胡杰峰去给母亲拜年，看见母亲桌上剩着一碟剁椒蒸豆腐，碟中全是菜油。阳台上挂着从舅舅家拿回的半条猪腿。地上摊着几只箱子，胡杰峰问，这是怎么？母亲说，这边衣橱太小，把往年衣服拿出来，穿不上的就扔。胡杰峰笑道，你是想买新的？胡母说，没有的事。年纪大了，怎么穿都是穿。说着去主卧，翻了一下，出来时拿了只首饰盒。胡杰峰打开，里面是一只黄金长命锁，一只手镯，精细小巧，道，这是干什么？胡母说，你小时身体不好，找干娘送了一只。我就让大舅妈买了套。斐斐这次我还没来得及包钱。今天刚取，回头你给我带过去。胡杰峰说，不用你了，我自己包，说是你拿的就行。医药费花了七千多,都能报销,等于没花钱。胡母说,你自己手里多少我不知道?说着递了只红包,红包上烫着几个繁体金字:恭喜发财。很厚一沓,胡杰峰心里估摸,不低于五千。胡母一个月薪水三四千,前段时间买房子、装修、结婚,已经拿了不少出来。她自己租的房子是最便宜的,但也要八百一个月。胡杰峰不想拂母亲好意,推脱了一会,只能收下,想着以后找个机会,补点钱在她枕头下面。

他平时回来少,但主卧床单以防落灰,依然两周必换。今天的是一套大红喜被。好像是母亲学校的一个老同事送来的。被面上有洁净的肥皂香。母亲的洗衣机很小,想是放不下,只能手洗。

父母离婚时,起先母亲不同意,但当时父亲在北京有个全国教育系统培训,借此躲了两个月。胡杰峰当时年纪还小,一直没弄清两人矛盾的真正所在。现在到了这个年纪,他意识到了,并不是非得在某件事情上寄予太多意义。婚姻是很漫长的,任何事情都可能是临门一脚。

胡杰峰住了两天,他母亲借机朝他发了一通脾气,说天天不知道在食堂吃完回来,她一天站到晚,下课还得提饭菜。但其实胡母在学校分管一点后勤,承包商偶尔拿点猪肉牛肉拍马屁,谈不上多麻烦。胡杰峰很是委屈。胡母口气软了下来,道,吵架和好要趁热,不然凉透麻烦更大。

他不得不收拾一下回家。过了一个暖融融的年,气温骤然降低,像是一小团北方的冷空气,忽然决定穿过几千公里,穿过悬崖和峭壁,变成一段无形的冰雪,停驻在小城。母亲家和他家其实距离也不远,但几乎没什么跑动。经过联华超市门口,胡杰峰远远看见一个人,疑心认错。那人却叫了他一声,是曲艳杰。

曲艳杰嫁到杭州,平时过年应在夫家居多,这次难得回来,但今天只她一人。胡杰峰问,孩子呢。曲艳杰说,跟着他爸爸。胡杰峰问,都在家里?曲艳杰说,没有。他年假七天,我们在武汉玩了三天,剩下也没几天,懒得再跑。我又不放心我哥,所以回来一趟。她看起来比生孩子前更瘦,不知道是搽了香水还是洗发膏,闻起来有股异香。两人说了几句话,耽误了点时间。胡杰峰到家时饭菜已经收齐,斐斐扎着束腹带,穿着一件粉色兔子图案厚棉袄,脸庞浮肿。斐斐说,我妈说,儿媳坐月子,婆婆连鸡蛋都不送。胡杰峰想,上次拿来二十只,你又不要。但是眼下斐斐有特权,他不再申辩,把长命锁和红包给斐斐,斐斐嫌道,小孩子戴了能作什么用。岳母凑来一瞧,说蛮精巧,先放起来。他们细软不放保险柜,都压在床垫下,防贼倒是很好,只是自己取用也不便。斐斐表情似笑非笑,说,你把手机拿给我看看。胡杰峰犹疑了一会,还是给了。斐斐打开。他回家前删过消息,斐斐没翻出什么,又交给他。手机屏幕闪了一闪,有人发来消息,但打开一看,只是一条无关痛痒的房地产优惠信息。斐斐道,今天有人看见你了。难怪不想回来,有人作陪。原本他可以不予计较,但是手镯加母亲的事情,让他实在难言痛快。两人大吵一架,连岳母进来都没有拉住。

去你妈的吧,他说,装作没看见岳父岳母的愕然神色,头也不回地走了。

胡杰峰把那辆骐达开上山时只是想散散心。一路都开着窗，山间阴冷，车也开得极快，风直往车里灌，但人却没觉得真的清醒过来。这里没有装路灯。他把远光灯打开，下了车。一束白光照向一块块墓碑，呈现出跟白天不同的面貌。他把棉衣拉链拉到顶，帽子扣到头上。刚才冷风吹多，他有点头疼。

上坡比下坡容易。他往上爬的时候这样想。以为会听见什么声音，但最终只有他自己一个人的喘息。

还有另一个人。喘息里还有另一重。等到他反应过来，已经朝着灌木丛开了一枪。

车灯还遥遥照着。胡杰峰想从口袋里摸出手机，看清自己打到什么。咚地一声，草丛幢幢黑影，一个人跪了下来，很快又站起身，还想捂着伤腿往前多走两步，很快地，又摔进草丛。

也就那一瞬间，他看清那人手里什么也没有，于是扑住，铐上手铐，在那人肚子上踹了一脚。坐回车里，胡杰峰喘着粗气，打开镜灯，从后视镜里看了一眼那人，想拨个电话回局里，才意识到刚才的风险——他可能弄错对象，滥用职权，也可能没开中——那次上坟，两人几乎贴面而过。那人应该认得他。

回来时，同事都很吃惊。他在位置上坐了一会儿，方可成端了杯苦茶过来，道，这下你可要高升了。胡杰峰愣了会儿，忽说，对不住，这会忽然急起来。

公安局厕门新刷过，有股新鲜的油漆味，里面有个小男孩，一声一声叫。大概同事小孩，寒假没处待，这么晚了，还带到警局——估计是厕纸用完了，他敲敲隔板，扔过去一包。

坐在马桶上，胡杰峰借着难得的安静，回想了一会山上发生的事情，却依然没想明白一切如何发生的。作为一个头脑清楚的人，他觉得这件事理应是不可能发生的。斐斐的消息就卧在收件箱。刚才跟同事说话的时候他就看见了，却一直没打开。

隔壁哗地响起冲水声，小孩走了，走廊里响起跑跳声，胡杰峰打开手机。信编得很长，比起两人见面时候的激烈，转换成文字，都心平气和不少。斐斐综述了一些问题，最后写，哀莫大于心死。中间"竟然"写成"尽然"，是她一贯的毛病，分不清前后鼻音。但是不知道为什么，他不难受，但有点同情斐斐。跟着他几年，经济不曾见好过，只平白消耗时日。

胡杰峰心里发乱，琢磨了一下，打电话给谭波，谭波年后已经回到常山路段，继续修路。接电话时，背景音很嘈杂，哐哐作响，不知是压路机还是推土机。谭波换了地方，但信号时断时续，胡杰峰大致说了情况，谭波道，那就分居一段时间，过半年不理，肯定重新惦记上了。胡杰峰说，是不是雅莉又回来找你了。谭波说，那倒没有。我们情况不一样，你们毕竟有小孩。我哥嫂生第一胎时，也吵得很厉害，可能跟女的激素下滑有关。你现在不宜往枪口撞，在你妈那边多陪一点时间也好。胡杰峰说，我妈又不要我住。谭波道，说说的。听我的，消停两天就好了，捅一捅，还能死灰复燃。胡杰峰没去找斐斐，也没回母亲那边。他关掉手机，找了家小旅店住了下来。房间靠近电梯，总有人上上下下，或者言语喧哗，将他从半梦半醒间忽然拽起，拽至一个陌生的意识空间。他忽然想起斐斐剖腹前的那个梦境，坦白说，如果最终看见的脸是自己，他也不会多吃惊。

梦是反的。他也曾经梦见过许多可笑、可怖、欲念丛生、令人战栗的场景，但都在白天一一散佚。这些恶念都在光明里被碾压熄灭，永远地封存了。他看着床前从漆黑一片，变成一个一个浑浊的小方块，方块又变成了透明的光斑，刺痛烧灼着他的眼睛。虽然困乏，但显然他又过了一整个无眠的晚上。

他坐起身，不再进行徒劳的挣扎。他以前认识一个小根雕厂的老板，佛像刻多了，成了个佛教徒，曾经送过他一本自印的《金刚经》。他睡不着，回忆几句，多半有所受益。眼下他忽然想起《法华经·譬喻品》那句话：三界无安，犹如火宅，众苦充满，甚可怖畏，常有生老病死忧患，如是等火，炽然不息。还有一句西方的诗句，众神降祸于人类，是为了后世有东西可颂唱。但灾祸种种，到底有何可颂唱处，他还想不明白。

六　花火

老吴的墓地在音坑，去那得经过一条五公里长的隧道。群山高耸，倒映深潭，半山布满过去采石挖出的深坑。因提倡环保，这里的采石场多半已拆迁，但陈年的坑洞都留了下来。胡杰峰去年经过时，发现这边建起一家驾校，经常看到贴着驾校牌子的白普桑在狭窄的山道间穿梭。每开一段路，丁国忠总要提醒一句，没开过头吧。胡杰峰说，你大可放心。

后视镜起了点雾，他打开窗，找了块抹布抹掉。冬天下淤的绿波上停着几只孤零零的天鹅状游船，一条朱红长廊通往山顶。天气一冷，这里的水上项目变成了闲置。胡杰峰忽然想起小时候的暑假,他和伙伴们,穿一条三角裤,或者干脆脱得精光,从三米高的山石上跳下,直直落入龙潭水库。那些天真无邪的时光就这样悄无声息地流逝了。好像他站在高台,纵身一跃,已是这副模样。

他出了神,几辆骑行的山地车从骐达边经过。有农户架着一只塑料棚,在路边卖枰柑——一种当地水分少、但很甜的柑橘,少有人光顾。

丁国忠道,简直了,开车还没人家骑车的快。胡杰峰说,待会就能看见更多车超过我们。路不好开,看着年年修,没修出什么名堂。我们也不急,安全第一。胡杰峰说完就后悔自己多说一句,转口说,这个事情里面,我有很多想不明白的地方。丁国忠说,问问看。胡杰峰说,可能是一些细节对不上。丁国忠说,会这样的。多少年了,说不定他自己都忘记了。胡杰峰想,也对。只是他的困惑也并非如此,他依然觉得千头万绪,人在没有线头的谜团里绕路。当然,这倒像他一贯的观感,问题会变成问题的虚焦,现实也变成现实的虚焦,并没有所谓的靶心。

他说,对了,你还记得那个金店的老板吧。丁国忠说,有点印象。当时我们还以为他骗保,查了很久。胡杰峰说,他现在也出来了。又弄了个新厂,还是他老员工找他接手的。丁国忠笑,他倒是挺能折腾的,打不倒,锤不烂,响当当一颗铜豌豆。

胡杰峰参加了审讯。这个叫黎伟军的凶徒就坐在他对面。头发全白,脸色赤红,四肢细瘦,腹部鼓出。深蓝棉袄,胸前黑镶皮,肩头大得过分,牛仔裤,深褐色便鞋。卷宗里那张变形的画纸,跟这个时期的他有点像。画师,以及那个被割舌的保安,冥冥之中，奇诡地抓住了他在未来某个时间可能呈现的面貌：法令纹，抬头纹，泪沟，都与当时多余杂乱的线条不谋而合，甚至如出一辙。没有凶残，只有失意。

胡杰峰对此有点意外，但也有点释然。他忽然明白为什么报纸上说起凶徒，所有往日熟悉的人，都会说，预期不到。他们又能预期得了什么呢。那是他们唯一能够说出、不会出错的话，足以隔开所有的错谬和正确，隔开全部的亲密和疏离，为过去盖棺定论，为秘密留下无数待挖掘的通道，让司空见惯的陈腐变成永不可能穷尽的新鲜。

黎伟军交代了两起案子，详实且简明。钱花完后，出去过几年，在诸暨和宁波，后来又回到芹江。干过运输、加油站、包过出租，都没成事，全砸进了赌场。开始赢得多，五个小时即能赚七千，后来只输不赢，最多的一次，一晚便输了四万。但是为何选择于三个月前办理暂住证，黎伟军没说。

他还有个弟弟，几年前投奔小姨夫，去了云南。后来没什么消息。可能死了。至于父母，很多年前就已经去世。这事情弟弟知道吗？胡杰峰问。黎伟军抬起头，表情茫然：知道什么？

他又谈起另外一起。和他们之前并的案子都对不上号。1989年的案子，早过了追诉期。那会还没枪，他用的水果刀，正中女孩脾脏。他拿走了包，快速离开了现场，共抢来二十九块钱。大概预估不到案子会破，死者妹妹陆秀云见到警察都有点吃惊。1992年，她由一个姑婆介绍，嫁到常山县。1999年离婚，女儿由前夫抚养。2001年，一个小姐妹介绍，她嫁至湖州长兴县下的一个村庄，丈夫开一家纺织工厂，两人又生了一个儿子。找到她时,小儿子已快上高中。姐姐出事前,两人早上刚吵过一架。据说当时姐姐和一个男的在约会,但是家人都没见过。有一阵子他们怀疑凶徒是那个男性,因为熟悉她的作息和规律。那天保险柜里并没有钱,但是凶徒不知道。包里钱不多,但有一只带圆镜的粉盒,她姐姐不知从哪里得来,似乎对此很珍爱。还有一年就跨入 1990 年,那年很多事都叫人分心。姐姐的故事正属于被遗忘之列。约会的男孩没找到,也可能压根不存在。

但当时她毕竟还年轻。走之前,陆秀云问胡杰峰,为什么那人要供出这件事?不说又没有关系。胡杰峰愣了愣,陆秀云又道,半带嗔怨:都死了多久了,我妈他们也都死多久了。

胡杰峰把这故事跟丁国忠说了:你说有意思吧,查出结果倒像欠了她。丁国忠说,正常。想早点忘记,轻装上阵,不是什么错。

老吴墓地和芹江抗日纪念碑相去不远。丁国忠行动不便,胡杰峰将车停在路边,推着轮椅,花了一个多小时才攀爬到顶。墓碑上写着:吴剑生,1958 年生,2008 年四月去世。"公安系统二级英模"是后来追加的,落款是女儿和妻子的名字。

丁国忠说,我师父走得突然,没留下什么话。胡杰峰说,听你提过一两次。丁国忠说,我们回兰州的时候,他跟我说,以后要能破了,要告诉他。所以只能托你跑一趟。胡杰峰道,您这说的——他是早知道身体不行?丁国忠没作声,过了一会,道,人的很多念头是秘不外示的。胡杰峰说,师父,我有时候觉得,我们做很多事情,是没有意义的。时间过去太久了,对很多人都没有意义。丁国忠说,你这算不算历史虚无主义?

胡杰峰笑笑，继续攀登，小心避开那些小石。很多答案，经过漫长的等待、猜测、推演，最终在最不可思议、最微不足道的那一刻，显出荒诞可笑、但又合理不过的结果。冬天逝去，春天降临，齿轮转到那一刻，咔哒作响，他仿佛注定得走到山顶，等伏于阴影的人出现，再宿命般的，打出那一枪。

已经正月十五，四处都是元宵爆竹声，炸碎清寒，像是宣告旧的一年终于过去，新一年终于到来。已经2017年，恒星不灭，他们的时间又磨损了一点。

市区已经不让放烟花了，胡杰峰道。

想必师父已经知道了。但是胡杰峰觉得那一刻，他必须说出点什么。

——他只是想说出来罢了。

七 魔笛

是黄金。

他在黑暗中蹲下身，凭借着记忆，把瓮从床下拉出。半尺高，重量有些超过了他的想象。三天前他看见弟弟把它塞进了床底。他知道弟弟一定反复摩挲多次，否则瓮壁不会如此干净无垢。

里面有东西。他试探着伸进去，掏出来。是金条，数量很多，刻着"嘉诚金店"的字样。每只金条巴掌大，他试着掂了掂。一百克，足金足两。

对于出现任何东西，他都不会觉得稀奇。他读过报纸，知道发生了什么。他经过那家金店,看见玻璃台面琳琅满目的珠宝金器时也想过,抓一把,走人。

门打开,地上骤然出现一道光缝。光缝开始扩大。有东西顶着他的后背,不用转过身,也知道那是什么。

"怕不怕。"

"怕。"

他没起身,但语气平静,枪头顺着他的脊椎骨,一格一格往上,划过他的右耳垂。耳后长了一只疥疮。枪头擦破了皮,未加停留,直游上右太阳穴。

"你猜里头有没有子弹?"

"有。"

枪头仍然戏弄般地,从太阳穴往下,又推到后颈。只一瞬间,压迫感全又撤销。枪被移开。枪的保险扣咔塔一声,松了又扣回。他想站起身,没能做到。腿很麻,血液涌到脚背,变成一种哭笑不得的体感。弟弟蹲下身。暗色的光里他看见枪头上沾了点血。弟弟若无其事地把枪头夹在腋下,擦了擦,又把枪插回口袋。

"还剩三颗。试掉了一颗。"

他垂着头,没和弟弟对视,以免听到更惊人的话。他想象试枪的子弹打在某个树桩,或者某个水潭,但也许是某个无辜的陌生人。

弟弟把电筒放在地上,从五斗柜里拿出一只装满四分之三液体的玻璃瓶,将金条一根一根扔进去。金条很快像雪一样融化。他没出声,跟弟弟一样,把手镯、戒指扔进王水。

是那把枪。他想起来了。1992年平远街枪战，仍留下大批枪支。小姨夫欠债后，逃到文山，从枪贩手里弄到一把五四式。1994年，小姨夫回来躲债。待风头一过，开着摩托车四处招摇，还带他们打死过一只家养黄狗。他们把狗尸拎了回去，煮熟吃了。父亲知道后，要走了枪支，但他究竟把枪藏在哪里，没人知道。

他不知道弟弟是怎么发现的。

两层老宅后面是竹林。竹林后是一片杂树林。起先他们把剩下的金银玉器埋在杂树林左起第三棵银杏下面。过了三个月，他们发现有人常在竹林边偷挖雷公笋，于是趁着一个黑夜将瓮再度转到床下。

常去销赃的店铺就在镇上。金店老板到底卖给谁，他们从不多问。1999年，他找了个隔壁村的女人，预备结婚。弟弟送来四万块礼金——两只玉镯的价格。瓮内的东西不太多了，还剩几只特级老坑翡翠。一天因为家务琐事。他打了她，打断了三颗牙。她要分手，他同意了。两人没领过结婚证，不需要去民政局，但他把四万块礼金要回三万，走之前又拽下她脖子上的金链。丈母娘进来拉架，他又捋下了老太太手上的金戒指。

2002年弟弟带回来一个女人。四川还是重庆人？没多久也走了，留下一柄骨刀，几件细软。弟弟用来当水果刀用，骨柄上有个裂缝，他说材料是老虎的头骨。但他觉得弟弟不过吹牛罢了。

2008年。

他又输了一笔钱，两万块钱只用了不到一周。弟弟的加油站生意赔了本。每个人似乎都想从他手里骗到钱。

他们的宅子已经寒酸得厉害。床还是最老的红漆雕花床，床栏镶嵌一块破损的方形云母。父母在这张床结婚，也相继在这张床上去世。去世后，中堂供着父母灵位，他们住在东西厢房。两张板床，他们各一张。其中一张属于祖母，以及从没光临的客人。

房子造得很牢，还可以撑上一段时间。

得再去做一单大的，瓮里已经都空了。弟弟说，做完这单大的就收手。去西北或者西南做点生意，好好过。

好几年前他们就这么说。

虽然天气寒冷，但窗户都打开着。头顶高处像有一台风扇嗡嗡转动，从不会停止。这里充满了霉菌、油烟以及灰尘混合的气味。厨房里面铺着报纸，粘蝇纸上落了几只苍蝇，没有扔掉，仿佛打算物尽其用，等待下一只光顾。墙角的蜘蛛网，灰尘厚重。从没人想用掸子扫一扫。

弟弟说这是最后一次了。

他以前不相信真的存在鬼魂。但现在忽然相信。他总能梦见成千上万种声音，背后是成千上万的眼睛，而他不管做什么都不会成功的。

没到十一点，天空已经响起陆续燃放的烟花。一只炮竹在他脚边炸响，他吓了一跳。没有。并没有什么炮竹。可能枪支走火了，但是他记得刚上好膛。借着一点微弱的火柴光，他找到了白天看过的电箱，想切断电线，但失了手。电线很粗，他小心且缓慢地切着电线,但不知道是不是碰到高压线,激起一片很大的火花,手心也差点被电流灼到。他手心一阵发麻,刀也掉了下来。

灯灭了。屋里就两个人。趁着黑夜,他打了两枪。第二枪更准,先中枪的保安还在挣扎。

他告诉弟弟弄丢了一把刀。保安看见了他的脸。他割断了保安的舌头,"估计活不成了"。

而他们会有新将来吗——

他得想想一切是如何开始的——但能够看见的只是远处的一处山岭。几棵年老的樟树。冰冷青绿的河流,以及没有边界、布满鹅卵石的滩涂。他们少年时,那边总是能看见一个老人,赶着一群白羽鸭在滩涂边走。也经常待其走后,在被洗刷多次的鹅卵石边捡几只鸭蛋。

那时他们十二岁,是父亲从课堂上收缴来的气枪。他曾把枪顶在弟弟后背上。

"怕不怕。"

"怕。"

他玩笑般的,枪头顺着他的脊椎,一格一格往上,划过右耳垂,弟弟右耳垂上有颗小肉桩。枪头没停,直游上他的太阳穴。

"我不想玩了。"

弟弟带着哭腔。他笑笑,移开,仿佛为了彰显勇敢,忽然向空气中开了一枪。尖锐的声音像一柄从空气里长出的利刃,割破山间寂静。

"给我试试。"

他装上一粒弹珠,弟弟也开了一枪。因为没留意后坐力,弟弟肩头震动了一下,人也退后两步,好不容易才站稳。

他把枪拿回,嘲笑道:"还不是真的呢。"

"以后我要搞个真的。"

"你说什么?"

"我说我要搞个真的。"

图书在版编目（CIP）数据

嫉妒/张玲玲著.-上海：上海文艺出版社.2019.11
ISBN 978-7-5321-6820-0
Ⅰ.①嫉… Ⅱ.①张… Ⅲ.①中篇小说－小说集－中国－当代
②短篇小说－小说集－中－当代 Ⅳ.①I247.7
中国版本图书馆CIP数据核字(2019)第213328号

发 行 人：陈 徵
责任编辑：林潍克
封面设计：COMPUS·汐和
内文版式：钱 祯

书　　名：	嫉　妒
作　　者：	张玲玲
出　　版：	上海世纪出版集团　上海文艺出版社
地　　址：	上海绍兴路7号　200020
发　　行：	上海文艺出版社发行中心发行
	上海市绍兴路50号　200020　www.ewen.co
印　　刷：	崇明裕安印刷厂
开　　本：	890×1240　1/32
印　　张：	8
插　　页：	2
字　　数：	179,000
印　　次：	2019年11月第1版 2019年11月第1次印刷
Ｉ Ｓ Ｂ Ｎ：	978-7-5321-6820-0/I·5444
定　　价：	39.00元
告 读 者：	如发现本书有质量问题请与印刷厂质量科联系　T：021-59404766